KB114334

밥 먹는 술집을 차렸습니다

일러두기

- 본 이 도서는 국립국어원 표기 규정 및 외래어표기법 규정을 사용하였습니다.
  다만 일부 입말로 굳어진 경우에는 지은이의 표기를 따랐습니다.
- 단행본과 잡지명은 『 』로, 전시명과 영화명, 광장에서 진행했던 행사명은 「 」로 표기하였습니다.
- 본 도서에서는 학교 이름의 고유명사 명칭을 사용하여 홋카이도 대신 '혹가이도'로 표기하였습니다.
- 독자 모니터링: 김서현, 이서영

FOOD & PEOPLE IN GWANGZANG

밥 먹는 술집을 차렸습니다

김광연 글 ㅣ 박승희 그림

지콜론북

메인
디시

테이블에 빨간 점이 생기면 음식을 가지러 와주세요

서브
디시

메뉴에 없습니다만 때때로 만들어드립니다

계절
광장

사계절을 다른 메뉴로 즐깁니다

행사
광장

어제와 같은 오늘의 광장은 없습니다

글을 썼습니다

손님이 다 나가고 영업이 끝난 광장에 프롤로그를 쓰기 위해 앉았다. 무엇을 먼저 써야 할까. 세 줄쯤 썼다 지우기를 몇 번이나 반복하고 있다. 책을 쓰던 모든 시간들이 떠올랐다 사라진다. 혼자 뭉클해진다. 긴 말이 쏟아지다 엉키고 만다.

책에 쓰인 광장은 꽤 그럴듯한 곳처럼 보이지만 실은 어디서나 볼 수 있는 가게다. 오픈 이후 시간에는 누구든 들어와서 주문을 하고 음식을 먹고, 술 한잔하고 돌아갈 수 있는, 그런 보통의 술집이다. 그런 가게에서 일기처럼 엮어내던 이야기를 책으로 낸다고 하니 머쓱한 기분을 지울 수가 없다. '프롤로그'를 쓰기 위해 앉은 자리에서 벌써 하이볼 몇 잔이 비워졌는지. 하나, 둘, 셋… 네엣… 다서어엇…(하지만 아직 여기까지밖에 쓰지 못했네요, 한 잔 더 말아 오겠습니다).

지금 기분은 시상식에서 수상할 걸 알고 준비한 리스트를 들고 서 있는 기분이다. 광장의 이야기는 이 책에 대부분 담겨 있다(자, 여기까지만 읽고 바로 본문을 읽으러 떠나도 좋습니다). 광장은 세상의 불편함에 불평불만을 이야기하던 고집쟁이가 얼마나 이 사회와 결을 같이할 수 있는지 시험 삼아 시작한 가게다. 어차피 잘되진 않을 거고, 망해도 어쩔 수 없다고 생각한 이곳에서 해보고 싶은 모든 걸 해볼 심산으로 이런저런 일들을 벌여왔다.

아르바이트생 S가 내게 '지독한 재미추구자'라고 한 것처럼, 광장이 지극히 개인적인 즐거움의 장이라고 생각했는데 의외로 많은 사람들이 공감했다. 그들과 같이 웃고 즐기며 지내다 보니 어느새 삼 년이 흘렀다. 그동안 다양한 사람들과 다양한 상황을 겪었다. 아무리 생각해봐도 울 일보다는 웃을 일이 훨씬 더 많았던 것 같다. 즐겁게 만났던 그들의 이야기를 다시 한 번 상기했다. 그 이야기를 담을 수 있는 이 작업을 하며 참 행복한 삶을 살고 있다는 걸 깨달았다. 책의 소재가 되어준 많은 친구들 그리고 손님들이 자신의 내용을 발견하며 부디 즐거운 마음, 행복한 기분이 들었으면 좋겠다.

광장을 책으로 먼저 접한 사람들도 자신만의 안온한 공간을 떠올리며 이 책을 읽어주면 바랄 바 없겠다. 누구나 각자의 마음을 내려놓을 수 있는 공간은 필요하니까. 물론 집이 그 기능에 충실한 것이 가장 좋지만 홀로 앉아 쉬는 집 말고도 기분을 환기시키고 마음을 위로받을 수 있는 곳을 찾게 되는 건 나뿐만이 아니리라. 책에 소개한 몇 개의 장소도 그렇듯 이 책을 읽으며 커피 한 잔, 혹은 맥주 한잔할 수 있는 나만의 광장을 찾길 바란다.

김광연

그림을 그렸습니다

음식을 만드는 일이 그림을 그리는 일과 비슷하다는 생각을 종종 한다. 그림을 그리는 나와 음식을 만드는 광장장이 함께 일을 하게 되니 음식과 그림의 유사성에 대해 더 확신하게 되었다. 둘에는 공통점이 있다. 전통적으로 그 방법을 배우지만 그것을 자기만의 방법으로 발전시키고 그에 익숙해져야 한다는 것, 재빠르게 해야 할 때도 있고 진득하게 할 때도 있어야 한다는 것, 어떤 마음가짐으로 하느냐에 따라 다양한 결과물이 나올 수 있다는 것.

처음부터 확신이 있었던 것은 아니다. 광장에서 전시를 하자는 제안을 받았을 땐 애매한 대답을 했던 기억이 난다. 그림을 그리다 보니 많은 제안이 들어오지만 실제로 실행되기는 꽤나 어려운 일이란 걸 알기 때문이다. 하지만 광장장은 품을 들여 전시를 보러 왔고, 광장에서 전시를 하자는 말을 재차 꺼내왔다. 광장은 내가 생각한 '을지로'에 있는 '밥집'과는 다른 공간이었다. 주변 풍경과는 어울리지 않는 단정한 간판, 넓은 흰 벽과 널찍한 테이블 사이의 간격이 좋았다. 오픈된 주방과 시원한 창가 풍경이 인상적이었다. 무엇보다 그곳에서 내 입맛에 딱 맞는 맛있는 음식을 먹을 수 있었다. 광장이라는 곳과 광장장에 대한 경계가 허물어졌다. 작업을 응원해주는 모습에 작은 믿음이 생겼다. 계획하고 실천하기까지 굉장히 오래 걸리는 나에 비하여 그는 모든 일을 생각하는 동시에 시원하게 결정하고 행동으로 옮기는 행동파였다. 우리는 바로 전시를 계획했고 일사천리로 진행됐다. 그 전시가 끝나갈 즈음, 그는 광장의 이야기로 새로운 것을 함께 만들어보지 않겠냐는 제안을 해왔다. 망설이지 않고 바로 좋다고 대답한 건 이곳에서 얻은 즐거운 경험들 때문이었다.

광장장이 보내준 이야기를 바탕으로 그림을 그렸다. 일 년 정도 적은 양이라도 꾸준히 그릴 수 있었던 힘은 광장장을 알고, 광장이라는 공간을 알고, 이곳을 경험해보고, 실제 먹었던 음식이 구체화된 형상으로 남아 영감을 주었기 때문이다. 무엇보다 내 드로잉 북에 남는 그림처럼 마음 가는 대로 힘을 빼고 그릴 수 있었기 때문이기도 하다.

즐거운 마음이 전해졌을까. 실제 책을 계약하게 되었다. 출간을 빌미로 같이 도쿄에 출장을 갔다. 글 작가와 그림 작가의 여행이라고 서창하게 계획하나 보니 궁금한 곳, 보고 싶은 곳이 많았다. 가장 인상적인 곳은 단연 하치였다. 하치에 처음 방문하는 나 역시 단골손님인 양 기쁜 마음으로 하치에 발을 들였다. 이야기와 사진으로 듣고 보아온 하치의 익숙한 풍경과 그의 가족, 풍성한 음식들과 맛에 놀랐다. 광장장에게 영감을 준 도시인만큼 가는 곳이나 만나는 사람마다 많은 이야기들이 담겨 있었고 스케치북을 새로 사야 했을 정도로 잔뜩 그림을 그리고 돌아왔다. 여기에 실린 도쿄 그림은 모두 여행지에서 바로 그린 그림들 중 일부를 고른 것들이다.

즐거웠던 그림 작업이지만 힘들었던 것도 있다. 광장의 음식을 하나씩 그리는 동안 자꾸 배가 고파 입맛을 다셔야 했다. 먹어본 음식은 그리운 맛이었고, 먹어보지 못한 음식은 궁금해서 침이 고이는 기분이었다. 그런 마음으로 광장의 음식을 단 하나만 추천한다면 해물꽁치 파스타를 꼽겠다. 사실 이름만 듣고는 선뜻 주문을 망설이게 되어, 광장의 메뉴들을 거의 맛보고 나서야 먹게 되었는데 새롭고 은은한 감칠맛에 놀랐다. 역시 겪어보지 않고 선입견을 가지면 안 된다는 깨달음을 얻게 해준 음식이랄까. 광장에서는 안 먹어본 새로운 메뉴 도전에 망설이지 마시길!

광장에서 재밌는 일을 꾸며내고 있는 사이 을지로는 조금씩 더 힙해졌다. 그럼에도 더 화려해지지도 낡지도 않은 단정한 광장의 간판과 변함없는 광장만의 분위기를 유지한 채 삼주년을 맞이하는 데 안심하는 마음으로 큰 축하를 보내고 싶다. 이 책에 담는 그림 작업이 막바지에 이르렀을 때, 문득 나에게 광장은 광장장에겐 하치와 비슷한 공간이 되었다는 생각이 들었다. 생각만큼 자주 들르지 못하지만 마음속으로는 늘 염두하고 있는 곳, 어떤 행사가 있는지 궁금해지는 곳, 서울에 미팅이 생기면 앞뒤로 갈 수 있는지 시간을 확인하게 하는 곳, 다음에 와서 먹을 음식을 미리 고민해두는 곳. 나에게도 그런 곳이 생겼다는 것이 큰 기쁨이고 위안이다.

앞으로도 광장에서 만드는 음식 하나하나의 이야기를 듣고, 천천히 맛보고, 오는 손님 한 명 한 명의 사소한 이야기들을 그림으로 함께 나누고 싶다.

박승희

메인
디시

테이블에 빨간 점이 생기면

음식을 가지러 와주세요

혼자 오면 더 좋은
술집

혼자 조용하게 작업할 독립적인 공간이 필요했지만 그런 장소를 찾는 건 쉽지 않았다. 주로 카페를 이용했는데, 어떤 카페는 지나치게 노랫소리가 컸고 어떤 카페는 의자와 테이블의 높이가 미묘해 작업하기 불편했다. 빵보다는 밥을 좋아하는데 밥을 먹고 나서도 오래 있을 수 있는 카페는 없었다. 겨우 집중할 수 있는 카페가 있다 해도 배가 고파지면 밥을 먹으러 나와야 했고 또 다시 집중해서 작업이 가능한 환경을 찾아 전전해야 했다. 어떤 일이든 집에서는 능률이 안 올랐다. 집에서만 작업하는 게 질리면 밖에서 기분을 환기시키고 싶었는데 구미에 딱 맞는 곳을 찾기가 생각보다 어려웠다. 언젠가 나만의 작업실을 만들어야겠다고 생각했다. 노트북 하나만 가지고 하는 번역 일인데 무슨 작업실까지 필요하냐는 말에 대한 명분을 위해 메뉴를 구상하고 음료를 갖춰 구색을 맞추던 것이 광장의 시작이었다. 가게를 꾸려 수익을 낼 생각보다는 프리랜서로 일하면서 낸 수익으로 적자를 메울 생각이었다. 나와 같은 작업자들을 만날 수 있는 사랑방으로 만들어야지. 다양한 생각과 이야기가 오가는 공간이면 족하다고 생각했다. 집에서만 일하는 작업자들에게도 내킬 때 언제든 들를 수 있는, 오래 일해도 눈치를 보지 않는, 밥도 먹고 술도 마실 수 있는 편안한 공간이 생겼으면 좋겠다고 생각했다. 시작은 나를 위한 것이었다.

조용한 술집, 혼자 오면 더 좋은 술집을 계획해서 오픈했고, 혼술, 혼밥이라는 문구를 가게 입구에 써놓았다. 혼술, 혼밥이라는 단어가 유행하기 전이었다. 부모님 뻘 되는 주변 가게의 사장님들은 "대체 이게 무슨 말이야?" 하며 묻기도 했나. "혼자 와서 술 마신다는 뜻이에요"라고 답하면 술을 왜 혼자 마시냐고 갸우뚱하며, 역시 이상하다고 웃었다. 2층에 술집을 한다고 할 때부터 이상했다고, 공간도 넓은데 테이블도 몇 개 들이지 않고, 밥집이라더니 오후 한 시에 여는 것까지, 을지로의 어른들은 계속 머리 위에 물음표를 얹은 채로 요즘 젊은 사람들은 도통 모르겠다고 했다. 심지어 오픈 시간이 적힌 안내 문구를 보고, 2층까지 올라와서 혹시 오전 열한 시 오픈인데 잘못 적은 거 아니냐고 친절하게 일러주고 간 사람도 있었다. 일반적인 밥집이나 술집을 오픈한 게 아니라 공용 작업실을 만들고 싶은 마음으로 시작했던 건데, 생각보다 큰 공간을 얻게 되어 지금은 이렇게나 주객이 전도되었다.

작업실을 열겠다는 의지와 달리 술집이 된 것을 본 지인들은 주변에 광장을 적극적으로 홍보해주었다. 친구의 친구, 친구의 지인, 지인의 지인, 을지로 근처 회사를 다니는 지인의 오랜 동창이라며 사람들이 모였다. 호기심에 혼자 온 사람도 있었지만, 그들조차도 혼자 술 마시는 건 어색해 했다. "네가 열었다고 하지 않았으면 혼자 못 왔을 거야" 하는 이야기도 수차례 들었다. 섭섭하지 않았다. 누구에게나 필요한 가게가 될 생각은 없었다. 혼자 술 마시는 게 어때서? 이런 분위기를 좋아하는 사람도 있을 거라 생각했다. 관광지도 아니고 유흥가도 아닌 데다 주거지는 더더욱 아닌 그때의 을지로였다. 일부러가 아니고서는 발길 하기 힘든 곳이지만 나 같은 사람을 기다리기로 했다. 을지로는 광장의 불빛 하나만 반짝이던 서울 밤거리의 그늘이었다.

길게 생각하고 기다릴 생각이었지만 생각보다 금방 광장을 찾은 손님이 있었다. 오픈한 지 일주일 쯤 지났을 때였다. 누군가가 혼자 가게에 들어왔다. 누구의 지인일까? 처음 본 얼굴, 아는 사람은 아니었으니 누군가의 소개가 분명하다고 생각했다. 그는 메뉴를 보고 별 다른 인사 없이 주문만 했다. 나갈 때도 내게 별 다른 말을 건네지 않았다. 보통은 누구 소개로 왔다고 말하고 나가는데, 아니었다. 어라? 왜 아무 말도 안 할까? 지인의 이름을 애기하는 게 쑥스러운 사람들도 간혹 있으니 그러려니 했다. 이런 경우엔 당일이나 다음 날 지인에게 연락이 온다. 내 친구가 왔다갔다는데 봤어? 그런데 이번엔 좀 달랐다. 며칠이 지나도 따로 연락이 없었다.

일주일쯤 후에 그가 다시 찾아왔다. 반가운 마음에 인사를 했다. 쑥스러움을 무릅쓰고 어떻게 알고 이곳에 왔는지 물어보니 인터넷에서 보고 왔다고 답했다. 연 지 얼마 안 되는 가게인지도 몰랐다고 했다. 그는 늘 쩽한 오후 시간에 와서 사람들이 북적이기 시작하는 저녁 전에 떠났다. 꽤나 집중하여 일하고 있었기에 막연히 그냥 뭔가 일을 하고 있구나 생각했을 뿐이었다. 그는 나의 친구가 선물해준 의자가 있던 자리에 자주 앉았다. 그렇게 몇 개월에 걸쳐 그의 뒷모습을 거의 매주 광장에서 만날 수 있었다. 특별히 길게 이야기를 나누는 사이는 아니었지만 누군가 광장을 이렇게 이용해주면 좋겠다고 생각한 표본처럼 광장에서의 시간을 즐기고 있었고, 나는 그의 방문이 반가웠다.

많은 사람들이 광장 시작 전부터 이런 가게는 안 된다고 했다. 그런 말을 들을 때마다 마음이 작아질 때도 있었지만 꾸준히 광장을 찾아주는 그를 떠올리는 것만으로도 나를 단단하게 만들어갈 수 있었다. 이런 걸 원하는 사람도 있다고, 나만 그런 건 아니라고! 외치고 싶었다. 어느새 연말이 되었고, 광장을 자주 찾아주는 손님들에게 연하장을 보내려고 한참이었다. 그에게 주소를 물었다. 그의 주소는 부산이었다. 주소지를 옮기지 않아서 고향 주소를 적었나 싶었는데 현재 부산에 살고 있다고 했다. 반년에 가까운 시간, 한 달에 세 번은 보았을 텐데. 놀라서 똥그래진 내 눈을 본 그는 반응을 이해한다는 듯, 수업이 있어 매주 한 번은 서울에 온다고 했다. 먼 길, 짧은 여유, 그 귀한 시간을 광장에 쏟았다는 얘기에 더 마음이 뭉클해졌다.

그렇게 어느 순간부터는 혼자 술을 마시거나 밥을 먹는 사람들이 모였다. 한 시부터 다섯 시 사이의 여유 있는 오후에 사람들이 작업물을 들고 혼자 이곳에 와주었다. 혼자 있기 좋은 공간일 뿐 아니라 혼자 술 마시러 와도 불편함이 없는 공간이 되었다. 술집이지만 조용하게 자기만의 시간을 보낼 수 있는 곳이 되어 작업을 하러 온 사람뿐 아니라 여러 이유로 다양한 사람들이 혼자 찾아왔다.

창가에는 바 형태로 좌석 일곱 개가 놓여 있는데 어느 날은 그 일곱 석 전체가 혼자 온 손님으로 채워지기도 했다. 그런 모습이 익숙해졌다 싶을 즈음에도 문을 열고 들어와 "혼자인데요"라고 말하며 눈치를 보는 사람들이 많았다. 이해가 잘 안 돼서 "혼자 술 마시는 건 어려운 일이야?" 하고 물었더니 주변 사람들은 "그걸 뭘 물어, 당연한 거 아냐?" 하는 반응을 보였다. 역시 나는 한국의 보통 사회와는 잘 안 맞나 봐 하하하 하고 웃어 넘겼지만 지금은 인증샷을 찍으면서까지 혼자 술 마시는 게 유행하는 걸 보니 재미있는 기분이 들기도 했다. 덕분에 많은 사람들이 편하게 혼자 먹을 수 있는 곳, 마실 수 있는 곳을 찾았다고 했다.

북적이고 바쁘고 정신없던 어느 날, 한창 음식을 다 만들고 한숨 돌리고 있을 때였다. 한 여자 분이 다가와 "제 음식은 아직인가요?"라고 물었고 나는 당황할 수밖에 없었다. 혼자 온 손님은 유난히 왁자지껄한 그 밤의 자리에서 하염없이 음식을 기다리고 있었다. "금방 해드릴게요"라는 말에도 그는 마음이 잔뜩 상한 얼굴이 되어선 환불해달라고 요청하곤 가방을 챙겼다. 미안하다는 말은 뒷모습을 향할 뿐이었다. 혼자오면 더 좋을, 혼자 오라고 그렇게 이야기를 해놓고는 혼자 온 손님의 주문을 잊었다니. 민망하고 미안해 어찌할 바를 몰랐다.

유난히 바빴던 그날, 머릿속에 남은 주문 하나가 어느 테이블인지 몰라 조금 한가해졌을 때 물으러 다니기까지 했는데 왜 그분이 안 보였을까? 머리가 아프도록 고민하다 어떻게든 사과를 해야겠다고 생각했다. 광장의 모든 SNS 채널을 이용해 사과의 글을 썼다. 그리고 기다리는 수밖에 없었다. 이미 차단을 해도 할 말이 없다고 생각했지만, 그래도 나의 최선은 그것밖에 없었다. 괴로운 날들을 보내고 며칠 후, "저 기억하세요?"라는 말과 함께 그 손님이 다시 찾아왔다. 나의 사과 글을 보았고, 너무 신경 쓰는 것 같아 일부러 다시 찾아 왔다고 했다. 눈물이 왈칵 쏟아질 뻔한 걸 겨우 참으며 오늘 와주어서 너무 고맙다고 말했다. 그날과 똑같은 음식을 주문 했다. 서비스로 드리고 싶다 하니 한사코 거절하는 손님에게 다음에 오면 꼭 돈을 받을 테니 오늘만은 먹고 가 달라고 부 탁했다. 손님은 내 마음을 받아들여주었고, 여유롭게 시간을 보내고 갔다. 그리고 또 오겠다는 인사도 하고 떠났다. 벌써 햇수로 사 년째 먼 곳에서 가끔씩 찾아와 인사를 나누고 식사 를 한다. 편협하고 꽉 막힌 나는 내게 이런 상황이 생겼다면 상대가 괴롭든 말든 외면했을 텐데 이렇게 기회를 주고 관계 를 이어나갈 수 있다는 걸 알게 해 준 고마운 사람을 만났다.

가게에서 일어나는 일들을 SNS에 올리는 편이라 손님들 과 함께 여러 사회 이슈에 대해 이야기를 나누곤 한다. 인터 넷에 떠도는 광장에 대한 좋고, 나쁜 이야기에 함께 공감하기 도, 때로는 화를 내기도 한다. 사적인 대화로도 이어진다. 카 운터에 앉아 이런저런 이야기를 하다 보면 걱정도 고민도 조 금은 가벼워진다. 도저히 안 되겠어서 광장에 왔어요, 하며 씩씩대던 손님들은 광장의 음식과 맥주 한 잔에 삐죽했던 표 정이 풀어진다. 광장이 가까이 있어 다행이라고 말하고는 다 시 힘을 내 회사로 향한다. 2층의 커다란 창문 너머 나뭇잎이 가득 드리워진 커다란 풍경을 보며 맥주를 벌컥벌컥 들이키고 떠나기도 한다. 그 창으로도 위로가 되지 않을 땐 함께 이야기를 나눈다. 각자가 가진 삶의 스트레스와 관계의 복잡함을 이야기한다. "사회생활이라는 게 참 어려운데, 그럴 때도 있죠. 그래도 충분히 잘하고 있고, 잘하고 싶으니까 화나고 섭섭하기도 하고 하는 거죠"라고 하면 꾹꾹 참던 눈물이 툭 터져 엉엉 울고 마는 손님도 있었다. 눈이 빨개진 손님에게 술 창고에서 아끼는 술들을 한 잔 따라 위로를 건넨다. 꽤나 도수 높은 술로 몸에 불이 나듯 뜨거운 술을 건네기도 하고, 달달한 칵테일을 만들기도 한다. 도저히 마음이 상해 안 취한다는 손님에겐 생맥주에 위스키를 한 잔 빠트려 강력한 한 잔을 선물하기도 한다.

그렇게 한참 울고 가는 손님들은 며칠 후에 조금 쑥스러운 표정으로 나타난다. 하지만 스트레스는 홀홀 던져버린 표정들이다. "이제 눈물은 좀 그쳤어요?" 하고 물으면 그냥 펑펑 울고 나니 속이 풀려서 일도 잘 해결됐다는 소식을 전한다. 그런 이야기를 듣고 나면 그의 광장은 내가 만들려고 생각했던 공간보다 훨씬 대단하고 멋진 곳이 된 것 같다. 함께 와서 나쁜 곳이거나 덜 좋은 곳이 아니다. 나만의 생각으로 내 기분에 맞춰 공간을 활용할 수 있는 곳이기에 혼자 오면 더 좋다고 쓴다. 그들의 내밀한 이야기를 알게 되어서 만족스러운 것이 아니다. 내게 공유한 이야기보다 더 많은 생각과 고민을 담고 기억과 추억을 쌓아 각자 마음속에 더 멋진 광장을 만들어놓았을 것이라 생각했을 때의 가슴 벅찬 기분이랄까? 저마다의 광장이 유연하게 팽창할 수 있도록 꾸준히 꾸려나가고 싶다.

혼자 오면 더 좋은 술집, 광장.

광장
호슬
1호손님

올해의 광장
카레라이스

광장의 메뉴 중 가장 좋아하는 음식은? 하고 누가 물어올 때면 늘 답은 한결같았다. 난 내가 좋아하는 음식들만 메뉴에 넣었다고. 그래도 꼭 하나만 꼽는다면? 하고 묻는 사람이 있다. 그럴 땐 스스럼없이 카레! 하고 답한다. 비록 봄, 여름에만 먹을 수 있는 메뉴긴 하지만.

갓 지은 고소한 밥에 뜨거운 카레를 부어주면 고슬고슬한 밥알 사이사이로 소스가 찬찬히 들어찬다. 소스가 스며든 밥은 숟가락으로 쓱쓱 비벼 먹어도 좋지만 밥 위에 두껍게 얹은 소스의 질감과 향을 느끼며 적당한 비율로 수저에 떠올려 먹는 형태를 더 선호한다. 향신료 맛이 잔뜩 배어 있는 부드러운 채소와 고기를 넓게 편 밥 위에 듬성듬성 나눠두고는 마지막까지 비율 좋게 먹도록 배분하는 게 관건이다. 밥만 먹어도 좋고, 채소만 먹어도 좋다. 크게 한입에 넣고 우물우물 씹으면 감자의 포슬포슬함, 입안에 알알이 퍼지는 카레 소스, 잘 코팅된 밥알의 즐거움으로 채워진다. 어떤 종류의 고기도 잘 어울리지만 단독 플레이보다는 밥과 함께 먹을 때 그 맛이 극대화된다. 안 술 한 술 다른 맛을 보듯 숟가락 가득 떠 먹다 보면 어느새 배가 차고 몸이 뜨끈해진다.

어떤 카레든 그랬다. 카레라면 다 그랬다. 어린 시절 엄마가 처음 만들어줬던 노란 '오뚜기카레'를 거의 국에 가깝게 끓여주었을 때도. 그 이후로 어디선가 조리법을 배워온 엄마가 채소와 고기를 큼직큼직하게 썰어넣고 되직하게 끓여서는 이렇게 먹는 거였대, 하고 알려주었던 닐도 마찬가지였다. 한번 만들어놓으면 일주일을 아침, 점심, 저녁 가리지 않고 먹어야 하는 통에 가족들은 카레라면 질색했지만, 나는 늘 새로운 기분으로 질리지도 않고 먹었다. 커리라고 부르는 게 맞다는 새콤한 맛의 인도 카레, 녹색, 빨간색, 노란색 등 다양한 색으로 표현되는 수프처럼 멀건하지만 맛은 진한 태국 카레, 양파를 오래 볶아 달달한 맛이 입에 착착 감기는 되직한 일본 카레는 물론, 급식 세대들이 질색하는 급식소 카레까지도 가리지 않고 좋아한다. 각종 향신료와 재료의 맛이 한껏 어우러져 있는 카레는 그 자체로 든든한 만족을 선사했다.

도쿄에 살았을 때도 나의 카레 사랑은 그칠 몰랐다. 아니, 오히려 폭발했다. 일본에서는 카레 식당을 찾기 쉬운 데다 다양한 종류의 카레라이스를 맛볼 수 있었다. 물론 레토르트 카레를 쓰는 곳도 있었지만 작은 가게들에서는 집집마다 저마다의 향신료를 배합해 다양한 맛을 선보였다. 빵집에서는 카레 빵을 사서 물고 다녔고, 맛있는 카레 가게 이야기를 잡지에서 읽으면 아무리 멀어도 꼭 찾아가봤다. 구운 채소가 잔뜩 올라간 카레, 닭다리 하나가 뼈째 들어 있는 수프카레도 맛봤다. 하나하나가 다 특별한 정성이 느껴져 배는 물론 마음까지 따뜻해졌다.

그렇게 좋아하는 카레가 광장에 빠질 수 없었다. 어느 곳에서나 비슷한 맛있는 맛을 내는 일본 고형카레와 달리 나만의 카레를 만들고 싶었다. 거기에 내 추억이 가득 담긴 '오뚜기카레'로 만들겠다고 결심했다. 사람들은 일본 고형카레와 오뚜기 가루카레를 비교하며 일본식 레토르트 식품을 찬양하지만 개성이 강하지 않은 오뚜기카레야말로 내가 표현하고 싶은 맛을 구현해내는 든든한 바탕이 되었다. 오뚜기카레 가루는 어떤 재료를 넣느냐에 따라 다른 맛이 난다. 광장의 카레를 먹은 사람들이 짐짓 알은체를 하며 "이거 일본 고형카레죠?"라고 할 때 "광장 카레는 오뚜기카레로 만들어요"라고 답하고 어리둥절한 사람들의 반응을 보는 것도 재미있는 일이었다.

광장을 오픈한 첫해에는 닭고기를 써서 카레를 만들었다. 가장 편견이 없는 고기라고 생각했다. 채소를 큼직하게 썰어 넣을 예정이라 쇠고기나 돼지고기보다 닭고기가 더 잘 어울리는 것 같았다. 닭고기와 당근, 감자를 넣은 기본적인 형태의 카레였다. 원래 내가 만드는 카레엔 감자 대신 당근을 잔뜩 넣지만 당근은 인기 없는 채소기에 당근만 넣은 카레를 만들 수는 없었다.

예상은 했지만 역시 예상했던 대로였다. 카레를 주문한 손님들은 바닥을 싹싹 긁어도 큰 당근 두 덩이는 접시에 남긴 채 일어서는 일이 허다했다. 주문할 때 당근을 빼달라는 사람들도 있었다. 당근을 좋아하는 나로서는 편식하는 아이를 보는 엄마 기분이 되어 어떻게 하면 당근을 더 잘 먹게 할 수 있을까 고민했지만, 당근을 싫어하는 친구는 어차피 안 먹을 사람들 골라내기 귀찮게 하지 말고 크게 썰어 넣으라고 조언을 해주었다. 친구의 답변을 듣고 한참 웃었다. 역시 사람들의 취향은 다양해! 광장의 카레에는 꿋꿋이 당근이 들어가 있었다. 내가 좋아했으므로. 고민은 해결되지 않은 채로 카레 맛이 잘 밴 당근을 음식물 쓰레기통으로 보내며 첫해를 보냈다.

그다음 봄과 여름 메뉴를 준비하는 데 조류독감이 발생했다. 매일 뉴스는 살처분하는 닭을 비췄다. 광장에서는 수입 닭으로 카레를 만들어 가격이나 재료 수급에 크게 영향을 받지 않았지만 문제는 사람들의 선호도였다. 전국적으로 조류독감이 퍼졌고, 닭 가격이 천정부지로 올랐다는 기사와 뉴스를 본 사람들은 닭이 들어간 메뉴를 피하기 시작했다.

카레를 판매하지 않던 가을, 겨울에 "카레는 언제부터 돌아와요?" 하고 묻던 사람들조차도 카레를 권하면 "요즘 닭은 좀……" 하며 피했다. 하루에 한 그릇도 팔리지 않는 날도 있었다. 새로운 정식을 생각할 수도 있었지만 광장에 카레 메뉴를 빼는 건 석연치 않았다. 어떡하지? 고민을 거듭하다 돼지고기를 넣어보기로 했다. 삼겹살을 얇게 썰어넣어 만든 카레로 종목을 바꿨다. 똑같은 레시피지만 닭고기보다 기름기가 많아서인지 맛이 더 풍부해졌다. 다행히 반응도 좋았다. 그렇게 두 번째 해에는 돼지고기가 들어간 카레가 만들어졌다.

그리고 세 번째 봄이 찾아왔다. 첫해의 닭고기, 두 번째에는 돼지고기를 했으니 이번엔 뭘 선보일까 궁리하며 이런저런 재료들을 찾았다. 인터넷을 뒤지고 다양한 레시피들을 살펴보며 광장에서 재현 가능한 카레 재료를 찾았다. 생선은 관리가 힘들 것 같아 제일 먼저 배제되었다. 해산물 카레는 한 번도 만들어본 적이 없어 감이 잡히지 않았다. 게다가 양파를 몇 시간 동안 볶아 보관해야 하는데 신선도가 중요한 해산물용으로 한다면 매일 만들어야 되지 않을까? 여기까지 생각하니 엄두가 나지 않았다.

간단하게 쇠고기로 만들 수도 있었지만 조금 특이한 재료를 써보고 싶었다. 고민의 시간이 길어졌다. 소 힘줄 부위를 넣은 카레도 만들어보았다. 쇠고기 카레는 비싼 부위를 쓰면 맛있지만 가격을 올려야 했고, 싼 부위를 쓰면 비싼 부위를 맛본 혀는 고개를 절레절레 흔들었다. 그러던 중 적당한 가격의 우삼겹을 만났다. 쉽게 말해 소의 삼겹살이었다. 돼지 삼겹살만큼 기름기도 많고 쇠고기 특유의 풍미가 느껴졌다.

그래, 이거야. 이거면 가능하겠다는 자신이 섰다. 고기의 종류만 바뀌었고 당연하게 감자와 당근을 넣어 카레를 만들었다. 그런데 또 문제가 생겼다. 감자가 금값이라는 말이 나올 정도로 감자 가격이 폭등했다. 아아…… 탄식이 흘렀다. 감자를 뺀 카레는 아무도 먹지 않을 텐데 하는 걱정과 함께 이참에 내가 선호하지 않는 감자와 사람들이 선호하지 않는 당근을 같이 빼버리면 어떨까? 하는 생각이 들었다. 그렇게 세 번째 해는 감자도 당근노 들어가 있시 않은 쇠고기 버싯 카레가 완성되었다. 얇은 우삼겹이 점점이 흩어진 카레는 고기를 함께 먹는 기분을 내내 느끼게 했고, 버섯은 그 사이사이 훌륭한 식감을 선사하며 균형을 맞췄다.

세 번째도 새로운 시도를 했으니 네 번째 해의 카레도 걱정이다. 작년에 시도하려다가 말았던 소 힘줄 카레에 도전해볼까 싶기도 하고, 최근 관심이 생긴 채식 메뉴를 생각해보기도 한다. 하지만 매해 새로운 시작을 할 때마다 조류독감이 발생하거나 감자 가격이 금값이 되는 변수가 있었다. 다음 카레에는 새로운 상황에 맞춰 새로운 카레를 만들게 될 것 같다. 조금 게으름을 피운다면 '작년 인기리에 판매되었던!!' 하며 쇠고기 버섯카레가 돌아올지도 모를 일이다.

카레는 무얼 넣어도 카레가 된다. 카레 맛을 하나로 정의할 수 있을까? 재료의 다양함은 물론이고 정성의 맛이 더해져 같은 사람이 만들어도 전혀 다른 맛의 카레가 되곤 한다. 그래서인지 카레는 혼자 먹는 음식이라는 생각이 들지 않는다. 오랜 시간을 들여 맛을 내는 음식을 만들고 있자면 다정한 사람들이 떠오른다. 좋은 사람들과 홈 파티 약속이 잡히면 제일 먼저 생각나는 요리였다.

파티 약속이 잡히면 만나기 몇 시간 혹은 전날부터 카레를 준비했다. 재료를 차근차근 다듬고 양파를 볶았다. 흰색 양파가 갈색이 되도록 팔이 뻐근하게 아프도록 볶는 게 관건이었다. 늘 팔이 뻐근해지는 순간에 아악! 내가 왜 이 요리를 하려고 했을까 스스로를 다그치기도 하지만 그때마다 영화 「카모메 식당」의 한 장면을 생각한다. '코피루왁' 하고 정성을 다해 내리는 커피의 색다른 맛. 맛있어져라 맛있어져라 하고 만든 카레는 '으악 힘들어' 하고 만든 카레보단 더 맛있겠지 하는 마음으로 양파를 볶는다.

맛있어져라 맛있어져라 얼른 갈색이 되어라 갈색이 되어라. 주문을 왼다. 한참을 볶아 갈색 빛을 띤 양파에 물을 자박하게 붓고 채소가 뭉그러질 정도로 오래오래 푹 끓이면 채소와 고기의 맛으로 꽉 채워진 육수가 된다. 사실 그 육수에 소금과 후추만 쳐도 그럴듯한 요리가 된다. 하지만 그 맛있는 육수가 카레를 만들기 위한 최적의 재료가 된다. 채소들이 푹 익고 나면 카레라고 이름 붙일 만한 다양한 향신료들을 섞어 나만의 카레 만들기가 시작한다.

매운맛을 좋아하는 친구들과의 만남에서는 고춧가루를 넣고, 달콤한 카레를 좋아하는 친구들과의 만남에서는 파인애플과 사과를 산뜩 넣는다. 고기를 좋아하는 친구에겐 소시지를 비롯해 각종 고기를 듬뿍 넣어 카레를 만들고, 채소를 선호하는 친구에겐 식감이 다양한 채소와 과일을 넣어 상큼한 맛을 낸다. 카레를 선보이는 순간엔 살짝 긴장한다. 배부르다며 조금만 먹어볼게 하던 친구들은 그 정성의 맛을 깊이 느끼곤 조금 더 있어? 하고 묻는다. 친구들은 그 정성 한 접시로 채워진 배를 문지르며 와인 한 잔, 혹은 사게 한 잔을 다시 곁들인다.

광장 카레에는 홈 파티 특유의 나른하고 뭉근한 분위기를 담았다. 집이라는 사적 공간에 초대하는 절친한 친구, 친해지고 싶은 친구, 나를 보여주고 싶은 친구들과 나누고 싶은 기분을 담았다. 집에 부르기 전까지 느껴지던 거리가 한순간에 좁아진다. 잘 차려진 음식과 술을 나누고, 마지막엔 깊이 끓인 카레를 먹는다. 부른 배와 취기 덕에 이야기는 풍부해지고 식탁 가까이 구부정해졌던 등을 벽에 기대게 된다. 카레에는 나른함이 있다.

반듯이 앉아 두리번거려야 하던 시간에서 한참 지나 쿠션에 30도쯤 기울여 이야기를 들을 수 있는 편안함. 가만히 친구들의 이야기를 듣는 것만으로도 포근해지는 기분을 담고 싶었다. 광장 카레는 표현하고 싶었던 마음을 가장 진하고 달콤하게 보여주는 음식이다.

듬성듬성 놓인 광장 테이블의 삭막함이 광장 카레로 채워진다. 함께 있는 공간의 향과 맛, 공기로. 바다에 둥실둥실 떠 있는 섬들이 바다의 깊은 물길로 이어진 것처럼. 카레는 광장에서 절대 빠질 수 없는 봄과 여름의 또 다른 이름이다.

어떻게든 광장이 광장스러움을 가지고 있다면

어디서든 어떤 형태로든 기억되겠지.

광장、지금은 을지로의 광장입니다.

10인이 지켜낸
치킨남방

치킨남방 요리는 일본 남부의 미야자키 현에서 시작되었다. 미야자키 현에서는 닭고기가 많이 생산돼 다양한 닭요리를 선보이는 것으로 유명하다. 일본에서 처음 아르바이트했던 식당이 미야자키 요리 전문점이었다. 미야자키 안에서도 닭 생산으로 유명한 휴우가라는 지역의 이름을 그대로 사용한 간판을 내걸어 여러 가지 닭 메뉴들을 판매하고 있었다. 이 가게에서 가장 특이했던 메뉴는 닭 목살이었다. 닭 목에서 먹을 게 뭐가 있냐고 하겠지만 잘 익은 숯불에 얇은 목살을 살살 구워 적당히 소금을 뿌린 후, 마지막에 버터 한 조각을 넣어 잠시 기다렸다 먹으면 아아, 세상에 이렇게 맛있는 요리가 있나 할 정도로 눈물겨운 맛을 느낄 수 있다. 그 외에도 이곳에서 일하며 닭으로 만든 요리들을 많이 알게 되었다.

치킨남방도 이곳에서 처음으로 먹어보았다. 바삭하게 튀긴 닭 가슴살을 새콤달콤한 특제 간장소스로 적시고, 그 위에 풍부한 맛을 얹기 위해 마요네즈를 넣은 타르타르소스가 들어가는 요리다. 치킨남방을 만나자마자 사랑에 빠지고 말았나. 유학하던 시기, 도쿄에서는 치킨남방이 유행했던 덕에 다양한 치킨남방 요리를 맛볼 수 있었다. 내 사랑 치킨남방. 그래서 광장을 준비하며 제일 먼저 결정한 메뉴기도 했다.

치킨남방이 만들어진 데는 두 가지 설이 있다. 시작은 같다. 미야자키의 한 식당에서 닭 가슴살이 인기가 적어 직원 식사로 자주 만들어 먹었다고 한다. 조금 더 맛있게 먹기 위해 고안한 메뉴가 치킨남방의 원조였다. 맛이 꽤 좋아시 직원들이 가게를 차려 나가며 메뉴로 치킨남방을 올렸는데, 한 가게는 직원 스태프밀이었던 모습 그대로 튀긴 닭을 남방소스에 적셔 판매했고, 다른 한 가게는 지금의 모습처럼 남방소스에 튀긴 닭을 적신 후 그 위에 하얀 타르타르소스를 얹어 소개했다. 치킨남방이라는 이름에 타르타르소스가 들어가지 않은 이유는 먼저 묻힌 소스가 남방소스기 때문이었다.

치킨남방은 광장을 준비하면서 가장 많은 테스트를 거친 메뉴기도 했다. 미야자키에서 시작했던 그대로 닭 가슴살로도 해 보고, 닭다리 살로도 만들어보았다. 인터넷과 책에서 여러 레시피를 찾아 다양한 방식으로 만들어보았다. 남방소스와 타르타르소스도 몇 가지 만들어 조합해보았다. 내 입에 맞는 것과 지인들의 입맛을 종합해 레시피를 완성했다. 그것이 끝이 아니었다. 당시에는 흔한 메뉴가 아니라 표기 또한 고민해야 했다. 치킨남방チキン南蛮, 난방, 남반 등 이응과 미음, 니은의 표기 차이가 없는 일본어를 어떻게 우리말로 표기해야할까. 검색을 해봐도 모두 각각의 방식대로 표현하고 있었다. 그나마 많이 사용하는 것이 치킨난반이었다. 주류를 따를 것인지, 내가 익숙하게 느끼는 발음으로 할 것인지를 오랫동안 고민했다. 결국 내게 익숙한 방식으로 표기법을 결정했다. 오래 준비한 메뉴인 만큼 플레이팅도 디자이너 지인의 도움을 받았다. 머릿속으로는 일본 카페 스타일처럼 밥과 샐러드, 메

인 메뉴가 한 접시에 올라가게끔 정했는데, 실제 담아보니 영 마음에 들지 않았다. 어떡하지 고민했는데, 역시 전문가는 달랐다. 디자이너의 손길이 닿자 지금처럼 깔끔하고 멋스럽게 바뀌었다.

광장을 오픈하고 가장 인기 있는 메뉴 역시 치킨남방이었다. 손님들은 점심에 치킨남방을 먹고 저녁에 다시 들러 한 번 더 먹을 정도로 치킨남방에 매료되었다. 일주일에 서너 번 와서 치킨남방을 먹은 손님도 있었다. 1인 1치킨남방이라며, 그분은 각각 다른 일행을 데리고 방문하기도 했다. 광장, 하면 치킨남방으로 떠올려지던 시절도 있었다.

그런 인기 메뉴였던 치킨남방이 없어질 위기를 맞이한 적도 있다. 당시 광장은 단골손님들이 많은 편이었다. 오픈하자마자부터 여러 번 다녀가는 손님들이 많았다. 여타 술집과는 다른 분위기여서였을까. 조용히 술 마실 수 있는 곳이었다. 덕분에 나만의 아지트로 삼고 싶어하는 사람들이 많아 소셜 미디어에 노출되는 일이 적었다. 스스로도 타인의 시선으로 재단된 외부 홍보를 썩 좋아하지 않았기에 내 방식대로 운영하며 새로운 손님 유치에 소극적이었다. 변함없이 자주 찾아주는 손님들을 위해 오늘의 메뉴라는 이름으로 매주 새로운 맛을 선보였다. 늘 치킨남방만 먹던 단골손님들은 새로운 메뉴들을 탐닉하기 시작했다. 새로운 시즌 메뉴들을 메뉴판에 추가하다 보니 치킨남방을 놓을 자리가 없었다. 자꾸만 뒤로 밀려나던 치킨남방은 하루에 한 개도 안 나가는 날도 있을 정도로 비인기 메뉴가 되었다.

광장은 봄, 여름과 가을, 겨울로 메뉴 구성이 바뀐다. 시즌이 바뀌면서 너무도 안 나가는 메뉴인 치킨남방을 빼기로 결정했다. 치킨남방을 좋아하는 단골손님들이 올 때마다 공지했다. 다음 달부터는 겨울 메뉴가 시작되고 치킨남방은 이제 없어진다고 알렸다. 잘 안 나가기도 하고 새로운 메뉴도 시도해보고 싶다는 말에 다들 아쉬운 반응을 보냈다. 이리저리 구상을 하며 치킨남방과 헤어질 날이 이 주도 채 안 남았을 즈음이었다. 오랜만에 온 치킨남방 마니아인 손님에게 다행히 치킨남방이 메뉴에서 사라지기 전에 오셨다며 인사를 건넸다. 그분은 청천벽력이라도 맞은 듯한 표정을 지으며, 얼마나 안 나가기에 없어지는지 되물었다. 그간 바빠서 못 왔지만 '광장은 치킨남방'이라고 강조하는 것도 잊지 않았다. 갑자기 손으로 날짜를 꼽으면서 남은 기간 동안 치킨남방이 얼마나 팔리면 안 없어지는지 물었다. 그는 치킨남방의 팬이 정말 많다며 지킬 수 있는 방법을 강구하겠다고 나섰다. 이제까지 정말 안 나가서 없애려고 하는 거였고 당장 그날도 치킨남방 마니아가 안 왔으면 주문이 한 개도 없던 참이었는데.

마침 그 주 토요일은 광장의 휴무일이었다. 토요일 오후 세 시간 동안 가게를 열고 치킨남방만 예약제로 판매하기로 했다. 예약자가 열 명 이상 모인다면 치킨남방을 없애지 않겠다고 약속했다. 지금이야 일부러 찾아오는 힙지로로 불리지만, 당시 을지로는 주말에 사람이 거의 다니지 않는 전형적인 오피스 상권이었다. 토요일, 하루 종일 열어도 하루에 다섯 명이 올까말까 할 정도로 한산했다.

그런 을지로에서 세 시간에 치킨남방 열 명 모으기 프로젝트가 시작되었다. 토요일까지 남은 날짜는 단 나흘. 화요일 늦은 저녁에 공지했기에 실제로 예약을 받을 수 있는 날은 사흘 정도였다. 그 주 주말 오후에 을지로로 열 명을 모으는 건 광장의 인지도를 생각하면 전혀 쉬운 일이 아니었다. 내 마음은 이미 치킨남방을 떠나보내고 있었다. 치킨남방 굿바이 파티라는 생각에 치킨남방을 좋아해서 적극적으로 연구하고 고정 메뉴에 넣었던 노력이 조금은 위로받는 기분이었다. '이렇게 좋아해주는 사람이 있었다는 것만으로도 다행이야, 좋은 메뉴였어, 치킨남방' 하고 말이다. 치킨남방의 운명은 이제 내 손을 떠났다. 이 제안을 한 손님은 열심히 지인을 모으기 시작했다.

하지만 목요일 저녁이 되기도 전에, 예약자 열 명이 확보됐다. 단골손님들이 적극적으로 연락을 해왔고, 치킨남방이 없어진다는 사실을 몰랐던 손님들까지도 연락을 주었다. 왜 치킨남방을 없애려 하냐며 질타 아닌 질타를 받기도 했다. 심지어 토요일은 일이 있어 예약을 못 하지만 그 전에 먹으러 왔다는 손님도 등장했다. 위기의 치킨남방이 불티나게 팔려

나가기 시작했다.

　대망의 토요일 오후 한 시, 치킨남방을 지키기 위해 열 명의 위원들이 모였다. 자주 보던 얼굴들도 있었고, 광장에서 일하던 아르바이트생도 있었다. 각자 1인 1치킨남방을 받은 뒤, 둘러 앉아 이야기를 나누며 이 메뉴를 없애려 했던 나를 역적으로 몰았다. 무릎이라도 꿇어 석고대죄를 해야 할 분위기가 되었다. 앞으로 절대로 없애지 않겠다는 약속까지 받아낸 대단한 분들이다. 이분들은 자신들을 '광장 치킨남방 사수 위원회'라고 부르기로 결의했고, 처음 제의한 위원장과 함께 광장에서 치킨남방을 시키면 천 원을 할인해주기로도 약속했다. 최근 일본 가정식이 유행하면서, 어디서나 쉽게 먹을 수 있던 평범한 치킨남방은 이날 이후로도 광장에서 판매되고 있다. 다만 이름이 좀 길어졌다. '10인이 지켜낸 치킨남방'이다.

　치킨남방을 없애려는 시도 이후, 계절이 바뀌어 비인기 메뉴를 없애려고 할 때마다 문의를 받는다. 그 메뉴는 지지자가 없나요? 위원회를 만들면 안 없어질 수 있나요? 이젠 조용하고 은밀히 메뉴를 바꾸게 되었다. 위원회 구성도 단호하게 마다한다. 사실 치킨남방도 이렇게 지켜질 줄 몰랐다. 이대로 없어질 거라 생각하고 시작한 행사였다. 물론 이렇게 글을 남기면 또 치킨남방 사수 위원회 분들에게 한소리 듣겠지. 가끔 그날이 떠오른다. 토요일의 광장, 토요일의 을지로가.

사실 이 이야기에는 뒷이야기가 하나 더 있다. '10인이 지켜 낸 치킨남방'에는 위원 중 한 명의 빛나는 꼼수가 있었다. 그는 몇 명이 모여야 되는지, 몇 명이나 모였는지 묻고는 나머지 금액을 본인이 입금해버렸기 때문이다. 애정을 가지고 치킨남방을 대하는 사람들이 있었다.

그러고 보니 사수 위원회 위원장과 회원들의 치킨남방 사수 위원 카드를 만들기로 한 게 벌써 얼마나 지났던가. 규칙을 마련해서 위원회를 정식으로 등록해달라는 얘길 들은 지도 벌써 일 년이 다 되어간다. 치킨남방만 먹는 치킨남방 사수 위원회 모임을 곧 열어야 될 것 같다. 더 엄격하고 꼼꼼히 지켜나가는 분들이 있어 광장에서는 사라질 수 없는 메뉴가 되었다.

광장,
을지로 광장

처음 광장을 열려고 할 때는 홍대, 이태원 위주로 알아봤
다. 홍대엔 구석구석 가게가 들어차 있었고 내가 예상한 임대
료와도 맞지 않아 알아보는 것 자체가 시간낭비였다. 이태원
의 좁은 골목골목들에서 만난 가게들은 가격은 맞아도 허가
를 낼 수 없다는 조건이라는 얘기를 수없이 들어야 했다. 내
구미에 맞는 가게를 찾을 수 없었다.

가게를 알아볼 때 절대 포기할 수 없는 조건이 있었다. 건
물 전면으로 창이 있어야 했다. 반지하, 지상 1, 2층이 아니라
높은 곳에서 시야를 가리지 않고 관망할 수 있는 무언가가 있

을 만한 곳들을 찾아다녔다. 높은 언덕에서 내려다보는 한강 조망은 너무나도 환상적이었지만, 허가가 안 난다는데 어쩌겠나. 가게를 알아본다는 얘기를 듣고 인테리어 일을 하는 지인이 을지로를 추천했다. 종로도 명동도 아닌 그 사이의 을지로는 생소한 동네였다. 노포가 많은 골목이라는 것만 알고 있던 내게는 접근하기 어려운 느낌이었다. 하지만 이미 삼 개월쯤 이리저리 둘러본 데다 구청도 수없이 들락거려 새로운 동네를 둘러보며 기분전환을 시킬 겸 을지로로 향했다.

늘어선 타일과 도기 가게들, 도로 면에는 조명 가게가 즐비해 있고 철물점과 건재들이 꽉꽉 들어차 있었다. 골목엔 지류회사에서 종이를 잔뜩 쌓은 팔레트가 지게차에 들려 옮겨지고 있고, 퀵서비스 오토바이가 뒤엉켜 쉴 새 없이 빵빵, 삑삑 소리로 귀를 울렸다. 인도는 담배연기가 끊임없이 흩날렸다. 낡은 건물들 입구에는 '삘딩'이라고 쓰인 오래된 표기법의 현판과 태어나기도 이전의 해를 표시한 숫자들이 끝없이 이어졌다. 좁은 입구와 높게 이어진 계단까지 그동안 경험해보지 못했던 시간이 머물러 있었다. 소위 뜨는 동네와는 다른, 을지로만의 매력이 있었다. 새롭게 지어진 빌딩숲 뒤편의 낮고 낡은 건물로 가득 찬 동네, 서울 중심에 이런 곳이 있었나 할 만큼 첫눈에 반하고 말았다.

이곳에서는 부동산도 찾기 어려웠다. 대로변을 아무리 돌아봐도 부동산이라는 글자가 눈에 띄지 않았다. 무작정 골목을 돌려 임대 표시 아래에 적힌 번호로 전화를 걸었지만 음식점은 안 된다는 답변만 들었다. 여기는 임대 거래가 없나? 한참을 빙빙 돌아서야 3층에 있는 작은 부동산 간판을 발견했다. 3층까지 올라갔지만 꾹 닫힌 문 앞에서 심호흡을 크게 내쉰 다음 열어야 했다. 문 앞에서 나를 맞이한 건 할아버지들의 고성이었기 때문이었다. 문을 열자 자욱한 담배연기 속에서 바둑을 두는 할아버지들이 그곳에 있었다.

왠지 쭈그러든 마음으로 가게를 하려고 하는데요, 하며 인사를 건넸다. 원하는 선의 월세와 보증금에도 의아해 하지 않던 부동산 사장님은 다른 조건에 놀란 표정이었다. 술집을 4층에 하겠다고? 그다음 조건에는 고개까지 갸우뚱했다. 엘리베이터는 없어도 되고, 15평 정도면 좋겠어요. 더 작아도 상관없지만 창이 잘 나 있어야 해요. 사장님은 가게를 몇 군데 보여줬지만, 정확히 어떤 걸 말하는지 모르겠다며 갸우뚱해 했다. 내가 찾는 형태의 가게는 사십 년간 부동산업을 해온 사장님조차 이해할 수 없어 했다. 그만큼 기존의 술집과 음식점에 대한 고정관념은 컸다. 사장님은 열 곳 넘게 보여주고도 "이런 게 아니고요"라는 반응을 보이는 나를 당혹해 했다. 결국 이 동네에서 그나마 젊은 분이라고 하며 50대 정도 되어 보이는 다른 부동산 사장님을 소개해주었다.

서울 곳곳을 육 개월 내내 둘러보던 시간을 어떻게 표현할 수 있을까? 을지로에서 시작한 가게 찾기는 을지로3가역의 사거리 동서남북 골목을 넘어 충무로까지 이어졌다. 새로운 부동산 사장님이 보여주는 장소들은 꽤 내가 생각했던 구조에 가까웠다. 창이 훤히 드러나서 '와' 하는 탄성도 질렀지만 계약까지 가는 건 또 다른 일이었다. 음식점 허가를 낼 수 있는 조건이 안 돼 불발되는 경우가 많았다. 을지로의 오래된 건물들의 특성 때문이었다. 보건소의 허가 담당 공무원은 어쩜 이런 건물들만 알아보는 재주가 있냐고 되물을 정도로 허탈한 순간들이 이어졌다. 계약 날짜까지 잡았다가 건물주의 사정으로 불발된 적도 있었다. 음식점을 하게 되면 건물이 지저분해진다는 이유로 거절당할 땐 야속한 기분마저 들었다. 애초부터 안 내놨으면 헛걸음은 안 했을 텐데 하며 뿔난 기분이 되기도 했다. 그러다 명보극장 근처의 오래된 건물을 만나게 되었고, 이곳을 보는 순간 계약을 해야겠다고 마음먹었다.

시야 가림이 없는 왕복 이차선 도로 앞 건물의 5층, 복도식의 좁고 긴 형태의 건물은 전면이 새시 유리창으로 되어 있었다. 창밖으로 보이는 을지로와 충무로의 오래되고 낮은 건물들을 아래로 눈 재 큰 하늘을 그대로 펼쳐보여 수었다. 낮은 건물들 너머로 우뚝 선 빌딩들은 거대하게 밀려오는 파도처럼 을지로를 지키고 서 있었다. 마침 해 지는 시간이었고, 그 창 가득 들어오는 붉은 노을이 장관이었다. 이 모습을 어디서 봤더라? 분명, 본 적이 있는 풍경이었다. 창에 반해 아득해진 기분을 잡아 떠올렸다. 도쿄, 도쿄에서 본 풍경이었

나. 신주쿠 역에서 노란색의 소부선과 오렌지색의 중앙선 열차를 타고 가며 보았던 풍경이었다. 화려하고 복잡한 신주쿠를 벗어나자마자 나타나는 전혀 다른 분위기의 주택가 풍경. 창 너머로 신주쿠의 높은 빌딩들이 점점 멀어지고, 지는 해에 비친 오렌지색 도시의 풍경은 타국에서의 지난한 삶을 위로해주었다. 그곳에서 받았던 위로가 선명하게 재현되고 있었다. 서울의 낡은 빌딩에서 도쿄가 떠오르다니 뭉클했다. 이곳을 만나기 위해 그렇게 많은 곳들을 둘러보았구나. 그 넓은 공간을 보며 떠오른 것이 광장이라는 단어였다.

가게 이름을 고민할 때 제일 첫 번째로 생각한 것은 고유명사를 만들고 싶지 않다는 것이었다. 이자카야처럼 일본어를 그대로 사용하고 싶지도 않았다. 일반 명사 중에서 내가 생각하는 바를 가장 잘 표현할 수 있는 단어들을 찾았다. 사전을 펼쳐 단어 하나하나 읽어보기도 했다. 긴 고민의 시간 동안 왜 이 단어가 왜 떠오르지 않았을까? 싶을 정도로 이곳의 풍경을 보자마자 광장이라는 이름으로 가게를 열어야 되겠다고 마음먹었다. 서울의 북적거림과는 다른, 고향 창원의 여유롭고 드넓은 잔디광장을 떠올렸다. 휴식과 편안함을 먼저 떠올리게 하는 창원의 광장을 서울에서도 구현시키고 싶다고 생각했다. 비록 계약할 수 없는 사정이 생기고 말았지만.

결국 5층 건물보다 낮은 층에서 광장을 오픈했다. '옛 추억'이라는 이름의 컴컴했던 노래 주점의 가벽을 허물었고, 널

찍하게 재탄생시켰다. 그 멋진 오렌지 빛 노을을 가질 수 없어 아쉬운 마음이 들었지만 덕분에 마음에 드는 가게 이름을 얻었다. 광장이라는 단어가 넓은 공간으로서만 쓸 수 있는 건 아니라고 위안하며 내 이름에 들어가는 빛 광光 자에 마당 장場 자를 넣어 광장은 또 다른 의미의 광장이 되었다.

을지로에 광장이라는 공간을 연 지도 벌써 삼 년이 흘렀다. 처음엔 을지로3가역 1번 출구에 내려 골목을 들어오면 저녁에 유일하게 불이 켜진 2층의 가게였다. 지인들은 하나같이 어쩜 이런 곳에 가게를 냈어? 진짜 너답다 말하던 골목이었는데, 이젠 멋있는 술집과 카페들이 즐비하다. 처음에 가게들이 계속 들어설 때는 반가운 마음이 들고, 가게 투어하는 재미도 쏠쏠했는데 이젠 새로 생기는 가게들이 꽤 많아져 손님들을 통해서 "요즘은 어디가 좋아요" 하는 이야기를 듣는다. 상호조차 생소할 때가 많다. 손으로 꼽기도 어려워 세는 걸 포기했을 정도다.

언젠가는 광장과 조금 떨어져 있는 호텔수선화 사장님과 이야기하다 공통적으로 아는 가게가 없어 웃고 말았던 적도 있다. 덕분에 을지로 거리에서 광장의 작은 간판을 찾기가 어려워졌다. 오랜만에 찾은 친구들은 "'어디였지? 못 찾겠어" 하며 연락을 하기도 했다. 겨우 삼 년 만에 이렇게 변했는데, 삼 년 뒤의 을지로는 어떻게 변할까? 커다란 빌딩을 세우려 구획을 지어놓은 재개발 지역이기도 하니 재개발 지역의 위용에 걸맞게 사라져버릴지노 모른나. 갑작스러운 철거와 이주 정책에 반발하는 사람들이 운동을 벌이기 시작했지만, 정책 같은 건 늘 약자에게 관대하지 않으니 긍정적인 전망은 접어두어는 게 속이 편할 것 같다.

재개발 공사를 하는 구역들이 가까워지고 있다. 공사가 진행되는 모습을 볼 때마다 생각보다 빨리 을지로에서 멀어질 준비를 해야만 될 것 같다. 그러기엔 을지로 골목에 정이 많이 들었는데 말이다. 지금은 재개발보다 새로운 가게들이 생겨나는 속도에 젠트리피케이션으로 떠나는 게 먼저가 아닐까 하는 걱정도 든다. 뭐 어떻게든 광장이 광장스러움을 가지고 있다면 어디서든 어떤 형태로든 기억되겠지.

광장, 지금은 을지로의 광장입니다.

반짝이는 기다림과 마주하다 보면

한 달의 방학은 혼자만의 휴식이나

즐거움이 아니라는 걸 깨닫게 된다.

FOOD & PEOPLE IN GWANGZANG

랜선에서 광장으로

공간을 만들면서 무엇보다 먼저 생각한 것은 메뉴나 가게 구성보다 혼자만 오는 날을 만드는 것이었다. 한국은 음식의 특성에 독특한 술 문화까지 더해져 여럿이 함께 즐기는 식문화가 발달해 있다. 그러다 보니 혼자 오는 손님은 환영하지 않는 분위기가 있었다. 아예 문 앞에 '혼자 오는 사람은 안 된다'는 문구를 적어놓은 가게도 있었고 들어가더라도 문전박대하는 가게를 찾는 건 어렵지 않았다.

왜 혼자면 안 되는가. 사람은 무조건 떼로 다녀야 되는가에 대한 의문이 들었다. 회사나 소속 없이 일해 온 나에겐 일상의 식사와 술자리는 매일 쌓이는 고민 덩어리었다. 저녁으로 뭘 먹을까 메뉴를 떠올리다 보면 삼겹살을 먹고 싶어질 때도 있고, 호프집의 왁자지껄함 속에서 맥주 한 잔을 즐기고 싶을 때도 있었다. 술과 함께 식사를 즐기기 위해서 누군가에게 연락을 해야만 했다. 결심하고 혼자 마시는 날을 SNS에 기록이라도 하면 "왜 그랬어. 나한테라도 연락하지" 하는 핀잔도 흔했다. 혼자 먹고 마시는 건 대단한 일이 아니다. 그러고 싶을 때 그럴 수 없는 환경이 이상한 것 아닐까.

광장을 구상하면서 나를 위해 내가 제일 즐거울 만한 날을 만들었다. 혼자도 즐길 수 있는 날을 만들자, 혼자를 환영하는 날을 만들자. 무조건 만들자고 생각했다. 어차피 혼자 오는 공간이니 말을 할 필요도 없을 것이라 생각해 주문을 받거나 운영을 하는 나도 이 공간에서 말하지 않기로 했다. 말도 없고, 이왕이면 음악도 없는 날. 소란한 일상의 가게들과 다르고 내 집과는 비슷한 공용 공간, 특별하다기보다는 특이한 날을 만들기로 했다.

혼자만 오는 날! 이 날을 생각하면서 '또 어떤 게 있으면 좋을까? 어떤 게 없으면 좋을까' 하며 채우고 빼는 재미에 푹 빠졌다. 친구들에게 이 아이디어를 신나게 이야기했다. 나의 기분과 달리 모두의 반응은 '도대체 무슨 소리를 하는 거야?'였다. "말을 하지 않으면 주문은 어떻게 하고?" 하는 기본적인 질문부터 시작해 이상한 룰이 많은 식당은 가고 싶지 않을 거라며 어색한 미소를 지었다. 겨우 일주일에 한 번이라고 했더니 더 놀라던 친구들이었다. 너무 많다며 "이벤트 성으로 한두 번 하는 건 몰라도 정기적으로 하는 건 무리가 아닐까?" 하며 진심어린 조언을 건넸다. "그럼 한 달에 한 번쯤은?" "그것도 많아. 아유, 너는 참." 고개를 절레절레 흔드는 친구들의 표정이 아직도 잊히지 않는다.

광장을 오픈한 직후에는 허둥지둥하는 날들이 흘러갔다. 매일매일 광장의 규칙을 설명하기에도 벅찼다. 운영을 해나가면서 새로운 규칙을 만들기도 했다. 고층빌딩이 많은 오피스 거리인지라 한산한 주말에 영업을 쉬기로 결정하는 데만도 두 달이나 걸렸다. 요리를 하고 주문을 받고 청소를 하고 설거지를 하며 하루가 어떻게 지나가는지 모르게 석 달쯤 흘렀다. 그렇게 광장의 일상이 익숙해지자 혼자 오는 손님을 환영하는 홀로파티를 하겠다던 계획이 생각났다. 친구들에게 계획을 다시 이야기했다. 다들 오픈하고 몇 달간 파티 얘기를 하지 않기에 '현실적으로 힘든 걸 느꼈겠구나 싶어 안심했는데' 하며 걱정 어린 표정이 되었다. 하지만 처음의 만류와는 달리 "광장의 특이한 규칙이 신기할 정도로 통하니 그것도 모르겠다. 잘될 거야" 하고 응원해주는 분위기가 되었다. 평일로 날짜를 정하기 애매해 주말에 파티를 열기로 했다.

광장을 오픈하던 시기, 한 패션잡지에서 을지로에 있는 예술가들의 작업실과 전시공간들과 광장을 함께 소개했다.

을지로에 조그만 가게들이 들어서기 시작했을 때였다. 잡지에 실린 걸 보고 을지로에 작업실을 둔 예술가들과 기획자들이 광장을 찾았다. 그 잡지에 광장과 함께 자신이 소속되어 있는 작업실도 실렸다며 말을 걸어온 사람이 있었다. 지혜 씨였다. 전시나 이벤트를 기획한다는 지혜 씨의 말에 재미난 기획이 있다면 광장을 언제든 활용해달라고 했다. 그렇게 몇 달이 지났다.

광장에 혼자 오는 날의 공지를 올렸다. 광장의 공지를 보고 자신이 기획한 것과 비슷한 점이 많으니 이야기를 나눠보고 싶다고 연락해온 지혜 씨였다. 이야기를 나눠보니 '혼자 오는 날, 1인 손님만 입장 가능하고, 말이 없는 날'이라는 같은 콘셉트를 구상하고 있었던 것이었다. 지혜 씨 또한 홀로 할 수 있는 자유로움에 대해 고민을 했고, 장소만 허락한다면 하고 싶은 기획이었는데 아무래도 영업장이다 보니 매출에 영향을 주지 않을까 하는 게 가장 걱정되었다고 했다. 하지만 광장 SNS를 통해 '혼자 오는 날'이라는 공지를 보곤 '이거다!' 싶어 연락해왔던 것이었다. 우리의 의견은 착착 맞았다. 처음 이런 이벤트를 떠올릴 때처럼, 아니 그보다 더 신나게 준비할 수 있었다. 말이 없는데 음악까지 없으면 공간이 너무 삭막할 것 같아 음악은 틀기로 했다. 말을 안 하는 대신 주문을 수기로 작성하고, 셀프서비스인 광장의 룰을 십분 발휘해 혼자서 즐거울 수 있는 홀로인의 파티를 그렇게 기획하게 되었다. 지혜 씨는 기획자답게「랜선에서 광장으로」라는 기발한 이름으로 우리의 행사를 명명했다.

2016년 10월의 두 번째 토요일,「랜선에서 광장으로」를 오픈했다. 분위기를 유지하기 위해 입장료도 받았다. 이것은 분명히 홀로를 위한 파티의 날이니까. 예약과 진행은 지혜 씨가 맡았고 나는 늘 그렇듯 음식을 맡았다. 사람들은 웃음을 참아가면서 설명서를 읽고 수기로 메뉴를 주문했다. 두세 명이서 오거나 예약을 하지 않고 온 사람들은 입장료 때문에 들어오지 못하고 돌아가야 했다. 지혜 씨는 매출 걱정을 하며 다른 안을 제시했지만 오늘은 분명히 홀로만을 위한 파티였고, 머릿속으로만 생각했던 파티가 실제로 벌어지는 즐거움만으로 이미 가득 찼다고 전했다.

「랜선에서 광장으로」라는 이름으로 열린 홀로 파티는 혼자 와도 먹고 마시고 즐길 수 있다는 것을 알리며 시작했다. 2회부터는 소소한 부제와 기획들을 하나씩 정했다. 홀로인들을 위한 대표적인 독립잡지인『계간 홀로』를 함께 나눠 보기도 했고, 사놓고 읽지 않는 책을 들고 와 읽는 행사, 파일들이 엉망으로 나열되어 있는 컴퓨터를 정리하는 날을 갖기도 했다. 이날 각종 데이터들은 물론 버려야 하는 서류들을 완벽히 버릴 수 있게 분쇄기도 준비했다. 마칠 즈음에는 분쇄기 안은 참가자들의 잘려나간 서류들로 가득 차기도 했다. 시즌에 맞춰 혼자 놀기 좋은 장소들로 바캉스 계획을 공유하거나 새해 계획을 세우는 등 다양한 기획들로 하루를 채워나갔다.

혼자 온 사람들은 누구의 눈치도 보지 않고 자신만의 시간을 보내며 천천히 일상을 정리하기도 하고 일기를 쓰기도 하고 책도 읽으며 시간을 보냈다. 물론 집에서도 할 수 있는 일이지만, 넓은 공간에서 모두가 조용히 각자의 시간을 한 공간에서 누리는 특별함이 있었다. 그래서인지 한 번 참여한 사람들이 계속해서 참가하는 경우가 많다. 사람이 많은 날도, 적은 날도 있었지만 그렇게 이 년을 이어온「랜선에서 광장으로」는 마침 2017년 7월에는 시청광장에서 열린 퀴어퍼레이드와 같은 날 열렸다. 늘 다수만 환영받던 상업적 공간에서 소수인 홀로를 위한 공간을 만들었던 취지를 퀴어프레이드와 연계시킬 수 없을까 고민했다. 지혜 씨는 이날은 조금 다른 파티를 열자고 제안했다. 퀴어퍼레이드의 작은 애프터 파티였다.

우리는 가게 입구에 붙일 커다란 무지개 현수막을 제작하고, 홍보를 시작했다. 멋진 포스터는 디자인팀 파이카에서 제작했다. 성소수자를 상징하는 6색 무지개를 표현한 채소 꼬치와 칵테일도 준비했다. 당일엔 인터넷에서 '성소수자들이 뽑은 노래 랭킹'을 가져와 영상과 음악을 틀었다. 광장의 일상에서도 없을 북적북적한 분위기에서 자유롭게 웃고 떠들고 함께 노래를 따라 부르기도 하며 무지개 색 칵테일을 들이켰다. 성별도 성적 지향도 따지지 않고 자연스럽고 평화롭게 공간을 만끽했다. 이런「랜선에서 광장으로」도 있었다.

그렇게 완벽하고 새로웠던 파티가 끝났다. 혼자 참가하는 파티의 한계를 실감하며 아이디어를 짜내느라 힘들었던 지혜 씨는 새로운 파티로「랜선에서 광장으로」를 조금 더 확장해 나갈 수 있음을 느꼈다. 그렇게 다음 달을 기다리며 '이번 달 주제는 뭐가 좋을까요?' 하며 연락을 했다. 하지만 답변이 원활하지 않았다. 다양한 일을 하게 되어 한창 바빠졌다고 미리 들었던 터라 '일이 바쁜가?' 하고 생각했던 며칠이었다. 그러던 어느 날 지혜 씨로부터 장문의 메일이 왔다. 몸이 안 좋아 입원하게 되었다며 당분간 연락하기 어려울 거란 소식이었다.「랜선에서 광장으로」의 새로운 가능성을 열었던 파티를 성공적으로 유치한 그날, 먼저 시청의 퀴어퍼레이드를 즐기고 광장으로 돌아오는 길에 어지럽고 몸이 안 좋다며 몇 번을 쉬어가던 지혜 씨의 마지막 기획 파티였다.

광장을 가장 잘 드러낼 수 있는 파티기에 없앨 수는 없었다. 그래서 당분간은 혼자 행사를 꾸려나가기로 했지만, 지혜 씨가 매번 기획하는 독특한 주제들이 없으니 아무래도 심심한 기분이었다. 나도 사정이 생겨「랜선에서 광장으로」의 날들을 쉬어야만 했다. 이렇게 흐지부지되는 게 아쉬웠다. 그러던 사이 다행히도 지혜 씨의 상황이 호전되었다. 기운을 차린 지혜 씨는 좋은 기획자들을「랜선에서 광장으로」에 불러주었다. 손편지 정기구독 프로젝트를 진행하는 월간 비둘기팀은 손편지와 상담을 연결해 진행했고, 『계간 홀로』 편집장도 「랜선에서 광장으로」를 운영해주었다. 지혜 씨는 「랜선에서 광장으로」를 친구들에게 맡긴 것에만 그치지 않고, 이벤트의 활성화를 위해 건강이 허락하는 날에는 자리를 채워주었다. 오랜만에 만난 그날, '광장의 음식을 먹으니 회복되는 것 같다'는 말에 또 한 번 위로를 받았다. '지혜 씨 덕분에 받은 위로가 얼만데요.'

랜선 광장의 날, 필담으로 주문을 받고 질문에 답하며, 입 모양으로 '많이 드세요' 하며 음식을 건네고, 잘 먹겠다는 눈인사를 받는다. 그릇을 반납하며 쪽지를 건네거나 눈으로 인사를 건네는 사람들과 언어가 아닌 몸짓으로 대화를 나누었다. 살짝 숙이는 고개, 미소, 그리고 다정한 기분을 담은 눈빛. 그렇게 눈을 바라보며 하는 주문과 인사는 말을 하면 안 되는 규칙을 가진 「랜선에서 광장으로」가 아니었다면 언제 느껴볼 수 있을까? 이 년이 넘는 시간 동안 받은 짧은 쪽지들도 그랬다. '잘 먹고 갑니다.' '너무 맛있어서요' 등 감사의 말들이 손 글씨로 오갔다. 그동안 손님들과 셀 수 없이 들었던 말들을 주고받았지만 그 쪽지에는 말로 전하는 언어보다 강한 전달력이 있었다. 그럴 때마다 매번 마음의 작은 화로에 불이 붙은 것처럼 그 따뜻함에 취했다. 이 고마움을 어떻게 전할까 고민을 해봐도 마땅하게 떠오르지 않았다.

2018년 12월, 그해의 마지막 「랜선에서 광장으로」 파티는 '2018 셀프 결산 어워드 나에게서 나에게로'였다. 나의 한 해를 돌아보고 비어 있는 종이 상장에 나에게 혹은 가까운 분에게 줄 상장을 쓰는 기획이었다. 상장을 보자마자 생각났다. 몸 상태에 따라서 올 수도, 못 올 수도 있다고 답한 지혜 씨에게 쓰기로 했다. 다행히 행사를 마치기 직전에 지혜 씨가 왔다. 웬일인지 주방 마감을 늦게 한 날이었고, 덕분에 지혜 씨를 위해 요리할 수 있었다. 이날도 지혜 씨는 광장의 그릇을 말끔하게 비웠다. 저녁 일곱 시, 마치는 시간이 되어 인사를 나누러가서는 기습적으로 "지혜 씨에게, 공로상 수여식입니다" 하고 써놓은 상장을 읽어내려 갔다.

위 사람은 광장의 월 정기 이벤트
「랜선에서 광장으로」를 기획·운영하였고,
홀로인들을 위한 광장의 정체성 형성에 기여한 공이 크므로
이에 공로상을 드립니다.

2018년 12월 8일. 광장장.

말없이 행사에 참여하던 분들도 박수를 치며 지혜 씨의 공로에 함께 고마움을 표했다. 지혜 씨와의 새로운 「랜선에서 광장으로」를 꾸리는 날이 빨리 다가오기를 바란다. 우리가 만든 침묵의 홀로 파티는 매월 두 번째 토요일 오후 한 시에 열립니다.

공 로 상

정지혜

위 사람은 광장의 월정기 이벤트
#런선에서 광장으로 를 기획·운영하였고
홀로인들을 위한 광장의 정체성 형성에
기여한 공이 크므로 이에 공로상을 드립니다

광장장 김강연

아는 메뉴가 하나도 없으니까

오코노미야키

가게를 준비할 때 얘기다. 광장에서 선보일 메뉴를 머릿속으로 생각했다. 우선 좋아하는 메뉴 리스트를 쭉 적어둔 뒤 혼자 만들기에 적당한 요리의 개수를 추리고 '밥 먹는 술집'이라는 콘셉트에 걸맞게 밥 메뉴와 곁들일 수 있는 메뉴도 준비했다. 가게 자리를 알아보러 다닐 때부터 메뉴 테이스팅을 시작했으니 육 개월이 넘는 기간 동안 고민했던 셈이다. 꽤 많은 지인들이 테스터가 되어 주었다.

최종적으로 다섯 개의 메뉴가 결정됐다. 치킨남방, 치킨 가라아게, 카레라이스, 양배추스테이크, 포테이토사라다가 메뉴판에 올라왔다. 전문가의 의견도 받으면 좋을 것 같아, 가게 계약 당시부터 조언을 구한 친구에게 평가를 요청했다. 몇 년째 가게를 운영하던 Y가 광장의 메뉴판을 보더니 살짝 당황해했다. 아는 메뉴가 하나도 없어 뭘 골라야 할지 모르겠다며 갸우뚱한 표정으로 말했다.

무슨 메뉴인지 모르겠으면 물어보면 되지 않아? 모르는 걸 먹는 새로운 기분도 있고 말이야. 항변해보았지만 그는 익숙한 메뉴가 하나는 있어야 마음 편히 주문할 수 있을 것 같다고 했다. 그렇다면 무슨 메뉴가 좋을까? 같이 고민을 했다. 많은 일본 음식들이 거론되었지만 내 마음에 쏙 들어오는 게 없었다. 오랫동안 고민하고 테스트한 메뉴들과 달리 가게를 정식 오픈하기로 정한 날이 일주일도 남지 않은 상황에서 새로운 메뉴를 만들어야 하는 것 자체가 부담이었다. 광장의 메뉴를 봄, 여름과 가을, 겨울 메뉴로 나눠서 준비할 계획이었던 터라 계절에 적절히 맞는 음식이면서 혼자 운영하기에 재료 준비가 까다롭지 않아야 했다. 범위가 너무 좁았다. 딱 맞는 것을 정하기 어려워 고민에 고민을 거듭해봐도 답이 나오지 않았다. 일본 음식 중 어떤 것이 한국 사람들에게도 익숙한지 당최 가늠이 되지 않았다. 흔하고 어디서나 먹을 수 있는, 균일하게 맛을 낼 수 있는, 쉽게 고를 수 있는 메뉴를 굳이 광장에서 판매할 이유는 없지 않을까 하는 고민도 들었다. 그렇게 며칠을 고민하던 내게 Y는 오코노미야키를 추천했다. 나보단 가게를 운영한 경험이 더 오래된 친구의 말에 괜히 마음이 안절부절해 급히 테스트를 하고 메뉴에 올렸다. 그렇게 오코노미야키는 살짝 어정쩡한 상태로 광장의 여섯 번째 정식 메뉴가 되었다.

　Y의 말처럼 메뉴판을 한참 들여다보던 사람들은 요리 옆에 붙은 사진에도 불구하고 음⋯⋯⋯⋯⋯⋯(이 정도의 말줄임표가 늘 손님의 머리 위에 떠 있는 기분이었다) 오코노미야키요, 라고 주문했다. 몇 개월간 준비했던 메뉴보다 더 사랑받는 오코노미야키에 조금은 서운한 마음도 들었다. 그렇게 몇 달간 오코노미야키를 주문하는 모습을 보다 문득 일본 여행 때 들렀던 한 가게가 생각났다. 도쿄에 있는 작은 선술집이었다. 메뉴가 일본어 한자로 가득 적혀 있어 어지러울 지경이었다. 그나마 읽을 수 있는 히라가나도 몇 개 쓰여

있지 않았다. 분위기는 마음에 들어 여기서 한잔하고 싶은데 무얼 주문해야 되나 고민하던 차에 익숙한 글자를 봤다. 오코노미야키! 아는 글자를 발견하고 반가워하며 이거 주세요, 라고 했던 순간이 떠올랐다. 익숙함의 힘이었다.

손님이 이 음식이 뭐냐고 질문하면 알려줄 텐데, 새로운 메뉴를 알게 되는 재미도 있지 않을까? 라고 생각하기도 했다. 하지만 낯설고 새로운 가게에 들어간 마음만으로도 이미 큰 용기를 낸 것이었을지도 모른다. 낯선 것들만 가득한 공간에서 익숙한 한 가지로 안정을 취하고 싶은 기분 말이다. 이곳에도 내가 아는 메뉴가 있구나 하고 반가운 마음의 선택이었다. 지금도 광장에는 여전히 "무슨 메뉴에요?"라고 묻지 않고는 가늠이 안 되는 메뉴들이 가득하다. 그래서인지 메뉴를 한참 보며 고민하다 오코노미야키를 주문하는 손님들을 종종 맞이한다.

벌써 네 번째 여름을 맞이하지만 오코노미야키를 주문하는 손님을 볼 때마다 Y에게 고맙다. 지방으로 간 덕에 이전처럼 자수 만나서 이야기를 나눌 수 없지만, 가게 운영의 대선배인 Y 덕분에 광장이 조금 더 친숙한 공간이 되었단 생각이 들었다. 처음에 와서 오코노미야키를 먹고, 다음 걸음엔 다른 메뉴도 도전해볼 수 있을 테니.

오코노미야키는 일본어로 오코노미お好み, 좋아하는 것을 구운 것야키:焼き 이다. 이름 그대로 자신이 좋아하는 재료

들을 골라 밀가루와 함께 섞어 두껍게 부쳐낸 다음 가쓰오부시를 뿌려 먹는 음식이다. 일본의 서쪽인 오사카를 중심으로 효고, 나라, 미에 현 등이 간사이 지역에 속하는데 오코노미야키는 이 간사이 지역을 대표하는 음식이다. 전국적으로 오코노미야키의 대표지가 간사이 지역이라 알려져 있는데 히로시마 이외의 지역에서 통용되는 오코노미야키는 간사이 풍을 말한다. 단, 히로시마에서만큼은 오코노미야키요! 라고 주문하면 히로시마 식 오코노미야키가 나온다. 심지어 히로시마의 식당에서는 "히로시마 오코노미야키 주세요"라고 하면 그런 메뉴는 없다는 이야기를 한다고도 한다니 음식의 발생지를 두고 치열한 자존심 싸움을 하고 있는 셈이다.

히로시마 오코노미야키와 간사이 풍 오코노미야키가 크게 다르지 않다. 말 그대로 오코노미야키라는 이름을 함께 사용하니 말이다. 재료도 비슷하다. 밀가루 반죽에 각종 해물과 고기, 양배추와 숙주에 떡과 치즈도 들어간다. 이름 그대로, 좋아하는 것을 모아 구우면 된다. 다만 히로시마 오코노미야키는 간사이 풍과는 반죽법이 좀 다르다. 간사이 풍이 죄다 섞어서 구워주는 형태라면, 히로시마에서는 양배추와 계란을 먼저 구워 단단한 바탕을 만들고 그 위에 재료들을 쌓아 올려 묽게 갠 밀가루 물을 뿌려 재료들을 붙여주는 형태다. 히로시마 풍 오코노미야키는 밀가루 반죽이 적게 들어가다 보니 재료 자체의 맛과 식감이 살아 있다. 또 다른 큰 특징이라면 히로시마 오코노미야키 위에는 마요네즈를 뿌리지 않는다. 하지만 워낙 마요네즈를 뿌리는 간사이 풍 오코노미야키가 정석이라 요즘은 히로시마 풍에도 마요네즈가 뿌려져 나오기도 한다.

광장은 간사이 풍 오코노미야키를 선보인다. 그때그때 신선한 해물과 새우를 양배추와 함께, 잘 개어둔 밀가루 반죽에 섞어 굽는다. 두껍게 구워내야 하기 때문에 불 조절이 관건이다. 속까지 익힌다고 너무 낮은 불에 오래 두면 뜨거운 기름에 지져낸 밀가루 특유의 맛을 살릴 수 없다. 잘 달군 팬에 기름을 넉넉히 두르고, 기름의 온도가 높아지면 반죽을 올린다. 센 불로 바삭하게 구운 후 한 번 뒤집어주고 동그란 프라이팬에 맞춰 꾹꾹 눌러 펴준다. 앞뒤로 맛 좋은 갈색을 띠면 약한 불로 줄여 속까지 잘 익도록 천천히 굽는다. 바삭하게 구우려면 기름을 넉넉히 두르는 게 포인트다. 속까지 잘 익힌 후 접시로 옮겨 오코노미야키 소스와 마요네즈를 넉넉히 뿌리고, 가쓰오부시를 올려주면 끝! 살랑살랑 뜨거운 열기에 가쓰오부시가 너울거리는 맛있는 오코노미야키가 완성된다. 가쓰오부시에서 느껴지는 깊은 고소함과 달달한 오코노미야키 소스, 거기에 맛을 풍부하게 완성시켜주는 마요네즈가 잘 지져진 밀가루 반죽과 만나는 이 메뉴는 한국의 전 메뉴들이 그렇듯 비 오는 날에 유독 더 생각나는 음식이다.

오코노미야키는 간사이로 대표되는 음식이지만, 의외로

시작은 도쿄라고 한다. 밀가루 반죽을 도톰하고 작게 부쳐 잼 등을 넣어 먹던 간식에서 시작해 전국으로 퍼져나갔는데 형태와 이름도 바뀌고 서양의 소스들이 들어오며 점점 진화한 게 지금의 형태이다. 몬자야키라고 부르는 조금 더 실고 부드러운 형태의 오코노미야키가 도쿄에선 더 흔하게 볼 수 있어 몬자야키는 도쿄식 오코노미야키라 불리기도 한다. 오사카 사람들은 몬자야키를 오코노미야키의 형제 메뉴로 인정할 수 없다고 할 만큼 오코노미야키에 대한 애정과 자부심이 엄청나다. 나 역시 몬자야키를 처음 봤을 때 '아아, 이건 아니야'라고 생각했다(왜냐하면 초록빛 검색창에 찾아보시면 알게 될 거예요, 제 기분을……). 일본 사람들에게 들은 바로는 일제강점기 시절 오사카 지역에 끌려온 한국 사람들이 전을 만들어 먹던 것에서 진화했다는 이야기를 듣기도 했지만 일본 인터넷에서는 그런 설을 찾아볼 수 없었다.

여전히 사람들은 메뉴판을 보면서 (차근차근 공부하듯 읽다가) 묻는다. 그런데 여기 쓰여 있는 아게다시도후가 뭐예요? 타코라이스는 타코야키 같은 건가요? 그들은 내 설명을 듣고도 갸우뚱한 표정을 감추지 못하다 결국 오코노미야키를 주문한다. 광장의 메뉴 맨 상단에 오코노미야키를 뺄 수 없는 이유다. 뜨거운 여름과, 그 여름을 식혀주는 비 오는 날에는 이만한 음식이 없다.

광장 테이블의 삭막함이 광장 카레로 채워진다.

함께 있는 공간의 향과 맛、 공기로

바다에 둥실둥실 떠 있는 섬들이

바다의 깊은 물길로 이어진 것처럼.

증, ○○○

"○○○ 씨가 누구예요?"

남자 손님이 화장실을 사용하고 카운터로 와서 자주 물어보는 질문이다. 처음엔 대뜸 내 친구의 이름을 물어보기에 그 친구와 아는 사이냐고 되물었다. 이 질문을 처음 한 손님은 웃으며 화장실 변기에 이름이 쓰여 있기에 물어봤다고 했다. 친구고, 개업 때 화장실 변기를 기증했다고 답했더니, 어떻게 친구가 화장실 변기를 기증하게 되었냐며 다시 묻곤 했다.

광장의 화장실 변기에는 이름이 새겨져 있다. [증 ○○○]. 사연이 있다. 가게 오픈 준비를 알게 된 지인 한 명이 가게에 필요한 것이 없는지 물어왔다. 마침 화장실 공사 중이라고 하자 그는 흔쾌히 화장실 변기 값을 내주었다. 그걸 시작으로 광장은 친구들에게 기증받은 물건들로 채워졌다.

작고 조그만 나의 작업실에 프리랜서 작업자들이 술을 마시며 일할 수 있는 공간을 생각하며 광장을 준비했다. 다른 말로 하면 예산이 딱 그 정도였다는 뜻이다. 작업실의 연장선이었기 때문에 저렴하고 접근성이 낮은 곳을 알아보았다. 작은 장소를 구하고 있었지만 창이 크고 시야가 트이는 곳이라면 좁은 공간의 단점을 보완할 수 있을 것 같다는 생각에 예산과 함께 창문에 집중하며 가게 자리를 찾았다. 공간의 모양이 특이해도 창 너머 보이는 분위기만 좋다면 계약을 할 생각이었지만, 작으면서도 창이 트인 곳을 찾는 건 쉽지 않았다. 작고 작은 곳을 둘러볼 때마다 실망했다.

예산에 맞춰 보는 공간들은 창이 제대로 나 있는 곳이 없었다. 그나마도 작게 난 창은 앞 건물에 가려져 있기 일쑤였다. 아예 창이 없는 곳을 빼놓고도 수십 곳을 둘러보았지만 마음에 드는 곳이 없었다. 부동산 사장님은 을지로를 넘어서 충무로까지도 다녔지만 별 성과가 없이 시간만 흘렀다.

어느 날, 부동산 사장님에게 연락이 왔다. 원하는 사이즈보다는 큰데 가격이 맞는 곳이 있으니 일단 보러 가지 않겠냐며 나를 데려갔다. 창은 넓었다. 전면에 새시가 크게 이어져 있는, 넓은 공간을 보자 이거다 싶었다. 딱 원하던 창이었다.

직극적으로 계약을 추신했지만 최종적으로는 어그러지고 말았다. 이 장소를 보고 나자 창의 중요함을 다시 한 번 알게 되었다. 그리고 창을 통해 바깥을 보려면 이 정도 규모는 되어야 된다는 걸 느꼈다. 그 후로도 몇 개월 포기하지 않고 창 찾아 을지로 삼만리를 뒤졌다. 그렇게 또 한참을 둘러보다 만난 곳이 지금의 광장이 되었다.

노래 주점이었던 2층의 창은, 창으로서의 기능을 상실하고 가벽으로 막혀 있었다. 창밖의 풍경을 가늠할 수 없는 어두운 실내공간이었다. 상상도 되지 않는 풍경이었지만 이상하게 마음이 쓰여 친구들과 몇 번이나 보러 갈 기회가 생겼다. 처음부터 마음에 쏙 든 건 아니었다. 오랫동안 장사를 하지 않아 닫혀 있던 가게는 퀴퀴한 먼지 냄새의 기억만 남았고, 같이 온 친구는 가게 안에 방치되어 있던 가죽 소파 위에 가방을 놓기도 꺼렸다. 이십 년 이상 운영된 가게는 모든 것이 낡은 채로 나를 맞이했다.

몇 번을 보러 오는 와중에도 이곳으로 할지 확실히 마음을 잡지 못했다. 여기가 내가 생각했던 공간이었나? 너무 많은 장소들을 둘러보다 보니 가게를 구하려면 내 마음에 드는 점 이외에도 생각해야 할 것들이 많다는 걸 깨달아가고 있던 중이었다. 가게가 노래 주점으로 등록되어 있어서 구청과 보건소를 번갈아 다니며 허가를 받을 수 있는지 여부를 확인하지 않아도 되는 편리함을 먼저 떠올렸다. 원래 가게였던 공간

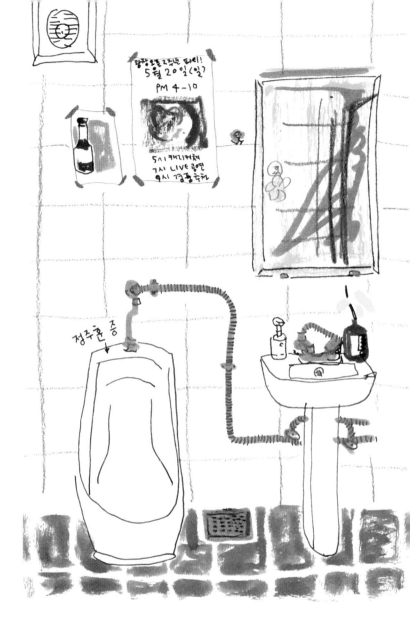

이라는 것만으로도 만족했냐고 할까? 무엇보다 이제 더 이상 가게를 알아볼 힘이 남아 있지 않았다.

반년 넘게 가게들을 둘러보며 꽤 지쳐가고 있었다. 마냥 건물을 둘러보러 다닌다는 것에 안 그래도 부족한 예산을 써가면서 시간을 보내는 건 더 이상 어렵다는 판단도 들었다. 하지만 계약을 하며 잊고 있던 게 있었다. 월세와 보증금은 내가 생각한 범위였지만 공간이 넓어지자 공사비는 평당으로 계산되어 예산을 훌쩍 뛰어넘었다. 뭐든 돈이 문제 아닌가. 공사를 진행해가며 대출을 알아보고, 금액을 맞추며 분주하던 순간에 친구들이 연락을 해왔다. "가게 준비한다며. 뭐 필요한 거 있어?" 처음엔 "아니야. 가게 열면 와서 맛있게 즐겨줘" 하고 대답했다.

하지만 발등에 불이 떨어질 순간이 가까워졌고, 친구들에게 염치없이 광장에서 필요한 것들을 이야기하게 되었다. 가스레인지, 전자레인지, 핸드블렌더, 튀김기, 하다 못해 의자까지 친구들은 흔쾌히 보내왔다. 예전에 농담 반 진담 반으로, "내가 가게 하면 니가 투자해야지" 하고 이야기했던 친한 친구는 그 말을 농담으로 받아들이지 않았다며 모았던 돈을 통장으로 넣어주기도 했다. 아무리 친구 사이라도 껄끄러운 마음과 민망한 마음이 교차했지만, 어느 순간부터는 이왕 이렇게 된 거 잘해야겠다, 잘해서 갚아야겠다는 마음이 되었다. 그리고 그가 기증한 변기까지 설치했으니, 광장은 친구들의 힘으로 채워졌다고 할 수 있겠다.

그 이후로도 친구들은 광장의 부족함을 찬찬히 채워주었다. 도쿄에서 함께 공부한 친구들은 오픈 일 주년을 축하하며 오븐레인지를 기증했다. 함께 시간 맞춰 한국에 와준 것만으로도 고마웠는데……. 친구들의 마음이 담긴 오븐레인지를 묵힐 수 없어 다양한 요리를 궁리해가며 만들었다. 이제껏 오븐이 없어 하나씩 구워 만들어야 했던 햄버그스테이크였는데 오븐레인지 덕에 훨씬 간편하게 만들 수 있었다. 오븐레인지가 생기니 할 수 있는 요리의 폭도 넓어졌다. 특히 치즈를 이용한 요리를 자유롭게 할 수 있었다. 각종 과일이 무르익는 시즌엔, 시장에서 사온 제철 과일에 치즈를 얹은 디저트를 냈다. 최근에는 비건을 위한 채소 구이 요리도 만들어냈다.

즉흥적인 고집쟁이가 얼마나 겁 없이 대형 사고를 칠 수 있는가는 나를 보면 알 수 있다. 그 고집의 결정체가 광장이다. 그리고 막기는커녕 두 팔 벌려 적극 응원하며 보내준 친구들의 기증품들은 아직도 광장에 튼튼히 자리 잡고 있다. "망해도 어쩔 수 없어, 나는 내가 하고 싶은 걸 할 거야." 그 위험한 순간순간을 현실적으로 바라보고 이끌어준 친구들 덕분에 광장이 사람이 모일 수 있는 공간이 되었다. 나만의 다정한 투자자님들의 조언이 아니었다면 어떻게 됐을까 생각하니 아득하기만 하다. 물론 지금도 문턱이 높은 가게지만, 이곳은 최선의 타협점이었다는 걸 이제야 조심히 밝혀본다.

원래는 2인까지만 입장할 수 있는 가게로 만들려고 했고,「랜선에서 광장으로」같은 1인 입장 행사는 일주일에 한 번씩 열려고 했던 걸요.

정식 오픈을 하기 전, 청소를 하고 테이블을 배치하고 테스트 음식을 만들며 가게를 둘러보았다. 가게엔 친구들의 응원들이 가득 차 있었다. 소중한 친구들에 대한 고마움을 나만 알기 아까워 기록하기로 했다. 공사가 다 끝나고 친구들이 채워준 물건들에 이름을 붙였다. [증 ○○○], [증 ○○○], [증 ○○○]. 인쇄소에 파일을 맡기고 기증받은 물건 하나하나에 이름을 붙이며, 그리고 그 이름들을 보며 또 다시 힘을 얻었다.

이제 친구들의 이름이 붙은 태그가 벗겨진 것도 있고 이미 태그가 떨어져서 기증했다는 흔적조차 사라진 것도 있다. 그래도 응원의 마음은 내 안에 깊이 새겨져 있다. 그 이름들 덕분에 오늘도 행복한 시간들을 보낸다. 광장의 분위기를 즐기고 응원해주는 단골손님들도 잔뜩 생겼다. 혼자서 이렇게 저렇게 꾸려나가던 광장이 나만의 공간이 아니라 그들 각자의 공간이 되어가고 있다. 그간 전시와 공연도 잔뜩 펼쳐졌다.「을지로 바캉스」,「메리 광장 크리스마스」같은 타이틀을 달고 파티도 열었고,「랜선에서 광장으로」라고 이름 붙인 1인 입장 행사도 매달 열린다. 메뉴는 일 년에 두 번 바뀌지만 다양하게 먹고 마셔본 경험들을 광장에서 틈틈이 구현하고 있다. 그 와중에 '10인이 지켜낸 치킨남방'같이 손님들이 지킨, 메뉴에서 뺄 수 없는 요리도 생겨났다.

　내 식대로 할 거라며 겁 없이 시작한 가게는 사실 친구들이 아니었다면 오픈할 수 없었을 것이다. 그들은 알았을까? 이런 공간이 되리라는 것을. 또 한 번 친구들의 이름을 눈으로 훑으며 괜히 혼자 뭉클해진다. 광장은 혼자 한 게 아니었다. 멋진 친구들과 함께 완성했고, 이제는 멋진 손님들과 함께 완성할 광장이다.

심야식당 단 하나의 메뉴
돈지루

당신이 뱉은 새하얀 입김이

이제 천천히 바람에 실려

하늘에 뜬 구름 속으로

조금씩 사라져 간다

드라마「심야식당」주제가 중

일본 드라마를 좀 본 사람이라면 듣는 순간 아! 하고 알은 체를 하게 되는 노래, 드라마「심야식당」의 오프닝곡이다. 오프닝 영상은 신주쿠의 거리를 담으며 시작된다. 화면은 JR 야마노테선이 지나가는 선로 아래 굴다리와 X자로 교차되는 신호등을 지나고, 거대한 빌딩들과 마주 선 붉고 번쩍이는 도리이가 서 있는 가부키초 거리 입구를 비춘다. 무심히 지나가는 사람들 사이로 각종 술집들이 저마다 화려한 불빛을 내보이고, 호객하는 직원들은 술 취한 손님들을 이끈다.

가부키초 거리 안으로 한 발짝 들어가면 접대용 술집들이 가득 차 있고 잘나가는 호스트 혹은 호스티스들의 사진에 강렬한 조명을 쏴서 밤을 잊게 한다. 소위 에이스라고 불리는 1급 호스티스에게 보내는 화환들도 문 앞을 넘어 거리까지 장식하고 있다. 그 화려한 거리에서 시대를 이동한 듯 조용히 자리 잡은 밥집이 있다. 자정에 열고 아침에 닫는 가게에는 얼굴에 칼자국이 있는 사장님이 요리도 접객도 하며 가능하면 뭐든 만들어주는 곳, 바로「심야식당」이다.

한국에서도 드라마로 리메이크 된「심야식당」은 일본 드라마나 영화를 챙겨보지 않는 사람들에게도 유명한, 동명의 만화를 원작으로 한 작품이다. 드라마가 화제가 되며 전국에 심야식당이라는 이름의 술집들이 가득해졌고, 일본식 메뉴를 내고 카운터 바가 있는 술집, 마치 일본의 심야식당을 재현해놓은 듯한 가게들도 적지 않게 생겨났다. 이들은 이국적이면서 그리운 감성으로 한국인의 일상에 녹아들었다. 심야식당이라는 이름을 붙인 가게들은 드라마 속 메뉴들을 선보인다. 그런데 드라마와 만화 속에서 실제로 선보이는 심야식당의 공식 메뉴는 단 하나뿐이다. 바로 돈지루. 일본의 정식 메뉴에서 빠지지 않고 나오는, 파가 올려진 노란 된장국의 업그레이드 버전이다. 돈지루는 다양한 미소 국들 중에서도 돼지고기와 뿌리채소가 듬뿍 들어간 메뉴다.

　돈지루가 심야식당의 유일한 메뉴가 된 건 다른 이유가 아닐 것이다. 위로, 따뜻하게 준비된 밥과 국이 채워주는 안락함, 그리고 든든함 때문이다. 고향을 떠나온 것이 언제인지 가물가물한 마음을 데워주는 불씨가 된다. 따뜻한 가정을 생각할 때 떠오르는 김치찌개처럼 돈지루는 각자의 집에 대한 기억을 품게 한다.「심야식당」의 배경인 신주쿠 가부키초는 일본 최대의 야쿠자 거리이자 다양한 취향을 가진 사람들을 맞이하는 환락가다. 그 옆 동네인 신주쿠 3번가는 성소수자들이 모이는 가게로 이어진다. 돈지루는 가족의 의미와 사회가 규정하는 보통의 삶에서 조금은 떨어진 사람들에게 집 기분을 느끼게 해준다. 이들은 심야식당에서 밥과 돈지루를 먹으며 술과 농담을 나눈다. 이곳의 사람들은 또 다른 형태의 가족이 된다. 정형화된 가족의 형태가 아니라도 각자 좋아하는 음식을 공유하며 정을 나누는 또 다른 집이 될 수 있음을 보여준다. 그래서 가게 준비를 하며 마스터는 매일 저녁 돈지루를 만든다.

「심야식당」의 분위기에 흠뻑 취해 드라마와 영화까지 챙겨봤으니 돈지루를 메뉴에 올리지 않을 수 없었다. 밥과 함께 한 끼 든든히 먹을 수 있는 메뉴라 봄과 여름을 책임지는 카레와 함께 가을과 겨울은 돈지루에 맡기기로 했다.

돈지루를 만드는 방식은 간단하면서도 세심함이 필요하다. 우선 뜨겁게 달군 팬에 참기름을 넉넉히 두른다. 프라이팬이 얼추 데워지면서 기름 증기가 스멀스멀 올라오면 얇게 슬라이스한 돼지고기를 재빨리 넣어준다. 촤— 하는 소리를 내며 차가운 돼지고기는 금세 맛있는 회색빛을 띠기 시작한다. 돼지고기 색이 골고루 변하면 미리 썰어놓은 무와 김사, 당근을 함께 볶아준다. 일본에서는 다양한 뿌리채소를 쓰기에 여기에 연근이나 토란을 넣기도 한다. 참, 돈지루에 빠질 수 없는 재료가 있다. 바로 우엉. 우엉을 꼭 넣어줘야 돈지루의 담백한 맛이 완성된다. 채소에 전체적으로 참기름 코팅이 되면 물을 자작하게 붓고 채소들이 푹 익도록 한참을 끓여준다. 디시마를 넣거나 가쓰오부시 육수를 추가해도 좋지만 채소들이 내는 맛만으로도 충분히 고소한 돈지루를 만들 수 있다. 채소가 부스러질 수 있어 끓는 동안 휘젓는 건 금물이다. 취향에 맞게 곤약이나 유부 등을 넣어도 좋다. 버섯은 맛있는 국물 요리에 빠지면 안 되는 음식계의 깍두기 같은 존재가 아닐까? 돈지루의 양념은 일본 된장인 미소로만 맞춘다. 이미 깊은 맛이 뽑아져 나온 육수는 그것만으로도 충분하다. 맛과 향이 진한 붉은 된장과 담백하고 콩 맛이 많이 나는 하얀 된장 중에 고르면 된다. 진하고 구수한 맛을 좋아한다면 붉은 된장을 추천한다. 광장의 돈지루는 돼지고기가 잔뜩 들어간 만큼 육수 전체의 맛을 어우르는 담백한 하얀 된장을 쓴다. 돼지고기만 들어간다면 나머지 채소는 무엇이든 좋다.

실제 신주쿠 고르덴가이에는 심야식당이 없다. 드라마에 나온 마리링이 일하는 '댄스홀 뉴아트'는 그 모습 그대로 있지만, 술집에 일하는 손님들이 많은 심야식당의 분위기처럼 밥집보다는 술집이 가득한 거리다. 한 블록에 건물과 골목이 이어져 있고, 200개가 넘는 작은 가게들이 건물 1, 2층으로 나뉘가며 틈을 메운다. 가게는 대부분 바 테이블로 되어 있거나 구석진 곳에 손바닥을 펼친 크기의 테이블이 한두 개 놓여 있는 게 전부다. 자리가 얼마 없어 손님을 많이 받지 못하기에 술값과 별도로 '차지'라고 하는 자릿세를 낸다. 보통 일본 술집에선 간단한 기본 안주와 함께 3천 원에서 5천 원 정도의 자릿세를 내는데, 고르덴가이의 자릿세는 만 원을 호가한다. 그렇다고 자릿세에 맞는 그럴듯한 안주를 주는 것도 아니다. 대부분 과자 몇 조각이 전부고 술은 무조건 인원수에 맞게 주문해야 한다. 일단 들어가기만 하면 한 명당 1만 5천 원에서 2만 원 정도는 금방이고, 주문할 안주 메뉴 자체가 거의 없어서 정말이지 술만 마시기 위해 가야 되는 곳이다. 오래된 건물 특유의 퀘퀘한 냄새도 나고 쥐와 바퀴벌레도 심심치 않게 출몰하는 이곳은 안락하고 깔끔한 술집거리는 아니다. 그럼에도 사람들은 모여든다. 그럼에도 이끌리게 하는 이곳만의 공기가 있어서일 것이다.

드라마 「심야식당」 덕분에 아시아 여행객들도 늘었고, 이것이 '일본스러움이다'라고 생각하는 전 세계의 여행객들이 모여들고 있다. 지금은 외국인들이 주로 찾고 있어 꽤 오픈된 분위기를 보여주고 있지만 「심야식당」이 방영되기 전까지만 해도 고르덴가이에 외국인은 쉽게 올 수 없었다. 도무지 안이 보이지 않는 가게들은 창문도 없는 데다 입구조차 꽉 닫혀 있었다. '회원제' '예약제' 같은 단어들을 입구에 써붙여두어 문을 열기도 전에 거절을 당하기도 했다. 물론 용기 내 가게 문을 열어도 일본어를 못하면 말짱 도루묵이다. 입구에서 '노노' 하고 손으로 엑스를 그리며 쫓아내기도 했다. 단골손님들에게 위화감을 준다는 이유였다. 친구의 친구 정도의 소개가 아닌 이상은 멀뚱히 비싼 술 한 잔만 마시고 돌아와야 되는 이상한 공간이다.

겨우 들어갈 수 있어도 난관은 끝나지 않는다. 술집이 이렇게 낯가림을 해도 될까? 하고 묻고 싶을 정도로 손님을 본체만체한다. 딱히 환영하지 않는 것 같은 마스터와 나 외엔 모두가 아는 사람들끼리 온 것 같은 분위기에 두 번 발걸음하기 어려운 분위기다. 하지만 이 어색하기만 한 술집은 두 번, 세 번 가게 되면 점점 다른 얼굴을 보여준다. "어? 전에 봤던가요?" 하며 인사를 건네는 손님이 생긴다. "요 근래에 몇 번 왔던 손님이야" 하며 마스터가 나를 소개하며 손님과 내가 통성명을 하게 된다. 그렇게 얼굴을 익힌 손님들은 간혹 여행 다닌 곳들의 기념품이나 토산품들을 가져온다.

고향에서 온 음식과 지역 토산품들을 함께 나눠먹다 보면 오랜 친구나 가족보다 더 가까운 기분마저 느껴진다. 마스터뿐만 아니라 손님들과도 소소한 일상을 공유하게 된다. 취향이 맞으니 같은 술집을 좋아하게 될 것이고, 그래서 함께 전시나 영화 소식을 공유하기도 하고, 여행을 함께 가거나 다양한 이벤트들을 즐긴다. 물론 하지 않아도 된다. 이야기를 나누며 술을 마시는 것만으로도 충분하다.

늘 가던 패턴에서 멀어지면 걱정하기도 하고 연락을 하기도 한다. 그 유대가 어느 정도인가를 보여주는 에피소드를 하나 소개하자면, 자주 오는 손님이 어느 날부터 발길이 뚝 끊겼다고 한다. 늘상 오던 사람이 안 와서 걱정하던 차에 그 손님이 자주 가는 다른 술집의 마스터들과 이야기를 나누다 그 가게뿐 아니라 주변의 단골집에도 오지 않는 걸 알게 되었다. 마스터들과 손님들의 걱정이 점점 커져서는 혼자 살다가 무슨 일이 생긴 게 아닐까? 하는 걱정까지 이어졌다고 한다. 결국 걱정과 궁금증이 폭발한 사람들이 모여 다 같이 손님의 집에 찾아갔다. 개인적인 일로 술집을 당분간 멀리하려고 했다는 말에 다들 웃고 말았다고 하지만, 그 유대를 가족이라는 말 외에 무어라 표현해야 될까? 고르덴가이에선 한국인 특유의 감정이라 생각하는 정을 떠올리게 한다.

처음 고르덴가이에 간 건 연극을 하던 친구들 덕분이었다. 1950~60년대 문화 예술계 특히 연극계 인사들이 모여서 친목을 다졌다는 비밀스러운 거리였다. "이곳을 좋아하려나?" 반신반의하며 데리고 와줬는데 이곳의 독특한 분위기에 흠뻑 빠졌다. 일상을 공유하는 술집이라는 것 자체가 감동이었다. 가게마다 각각의 분위기가 있어 투어를 하듯 이 가게 저 가게를 구경다니기도 했지만 자릿세가 워낙 비싸 서너 곳 정도만 돌아도 1인당 십만 원이 훌쩍 넘어 사누 가신 듯했다.

가게가 좁고 돌려보내는 손님이 많으면 오래 앉아 있기가 힘들어 적당한 시간에 일어나야 하는 암묵적인 분위기가 있다. 그런 고르덴가이에서 나의 마음을 가장 끈 건 '나베상'이라는 술집이었다. 어릴 때부터 일본에 살았던 한국인 친구

ゴールデン街, 나메상 인구

가, 이곳의 마스터가 너무 멋져서 반했다며 나에게 소개해주었다. 무국적자, 무경계자, 사회적 문제는 물론이고 문화적인 부분까지 세심한 이해를 가진 나베상의 나오 사장은 친구가 그랬던 것처럼 나의 마음도 빼앗고 말았다. 마스터와 이야기를 할 때마다 내 스스로가 우주의 티끌처럼 느껴졌다. 한 사람의 세계가 이렇게 넓고 깊을 수가 있는지, 이야기를 나누는 순간마다 팔다리를 재빨리 휘적여 그 깊은 세계 속에 빠지지 않도록 허우적대야 했다.

한 번은 어떻게 이렇게 깊은 세계관을 가지게 되었는지를 물었다. 나오 사장은 누구보다 단단하게 자신을 지켜야만 살수 있었던 어릴 적 이야기들과 삶의 과정을 찬찬히 이야기해주었다. 그의 내밀한 과거와 고민만큼 깊이 있는 통찰에 나는 또 한 번 나오 사장에게 반했고, 그에게 깊은 존경을 느꼈다. 유쾌하고 통 큰 웃음과 함께 내주는 맛있는 음식들. 매일 시장을 보고 기분에 끌려 산 재료로 요리를 한 다음 "그만요 그만" 할 때까지 내준다. "조금만요"라고 해야 1인분이 나오는 넉넉한 곳이다. 어쩌면 드라마가 보여순 심야식낭이라는 선 나의 익숙한 공간, 내가 있어 자연스러운 공간을 모아 만들어진 곳을 의미하는 게 아닐까?

나베상에서 배부르게 먹어도 완전한 심야식당이 될 수 없듯이 광장도 그럴 것이다. 심야식당 같은 가게를 생각하며 광장을 만들었지만, 광장이 심야식당이 될 수는 없다. 광장은 누군가에겐 집 같고, 내밀한 이야기를 나누기도 하고, 때론 울고 웃을 수 있는 공간이다. 건강한 기분으로 집에 돌아갈 힘이 생기는 공간이 되기도 한다. 하지만 어떤 이에게는 룰 많은 불편한 공간이고 얼굴을 붉히는 공간이 될 수도 있다. 그것도 어떤 의미로는 광장다운 공간이다. 공간이 공간만의 매력을 갖게 되는 것, 가끔 욕을 먹더라도 누군가에게는 그렇기에 더욱 편안한 공간이고 싶다. 누구와도 이야기하고 싶지 않고, 울고 싶을 때 떠오르는 따뜻한 돈지루 한 스푼은 광장의 가을 겨울 메뉴와 함께 시작된다. 회사에서 너무 힘들었던 날, 돈지루를 먹으며 위로가 되었다는 단골손님의 이야기와 그래서 기다려진다는 매 겨울의 기분이 바로 광장의 맛 아닐까? 세상 모든 사람을 위한 곳이 아니라 광장과 잘 맞는 당신만의 공간, 당신만의 안락함이 되도록 더욱 공고히 쌓아가고 싶다.

노래 주점의 옛 추억이 떠오르는
맥주 한 잔

정장도 등산복도 아닌 애매한 복장을 한, 어디선가 고기에 소주를 거하게 마셨을 법한 노년의 남성 한 명이 광장 문을 열고 들어왔다. 광장은 2층에 있어 우연히 들어오기가 쉽지 않은 곳이기 때문에 처음에 의아했다. 계단이 보이니 올라와본 거겠지, 금방 나가겠지, 하며 적당히 고개만 끄덕여 인사했다. 중년 남성들이 광장에 들어오면 대부분 자신이 생각한 분위기가 '전혀' 아니라는 것을 금세 알아채 휘 둘러보고 "다음에 다시 올게요" 하고 나간다. 술집이라기에는 시끌벅적함이 없고, 혼자 온 사람들이 앉아서 각자 시간을 보내고 있는 모습이라 아, 여기가 내가 원하는 분위기의 술집이 아닌 것을 직감한다.

"진짜 여기 술집 맞아요?" 하는 물음처럼 누군가에게 광장의 저녁 분위기는 위화감으로 다가간다. 분명 광장에 어울리지 않을 거라 생각한 남성은 몇 시까지 하느냐 묻더니 긍정도 부정도 아닌 "아아" 하는 소리를 내며 계단을 향했다. 당연히 나가는 거라고 생각했는데, 계단 아래의 누군가에게 "올라 와 올라 와" 하고 소리치는 모습에 내가 되레 당황했다. 어? 왜 안 가지? 조용히 책을 읽던 손님들이 소란스러워진 입구를 힐끔힐끔 쳐다보는 시선이 느껴졌다. 저 손님들은 광장의 분위기에 적응할 수 있을까? 하는 얼굴로 인상을 구기는 사람도 있었다. "곧 주방을 마감할 예정이라서요"라고 완곡하게 거절 메시지를 전했는데도 그 손님들은 듣는 둥 마는 둥 "네네" 하고 대충 대답하는 태도에 불쾌한 기분이 점점 커지고 있었다.

으레 하는 안내에 두 남성은 메뉴판을 위아래로 훑어보더니 "아무것도 모르겠네"를 연발하며 반말과 손냇말의 사이를 아슬아슬 넘나들었다. 질문인지 혼잣말인지 모를 이야기를 하며 술이 있냐고 묻기에 음식 메뉴판보다 더 조그마한 술 메뉴판을 가리켰더니 "아이고, 이런 건 이제 보이지도 않는다" 며 중얼거리더니 가방에서 주섬주섬 돋보기를 꺼내든다. 두 사람은 주문하는 데만도 한참이 걸렸다. 그들이 가게가 떠나

가리 소란스럽게 떠들면 어쩌나 걱정하며 뒷모습을 바라보았다.

창가에 자리 잡은 두 사람은 열심히 돌아가는 제습기가 무색하게 창문을 활짝 열었다. 비가 오는 날이었다. 차양이 없어 열린 창문으로 비가 고스란히 들이치는데다가 다른 손님에게 양해도 없이 창문을 여는 것이라 내심 걱정스러운 마음이 일었다. 어휴, 답답했지만 마감시간도 얼마 남지 않았고 이곳은 이러저러하다고 말하는 게 더 귀찮을 것만 같아 삐쭉한 마음으로 그들을 바라볼 수밖에 없었다. 그렇게 한참 마감 청소를 하는데 금방 갈 줄 알았던 두 사람이 다시 다가왔다.

"맥주는 더 마실 수 있죠?"라며 추가 주문했다. "가게 문을 사십 분 정도 뒤에 닫을 건데 괜찮으시겠어요?" 하고 물으니 충분하다며 웃었다. 조곤한 목소리의 두 사람은 광장에 그림처럼 어우러졌다. 괜히 삐쭉거리던 마음이 어디로 간지도 모르게 나 역시 마감 청소에 빠져들었다.

밤 열한 시가 되기 십 분 전이었다. 가게 안을 돌아다니면서 손님들에게 십 분 후에 마감한다고 전했다. 손님들이 하나둘씩 일어나 가게를 빠져나갔다. 두 남성도 자리를 털고 일어났다. 그들은 바로 나가는 대신 손님이 떠난 자리를 정리하던 나에게 다가왔다. 그때까지도 내 경계는 풀어지지 않았다.

속으로는 '으아 뭐지?' 하며 긴장했다. 가게엔 나 혼자뿐이었다. 한 분이 내게 여기 사장님이냐고 물었다. 그다음에 무슨 말이 나올지 몰라 긴장을 넘어서 초긴장을 했다. 찰나의 시간이 억겁만 같았다. 이전에 광장에서 경찰을 부르거나 거친 말로 나를 공격하던 중년 남성들이 떠올랐다. 여긴 홀이고 나를 지켜줄 건 아무것도 없는데 하는 마음에 심장이 두근거렸다. 하지만 그분은 뜻밖의 문장을 내게 읊어주었다.

— 너무 좋네요.

— 네?

— 너무 좋아요. 여기 사장님이세요?

얼떨떨하게 네, 하고 대답했다. 사연인즉, 두 분은 출판업에 종사하다가 은퇴했다고 한다. "우리가 을지로에서 청춘을 보냈어요. 여기 이 거리 이쪽이랑 이쪽이요. 지금은 빌딩도 되고 이렇지만, 출판업이 성행했던 곳이에요. 옛날에는 여기가 출판거리 그런 거였거든. 그때 다 이 가게들이 지류가게고, 인쇄소고 그랬어요. 나는 한 십 년 전에 은퇴했는데, 그 전까지 여기서 삼십 년 일했어요. 나랑 이 친구는 이 골목이 가끔 생각날 때면 여기서 만나거든. 그런데 이렇게나 좋은 가게가 생겼네요. 언제 생겼어요, 이런 가게가!" 하며 미소를 지어 보였다. "저 창에 이팝나무 꽃이 정말 예쁘잖아요. 봄엔 꼭 와야 되겠어요." 눈에 해사한 미소를 머금고 하는 꽃나무 이야기에 나도 마음이 풀려져 입을 열었다. "아, 이 앞의 나무는 숫나무라서요. 이 거리에 있는 다른 나무에는 다 꽃이 피는데 이 나무는 꽃이 피지 않아요." 내 대답에 그는 무척이나 아쉬워했다.

봄을 기다리는 그들은, 책을 만들던 그분들은, 꽃이 피는 시절에 꼭 다시 오겠노라 말했다. 비 오는 날 운치가 이렇게 좋은 창이 또 어디 있겠냐며 다시 찾겠노라 했다. 지레짐작하고 대응한 나의 태도가 떠올랐다. 그 무례에 사과하는 마음이라도 보여야겠다 싶었다. 계단을 따라 난 보조 손잡이에 무게를 실으며 내려가는 뒷모습을 보며 계단 조심하세요. 안녕히 가세요, 하고 인사를 건넸다. 동료분이 얘기하는 동안 옆에서 허허 웃으며 한마디도 하지 않던 다른 분이 갑자기 뒤를 돌아보았다.

— 감사합니다. 너무 좋은 시간을 보냈습니다.

오래된 건물의 가파른 계단에서 뒤돌아 고개까지 푹 숙인 인사를 받았다. 나는 아무런 대답을 할 수 없어 같이 고개를 꾸벅 숙일 수밖에 없었다. 무엇이었을까. 알 수 없는 묘한 기분에 휩싸였다. 손님들이 돌아간 자리를 마저 정리하고 마지막으로 그분들이 앉았던 창가 자리를 정리하러 갔다. 깨끗이 비워진 빈 그릇을 보고 눈물이 핑 돌았다.

알 수 없던 묘한 기분은 부끄러움이었다. 겉모습만 보고 판단해 벽을 두텁게 쌓고, 쌓인 벽 틈을 비집고 보이는 일부분이 전부라 생각했던 나에 대한 부끄러움이었다. 이 공간에 어울리지 않는 건 그분들이 아니라 나의 마음이었다. 빈 그릇을 잡자마자 눈물이 뚝뚝 떨어졌다. 부끄러움에 고개도 들 수 없어 한참 그릇만 바라보다 그분들이 떠난 자리에 앉았다. 열려진 창 너머엔 어두워 더욱 숲처럼 보이는 이팝나무와 그 잎에 맞아 떨어지는 빗방울들의 투닥거리는 소리가 완벽한 밤을 만들고 있었다. 이 광경을 좋은 사람들이 기꺼이 누렸음 했던 마음은 어디로 갔을까. 혼자 와도 누가 와도 편히 즐길 수 있는 공간을 만들려고 했는데, 그건 그냥 내 또래들만을 위한 공간이었을까? 분명 아니었는데.

광장을 운영하며 중년 남성들에 대한 거부감이 커졌다. 지금의 광장은 밝고 트인 공간이지만, 실은 이십 년 넘게 노래 주점으로 운영되던 자리였다. '옛 추억'에서 '띠아모'라는 이름으로 바뀌어가며 오랫동안 노래 주점이었던 이곳은 오래되고 낡은 소파와 한쪽에 마련된 작은 무대, 노래방 기계들이 꽉꽉 들어차 있는 작은 룸들이 있던 곳이었다. 낮에도 빛하나 느껴지지 않았다. 계단 아래로 작게 마련된 주방에는 오징어 정도만 구울 수 있는 휴대용 가스버너와 냉장고 하나만 놓여 있었다. 그 가벽과 무대를 모두 부수고 광장을 만들었다. 전혀 다른 곳이 되었지만 이십 년 넘게 운영되던 곳인지라 노래 주점 손님들이 불쑥불쑥 찾아왔다. 오픈하고 얼마간은(실은 일 년이 넘도록) 이곳을 찾아온 술 취한 중년 남성들 때문에 적잖은 스트레스를 받았다.

이들은 광장이 문을 닫을 시간 즈음에 찾아왔다. 잔뜩 취한 채로 쓱 들어와 어? 여기 아닌데? 하고 돌아가는 이도 더

리 있었다. 때론 손님들이 다 나가고 혼자 정리를 하는 순간에 들어오는 통에 놀라 비명을 지른 것도 여러 번이었다. 어느 날은 잔뜩 취한 할아버지가 들어와서 홀을 이리저리 맴돌다 여기 있던 이 단란주점이 어디로 갔는지 울먹이며 묻기도 했다. 언젠가부터 문을 잠그고 마감하기 시작했는데 그럼에도 그들의 방문은 끊이질 않았다. 어떤 날에는 문을 두드리며 술 한 잔만 먹고 가게 해달라고 떼를 쓰는 사람도 봤고, 도통 돌아가지 않아 경찰을 불러야 하는 날도 있었다.

그들은 늦은 밤마다 찾아와 혀 꼬인 소리로 마담을 찾아댔다. 노래 주점을 찾으러 왔다가 "새로운 가게가 생겼네?" 하며 술을 마시던 아저씨들도 물론 있었다. 그렇게 얼굴을 익혔지만, 제 버릇 누굴 주지도 못하고 노래 주점의 마담을 대하듯 성희롱 발언을 해서 쫓아내거나 출입금지령을 내리기도 했다. 일 년이 넘도록 그런 사람들을 마주치다 보니 늦은 시간 술 기운이 느껴지는 중년 남성에 거부감이 생길 수밖에 없었다. 그렇게 광장에 방문한 중년의 남성들을 도끼눈으로 바라보며 불편함을 드러냈다. 하지만 모든 중년 남성이 노래 주점의 손님들이었던 건 아니었다. 광장이 생긴 지도 시간이 좀 흘렀는데, 나 역시 편견을 가지고 사람을 대했다는 걸 깨달았다. 여러 이유로 이곳을 방문하는 사람들이었을 텐데, 나는 그들을 중년의 아저씨로 그룹 지어놓고 마음대로 재단하고 판단했다.

사람을 나이나 성별, 겉모습으로 판단하지 말자고 다짐했다. 이곳을 즐길 사람이라면 누구든 환영하자고 다시 한 번 마음먹었다. 보통의 것이 통하지 않는 공간을 만들었으니 일부러 찾아오는 이의 발걸음에 더 광장스러운 광장이 되어갈 수 있는 거라고 생각했다.

이날은 노년의 두 분에게 다정한 감사 인사를 받았다. 그들 덕분에 중년 남성이라는 성에 닫힌 문이 삐걱 소리를 내며 열리는 것 같았다. 삼 년간 쌓인 편견이 한 번에 와르르 무너져내리지는 못하겠지만 꽤 넓은 틈을 내며 열렸다. 이렇게 다정한 분들이 있어 또 깨닫고 반성하며 매일을 살아간다.

비 오는 날이 며칠째 이어지고 있다. 그 이후 그분들이 오지 않아 늘 비가 오는 날마다 기다린다. 내년 봄, 거리에 꽃이 가득 필 시기는 되어야 오시려나?

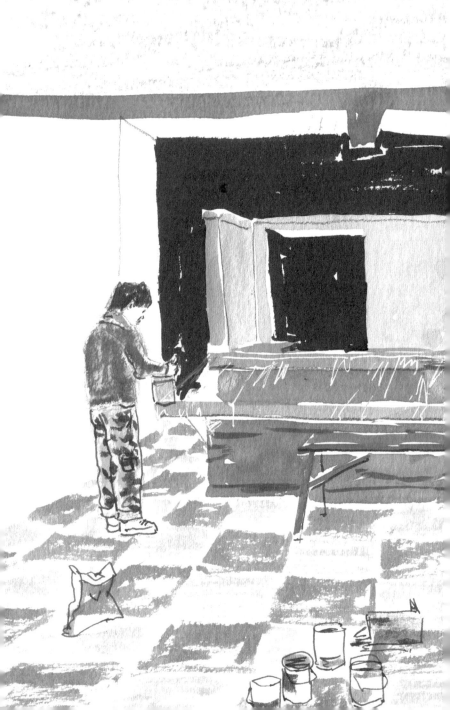

아찔한 단수의 시간에는
에다마메

— 이 건물은 일제강점기에도 있었어.

가게 수압이 너무 약해 걱정스러움을 토로할 때, 건물주가 말했다. 오래된 건물이지만 이전에도 술집을 잘 운영했으니 방법이 있을 거라고, 수리할 방법을 찾아보고 공사가 필요하다면 해주겠다고 했다. 일제강점기라니. 오래된 역사책 속 서사가 이 건물에 있다고 생각하니 어떻게 하다 진짜 을지로에 자리 잡았냐고 물어보는 주변 사람들의 말이 다시 한 번 귓속을 맴도는 것 같았다.

건물의 다른 곳에서 물을 사용하면 식당의 물줄기가 약해졌다. 상수도사업부에 연락해 건물로 들어오는 상수도부터 확인했다. 상수도사업부에서는 건물이 낡아서 그럴 거라며 굳이 눈으로 확인해야 되는지 재차 묻고는 맨홀 뚜껑을 열었다. 인도 아래로 보이는 수도관은 단단하게 결합되어 있었다. 그 결합을 풀자 물이 콸콸 쏟아졌다.

— 이거 보이죠? 상수도 수압은 문제없습니다. 건물 수도관이 문제에요.

상수도사업부 직원은 보이지 않는 한숨을 내쉬며 맨홀 뚜껑을 다시 닫았다. 가장 쉬운 해결 단계가 사라졌고, 다음 단계를 생각해야 했다. 건물에 오래 지내던 분들과 이야기를 나눠보니 예전에는 문제가 없었다고 했다. 어쩌면 주변에 새로운 빌딩들이 생기며 물을 끌어가는 힘이 달라서 이곳의 수압이 약해진 것일 수도 있다는 얘기를 들었다. 해결책이라고 딱히 마땅한 건 없었다. 추가로 모터를 달든지 아예 수도관을 새로 깔아야 한다고 했다. 이렇게 오래된 건물은 허물고 새로 지어야지, 다른 방법이 없다고 했다. 수압을 올리는 방법을 찾기 위해 인터넷 바다를 헤맸고, 거기서 자신 있게 자신을 홍보하는 분들을 몇 번인가 불러 견적도 내봤지만 뾰족한 수는 없었다. 이 건물에서 광장으로 수압을 당겨썼을 때, 심각한 경우 건물 전체에 물이 안 나오게 될 수 있다고 했다. 건물 전체의 물을 광장에만 쓰는 꼴인데 괜찮겠냐고 물었다. 해결할 수 있다고 했던 단 한 사람의 말이 그것이었다. 몇 명쯤 더 보고 갔지만 구조적으로 할 수 없는 거라며 고개를 흔들곤 떠났다. 원래 음식점이 있었던 곳이라 간과했던 것이었다. 주점에서는 물이 적게 나와도 그럭저럭 영업을 할 수 있었을 것이다. 물론 그 가게조차 삼십 년 가까이 운영됐으니 약해진 물줄기에 익숙해진 탓도 있을 것이었다.

음식을 할 때보다 더 문제인 건 설거지할 때였다. 화장실을 사용할 땐 물줄기가 약해졌다. 손님들이 화장실을 이용하러 들어갈 때마다 약해질 수압 걱정에 손을 더 빨리 움직여 그릇을 헹궈냈다. 수압만으로도 손님들이 손을 씻는지 안 씻는지가 파악될 정도였다. 어느 순간부터는 요령이 생겼다. 여자 손님들의 화장실 사용 리듬과 남자 손님들의 리듬이 달랐기 때문이다. 거의 틀림없이 손을 씻지 않고 나오는 듯한 남자 손님들에 경악한 순간을 세어 보자면 한 번, 두 번, 세 번,

네 번. 세는 걸 포기할 만큼이었다. 뉴스나 방송으로 봤지만 실제로 그 순간을 확인할 때마다 화장실 문고리를 잡는 것도 거부감이 들었다.

물을 사용하는 순간만이 문제가 아니었다. 멀쩡하게 나오던 물이 가끔 끊겼다. 물이 끊겨 한참을 기다리고 서 있어야 되는 일이 생겼다. 반죽이 묻은 손을 씻고 주문을 받거나 다른 일을 해야 하는데 물이 멈춰 당황하는 일이 생겼다. 하지만 어쩔 수 없고 수리될 수 없는 일이니 참을 수밖에 없었다. 물을 받아놓고 쓰는 방법도 있었지만 가게 구조상 물을 받아놓을 자리가 없었다. 약하게 변하는 물줄기, 간혹 멈추는 물줄기에 당황하지 말고 그냥 기다려야 했다. 바쁠 때는 정말 내가 가장 기본적인 것을 놓쳤구나 하는 후회만 들었다. 공사를 할 때 어른들이 하는 말을 귀담아 듣고 준비했어야 됐나 후회했지만 이미 늦었다. 첫 번째 아르바이트생이 제일 먼저 한 말도 수압이었다. "수압이 매우, 매우 약해요."

그러던 어느 날, 기어이 사달이 났다. 물이 아예 안 나왔다. 늘 있는 일이라 잠깐 기다리면 나오셨시 아닌 물줄기는 찔끔찔끔 나오다 영영 나오지 않게 되었다. 손님들이 이미 한바탕 왔다가서 설거지가 쌓여 있었다. 새로 들어온 손님은 없었지만 영업시간이 아직 한참 남았다. 건물의 다른 층 어른들에게 전화를 돌렸지만 하필 이날 모두가 일찍 정리하고 퇴근한 상황이었다. 이리저리 전화를 하다 4층에 물을 받아놓는

통이 있다는 걸 알게 되었다. 무작정 4층으로 올라가 물통을 찾았다. 다행히 쓸 수 있는 물이었다. 아르바이트생과 번갈아 가며 물을 길어왔다.

높고 긴 계단을 오르락내리락 하며 물과의 사투를 벌였다. 물의 무게 때문에 한 번에 많은 양을 지고 올 수도 없어서 다리가 덜덜 떨릴 정도로 오가도 쓸 수 있는 물에는 한계가 있었다. 그걸로 일단 쌓인 그릇들을 씻어보기로 했다. 지금은 물을 길어와 그릇을 씻고 가게를 정리하는 게 우선이란 생각 밖에 들지 않아 열심히 계단을 오르내리며 물을 옮겼다. 그렇게 한 시간쯤 땀을 쭉 빼며 물을 길어오고 설거지를 했다. 손님이 와도 더 받을 수는 없고, 지금 있는 손님이 나갈 때까지만 정리를 하기로 했다. 두려워졌다. 내일도 물이 안 나오면 어떡하지? 노련한 아르바이트생의 물 조절 능력으로 주방 기구 정리까지도 끝낼 수 있었다. 한숨 돌리는 와중, 단골손님이 왔다.

— 지금 되는 메뉴가 없어요.

사정을 설명했다. 물이 안 나와서 아무것도 안 된다고 했지만 광장에서 보내는 시간을 즐기러 왔다는 손님은 괜찮다고 음료만 주문했다. 과자 같은 것도 괜찮아요, 라는 말을 듣는데 순간 에다마메가 생각났다. 미리 삶아 소금 간을 해서 준비해놓는 에다마메는 깍지콩을 전자레인지에 돌리는 것만으로도 쉽게 완성할 수 있는 음식이다. 손님은 흔쾌히 에다마메를 주문해주었다. 손님이 가고 나면 저 그릇은 또 어떻게 정리하나 싶었지만 아무것도 없이 술만 내미는 것보다는 모양새가 나은 것 같아 다행이란 마음이 컸다.

오래 지나지 않아 또 낯익은 손님이 들어왔고 똑같은 말을 반복해야 했다. 그다음 손님도 흔쾌히 에다마메만을 주문하고는 자리에 앉았다. 손님들은 나의 불안함을 읽었는지 아니면 화장실 이용이 어려워 어쩔 수 없었는지 생각보다 금세 자리를 비웠고, 4층의 남은 물로 깔끔하게 영업 마무리를 할 수 있었다. 그날 아르바이트생과 나는 하루를 마치면서 어깨를 으쓱할 수밖에 없었다. 그나마 이렇게까지 끝낼 수 있었던 우리가 진짜 대단했다며 혀를 내둘렀다. 정말 내일도 물이 안 나오면 어쩌지? 하는 걱정에 광장을 나오면서도 발걸음이 무거웠다.

다음 날, 크게 심호흡을 하고 물을 틀었다. 수도관은 아무 일도 없었다는 듯이 물을 보내왔다. 아래층 사장님은 하필 그 난리 통에 어쨌냐며 같이 안쓰러워해주셨다. 고생했다고 토닥여주셨다. 수도 공사도 없었고, 특별한 일이라고는 하나도 없었던 날, 주변의 어떤 가게도 단수가 되었다는 이야기를 들을 수 없었던 참 희한했던 밤이었다. 그날 이후로 미묘하게 수압이 세진 것만 같았다. 그날 대체 무슨 일이 있었던 걸까? 그 난리를 같이 겪고, 여전히 광장에서 아르바이트를 하고 있는 그와 평소보다 조금 오랜 시간 물이 안 나오는 순간이 올 때마다 본능처럼 긴장한다.

　다행히 아직 그날 이후로는 한 번도 단수된 적은 없다. 그 덕에 이날은 광장 직원들이 꼽는 가장 아찔한 에피소드 중 하나다. 아찔한 단수의 시간, 궁여지책으로 내놓은 에다마메의 추억. 아직까진 그날뿐이라 웃으며 얘기할 수 있다.

광장은 혼자 만든 게 아니었다.

멋진 친구들과 함께 완성했고,

이제는 멋진 손님들과 함께 완성할 곳이다.

기억해주세요
광장 한 접시

수고하셨습니다. 일 년간 함께한 사진을 인화한 다음 스크랩해 만든 액자를 건넸다. 광장에서 마지막 근무를 하던 알바 L은 결국 울음을 터트리고 말았다. "아아, 하지 마세요" 하며 주방 뒤로 뛰어가 코가 빨개지도록 우는 L을 짓궂게 놀리며 사진을 찍었지만, 섭섭한 기분은 감출 수가 없었다. 대학을 졸업하고 원하던 곳에 취직이 되어 떠나는 자리였다. 즐거이 보내줘야 하는 순간이었지만, 광장의 손님으로 오던 시절부터 인상적이었던 그와의 이별이 기꺼울 리가 없었다.

혼술이나 혼밥이라는 말이 유행하긴 했지만 집에서 먹는 '홈술'에 가까운 시절이었다. 독서실처럼 1인실에 갇힌 형태의 식당이 있긴 했지만, 혼술, 혼밥이 흔한 건 아니었다. 혼자 밥 먹는 게 죄도 아닌데, 하며 광장이라는 공간을 열었다. 오픈하고 몇 달 지나지 않아 「혼술남녀」라는 드라마가 방영을 시작했고, 혼술, 혼밥이 유행했다. 광장은 그 드라마 덕분에 혼술, 혼밥 전문점이 되었다. 혼술과 혼밥을 검색하면 상위에 링크되어 나왔다. 사람들은 혼술 인증샷을 찍으러 광장에 왔다. 혼술 혼밥에 관심 있던 L이 광장을 찾기 시작한 내모 그즈음이었다.

빌딩숲이 즐비한 을지로의 특성상 20대 후반에서 40대 초반 연령대가 주로 방문하는 광장에서 대학생 L은 꽤 튀는 손님이었다. 그렇게 그는 가벼운 인사를 주고받을 정도로 자주 찾아와주었다. 그가 가장 좋아하는 메뉴는 양배추스테이크였다. 양배추스테이크가 도쿄의 칠판 바 '하치'에서 판매하는 레시피를 광장에서 그대로 재현한 것이라는 사실을 알게 된 후 어느 날, 그는 도쿄 여행을 가게 되었다고 알려왔다. 그러면서 도쿄 현지에서도 양배추스테이크를 맛보고 싶다며 하치의 주소를 물어보았다. 이전에도 몇몇 손님이 주소를 물어가긴 했지만 결국 간 사람은 아무도 없어 이번에도 기대 없이 알려준 참이었다. 나에게는 광장을 있게 한 특별한 공간이지만, 비행기를 타고 떠난 여행의 귀한 시간을 할애하기엔 애매한 곳이었다. 그러던 어느 날, 하치에서 연락이 왔다. 하치를 운영하는 친구가 보내온 사진 속엔 L이 담겨 있었다. 정말 갔어요? 되물었다. 도쿄를 다녀온 다음, 이곳이 너무 좋았다는 말까지 전해온 그는 이후로도 광장에서의 시간을 즐겼다. 그렇게 특별한 손님이었던 L이 아르바이트 지원서를 냈을 때 조금은 아득한 기분이 들었다.

광장을 처음 운영할 때는 죽이 되든 밥이 되든 혼자 운영하려고 했다. 테이블은 듬성듬성 배치하고, 혼자 앉아 각자의 시간을 즐길 수 있는 바 테이블은 많이 만들었다. 손님을 소리쳐 부르고 싶지 않아 테이블에 레이저포인터로 음식이 완료되었다는 표시를 해주었다. 혼자 먹기 편하게 만든 공간인 만큼 그 상황을 지키기 위한 룰을 많이 만들어야 했다. 그 가득한 룰 때문에 우려 섞인 목소리도 적지 않았다. 망하지 않으면 다행이고 망한다 해도 어쩔 수 없다고 마음먹고 시작했다.

그런 내게 광장이 바빠서 정신없는 가게가 될 거라는 건 한 번도 떠올려본 적이 없었다. 언젠가부터 비슷한 생각의 사람들로 광장이 채워졌다. 광장이, 그리고 광장의 음식이 생각난다며 찾아오는 사람들이 늘어났다. 그렇게 한 달, 두 달 시간이 지날수록 사람들이 가득 차기 시작했다. 자리가 없어 손님을 돌려보내야 하는 날도 생겼다. 광장을 연 지 한 해가 넘어서자 반가운 얼굴이 늘고, 인사를 나누게 되는 시간이 길어졌다. 이야기의 시간이 길어지는 만큼 퇴근시간은 점점 늦어졌다. 가게를 완전히 닫은 다음에야 마감을 하고 설거지를 하고 주방 청소를 할 수 있었다. 분명 열한 시에 손님들과 인사를 했음에도 불구하고 평소 열두 시에서 열두 시 반에 끝나던 일이 새벽 한 시를 넘기기 일쑤였다. 친구나 지인들이 놀러와서 가득 쌓인 설거지를 보곤 한두 번씩 도와주던 게 점점 감당할 수 없는 지경이 되었다.

너무 바쁘던 어느 금요일이었다. 정신없이 요리를 만들고 자리를 치우고 음식 주문을 마감했는데 밤 열 시가 되자 맥이 탁, 풀렸다. 설거지를 할 기력도, 인사하고 나가는 손님을 응대해줄 여유도 없이 그대로 주저앉아버렸다. 그렇게 한 시간을 앉아 있다 보니 마지막 손님이 나갔다. 그러고도 한참이 지나서야 치울 마음이 생겼다. 쌓인 설거지 더미에 마지막 손님의 그릇들을 얹고 고무장갑을 꼈다. 잘 깨지는 와인 잔을 먼저 씻으려고 꺼내는 순간, 가득 쌓인 그릇들에 부딪혀 쨍!

하고 와인 잔이 깨지고 말았다. 그 순긴, 내 마음도 쩽 하고 깨져나가는 기분이 들었다. 더 생각할 겨를이 없었다. 바로 고무장갑을 벗고 옷을 갈아입고 집으로 향했다. 다음 날이 쉬는 날이니 푹 자고 일어나 다시 출근하자, 영업일이 아니니 천천히 하면 될 거야. 집으로 향한 마음과 달리 새벽 내내 가득 쌓인 설거지통 생각에 잠을 뒤척였다. 한 시간, 두 시간이 흘렀다. 아무리 더 자려고 해도 다시 눈이 떠졌다. 아침 일찍 다시 가게로 나올 수밖에 없었다. 출근길 내내 가득 찼던 설거지통이 마법같이 뿅 하고 비워졌음 하는 바람과 달리 싱크대는 깨진 와인 잔과 쌓인 그릇들이 어젯밤과 변함없이 나를 맞이하고 있었다. 아, 안 되겠다. 더 이상 혼자는 무리야. 중얼거린 다음 바로 아르바이트 모집 공고를 냈다.

조금 귀찮고 복잡한 아르바이트 모집 공고였다. 취향과 의견을 세세하게 물었는데 생각보다 많은 분들이 지원을 해주었다. 광장의 SNS에서만 모집이 이뤄졌기 때문인지 모두가 광장에 와본 적 있는 사람들이었다. 모두 낯익은 얼굴들이었지만 L의 지원서가 더 눈에 밟혔던 건 그가 얼마나 광장과 광장의 시간을 좋아하는지 알기 때문이었다. 가까워지면 더 불편해지지 않을까? 그렇다고 뽑지 않는다면 괜한 머쓱함에 광장을 찾지 않게 되는 건 아닐까. 하치에도 갔던 손님인데……. 여러모로 나에게도 의미 있는 사람인데…… 하며 면접 스케줄을 잡았다. 고민 끝에 뽑아야겠다고 결심했지만 끝까지 조심스러웠던 게 사실이었다. 나중에 L에게 들은 얘기론 그도 엄청나게 고민했다고 했다. 하지만 광장에 아르바이트 지원서를 낸 게 그해 가장 잘한 일이었다고 듣고 나니, L은 물론이고, 일 년이 넘도록 한 명도 그만두지 않고 함께해주는 세 명의 아르바이트생을 뽑은 것 또한 내가 그해 가장 잘한 일이라는 생각이 들었다.

L의 근무 마지막 날, 광장에서 제공하는 식사로는 무엇이 좋을까 고민했다. 제일 좋아하는 메뉴가 좋을까, 아니면 지금까지 먹어보지 않은 메뉴가 좋을까, 혹은 그를 위해 만들어줄 수 있는 메뉴에 없는 메뉴가 좋을까 한참 고민했다. 그가 제일 좋아하는 양배추스테이크는 근무 전 점심으로 먹었기에 더 고민이었다. 그렇게 한참을 생각하다 광장의 음식을 한꺼번에 즐길 수 있는 '광장 한 접시'를 기억해냈다.

오픈 첫해, 혼자 온 손님들이 무엇을 먹을까 고민하는 순간, 어떤 메뉴를 고를지 몰라 고민이세요? 하고 묻곤 가끔 만들던 메뉴가 바로 광장 한 접시다. 광장에서 365일 제공되는 메뉴인 치킨남방과 치킨 가라아게를 비슷해 그 시즌에 맞는 메뉴들을 한 접시에 올리는 광장의 타파스 버전이었다. 봄과 여름엔 카레라이스가, 가을과 겨울에는 햄버그스테이크가 함께 올라가기도 했다. 한 접시에 다양한 음식을 즐길 수 있어서 정식 메뉴로 올리면 안 되냐는 얘기도 들었지만 말 그대로 여러 가지 메뉴를 한 접시에 내야 되는 통에 손이 많이 가서 메뉴편에 올리기는 힘들었다. 간혹 SNS에서 사진을 본 사람들이 그 메뉴는 판매하는 게 아닌가요? 라고 묻기도 했다. 혼자 온 손님들을 위해 몇 번인가 만들었지만, 어느 순간부터는 바쁘다는 핑계로 오늘은 좀 힘들 것 같아요, 하며 거절했다. 귀찮음을 이기고 애정을 담아 만든 광장 한 접시. 일 년만의 부활이었다. L을 보내며 다시금 만들어본 메뉴는 앞으로도 아르바이트를 그만두는 분들을 위한 굿바이 메뉴로 정했다.

야채스틱

함박스테이크

카레

가라아게

치킨남방

수고한 아르바이트생에게, 광장한 접시

L의 빈자리를 메우기 위해 새 아르바이트생들을 뽑았다. 오랜만에 뽑는 아르바이트 모집 공고에 새삼 첫 아르바이트생을 구하고 처음 그들과 일을 시작하던 시간들이 생각났다. 무엇보다 중요한 건 일하고 싶은 아르바이트 환경을 만드는 것이었다. 가장 중요하게 지켜야 할 것은 정시퇴근이었다. 시급제 아르바이트생을 고용하며 남은 일 조금, 이것까지만 이라는 핑계를 대지 않기로 했다.

사소하다면 사소할 수 있는 정시퇴근에 아르바이트생들은 처음엔 어리둥절해했다. 할 일이 남아도 말했다. "저는 이 시간까지만 돈을 드리기로 했으니 이만 가시면 됩니다." 이 말을 들은 아르바이트생들은 곤란하단 얼굴로 아아…… 하고 안절부절못해 했다. 남은 일을 두고 가는 마음이 마뜩잖은 건 분명하다. 하지만 정당하게 임금을 지불받는 시간만큼 일하면 되는 것이 아르바이트 아닐까? 애매하게 남은 설거지통 앞에서 어쩔 줄 몰라 하던 그들도 차츰 시간이 지나자 정시가 되면 "퇴근할게요. 여기까진 씻어놨으니 헹구기만 하면 돼요" 하고 앞치마를 벗는다.

남은 일은 내가 한다. 그들의 노동이 필요하다면 연장근무를 부탁하고, 임금을 더 지불하면 된다. 대체 누구에게 좋은지 모를, 좋은 게 좋은 거라고 하며 착취하는 잉여 노동시간에 의문을 가졌으면 했다. 다양한 생각과 스스로 정한 공정성을 지키려고 애쓰는 광장에서 아르바이트생들도 각자의 가치와 마음을 예민하게 느꼈으면 하는 생각이다. 거창하게 늘어놓지만 지금 세워놓은 광장의 시스템이 사회에서도 익숙해진다면 더 이상 특별하지 않은 보통의 가게가 될 것이다. 그렇게 된다면 광장은 또 다른 사회적 부당함을 찾아내고 바꿔가게 되지 않을까? 아니면 평범한 보통의 가게가 될까? 눈에 띄지 않는 가게가 되어도 좋으니 광장에서의 규칙들이 특별하지 않아졌으면 한다. 무조건 안 된다고 포기하는 것보다도 사소하게라도 지켜보고 누려본다면 각자 조금씩은 달라질 거다.

아직은 보편적이지 않은 알바처라는 자부심으로 나름의 생각을 실어 아르바이트생을 뽑는다. 내 일을 도와줄 단순 보조자라는 생각보다는 무겁고 진지한 마음으로, 내가 살고 싶은 사회의 동반자를 찾는 마음으로 면접을 본다. L을 비롯해 일 년간 함께해준 아르바이트생들에게 고마운 건 그런 옹고집을 받아들이고 즐겨주고, 광장에서 아르바이트를 한다는 프라이드도 가져주어서다. 이번에 새로 만난 아르바이트생도, 앞으로 만날 분들에게도 헤어짐의 순간엔 기꺼이 광장 한 접시를 만들 것이다. 광장이라는 사회를 함께 만들어주서서 고맙습니다, 하는 마음을 듬뿍 담아.

「이번엔 어떤 메뉴를 가지고 올 거예요?」

다정하게 물어주는 손님들 덕분에

방학을 보내는 데 더 스스럼없어지는 것 같다.

도쿄의 '마이 플레이스 3'

철판바
하치

다양한 요리를 철판에 구워 선보이는 철판 바. 도쿄 신주쿠 지역에 위치한다. 책에서도 몇 번이나 언급했던 곳이기도 하다. 광장장에게 하치는 일본을 설명하는 모든 것이라고 해도 과언이 아니다. 간사이 출신 사장이 만드는 맛깔 나는 음식 솜씨에 반해 배가 불러도 메뉴판을 곁눈질하게 만드는 궁극의 술집. 커다란 철판 하나에 구워져 나오는 요리들은 도쿄의 모든 밤 이곳에서 술과 안주를 즐겨도 아깝지 않을 맛을 선사한다. 광장에서 선보이는 양배추스테이크의 원조집이다.

··

주소   도쿄도 신주쿠구 햐쿠닌초 1-22-8(1층)
시간   오전 11시 30분~오후 2시
        오후 5시 30분~밤 12시
메뉴   양배추스테이크, 모치이리 오코노미야키

고르덴가이

일본 드라마 「심야식당」의 배경이 된 곳이다. 신주쿠에 위치해 있다. 찾기가 쉬운 곳은 아니지만, 한번 매력을 느끼면 일본에 가게 될 때마다 매번 들르고 싶어지는 곳이다. 좁은 골목에 바들이 다닥다닥 붙어 있는데 각 가게마다 독특한 콘셉트로 손님을 맞이한다. 요즘은 관광객들이 많아져 영어로도 주문이 가능한 곳이 많다. 이 골목의 가게들을 둘러보다 마음에 든다면 훌쩍 들어가보는 건 어떨까? 꼭 가게를 들어가지 않아도 좋다. 골목을 걷는 것만으로도 고르덴가이의 기분은 충분히 느낄 수 있다.

∙∙

주소 　도쿄도 신주쿠구 가부키초 1-1-6
시간 　가게마다 영업시간이 다르다.
　　　 대부분 새벽에서 아침까지 영업한다.
메뉴 　꼬치, 라면 등 안주류

뉴 더그
new dug

무라카미 하루키의 소설 『상실의 시대』의 실제 배경이 되었던 바. 주로 LP로 음악을 틀고 각종 위스키를 구비해 함께 즐길 수 있게 해놓았다. 카운터 자리에는 단골손님들이 앉아 재즈 음반이나 위스키에 대한 담론이 펼쳐지기도 한다. 일본은 아직 실내 흡연이 가능해 저녁시간이 되면 담배연기로 가득한 공간의 분위기 때문에 술을 마시지 않아도 취한 것 같다.

∙∙

주소 　도쿄도 신주쿠구 신주쿠 3-15-12(지하)
시간 　월~일 오후 12시~오후 11시 30분
메뉴 　각종 위스키

심야식당

일본 영화로도 제작된 「심야식당」은 드라마로
인기를 얻었지만 시작은 만화였다. 영화는 드
라마에서 이어지는 내용이라, 일본 드라마를 본
다음에 영화를 보면 더 재미있게 즐길 수 있다.
신주쿠 가부키초에 간판도 없이, 밤늦게 문을
여는 작은 식당에서 일어나는 이야기를 담았다.
사연 있게 생긴 주인이 손님들이 원하는 음식을
만들어주며 사람들의 이야기가 음식과 어우러
진다. 신주쿠라는 장소의 특성 상 예술가, 성소
수자, 야쿠자, 성산업 종사자들이 모여 있어 이
야기가 독특하다. 신주쿠 고르덴가이의 분위기
를 가장 잘 표현한 작품이다. 흥청망청하고 쾌
활하지만 개성 넘치는 손님들의 이야기가 잘 어
우러져 있다.

수영장

태국의 치앙마이를 배경으로 한 영화다. 큰 수
영장이 있는 게스트하우스를 운영하는 일본
인과 이 숙소를 찾은 일본인 손님들의 이야기
가 조용하게 펼쳐진다. 정신없는 도심과 일상
을 떠나 호젓하게 시간을 보내는 주인공들의
모습을 따라가다 보면 절로 이 배경이 된 숙소

를 찾고 싶어진다. 실제로도 치앙마이의 숙소
'호시하나'를 배경으로 찍었다. 치앙마이의 도심
지를 벗어난 숙소 호시하나에 한국인이 많은 건
바로 그 이유가 아닐까?

49일의
레시피

남편과 함께 시어머니를 모시고 사는 여성 유리
코. 어느 날 아버지에게 새엄마가 죽었다는 연
락을 받았다. 그 와중에 남편의 외도 사실을 알
게 되고, 그 사이에서 아이까지 생겼다는 것을
알고 충격에 빠진다. 이혼을 결심하고 아예 집
을 떠나 본가로 돌아온다. 새엄마의 죽음 이후
49제를 보내며 이제껏 멀게 느껴졌던 새엄마에
대해 다시 알게 된다. 죽음을 어떤 방식으로 받
아들일지, 어떤 식으로 나의 마지막을 준비해야
할까에 대해 생각해보게 되는 영화였다. 막연히
상상으로만 생각하던 것을 현실로 본 기분이 든
다. 십 년째 나의 최고의 일본 영화 자리를 차지
한 영화가 바뀐 적이 없는데 지금은 이 영화를
최고로 꼽는다.

서브
디시

메뉴에 없습니다만

때때로 만들어드립니다

하치와 그 곳의
철판요리와 맛 오이 샐러드

제일 좋아하는 공간이 어디에요? 라고 누군가 내게 묻는다면 나는 딱 두 곳을 떠올린다. 일단 광장은 아니다. 광장이 아니라고? 반문할지도 모른다. 하지만 광장은 광장 자체로 특별한 곳이니 다른 공간과 비교할 수 없다. 물론 좋다. 너무 좋지만 좋다고만 표현하기엔 부족한, 복잡다단한 감정이 함께 든다. 광장 단골손님 중 한 분이 나의 행복지수에 대해 물었을 때 큰 고민 없이 100점 만점에 90점 정도라고 대답할 정도로 나는 광장에서의 시간과 광장에서의 일상을 사랑한다.

하지만 광장에서 늘 즐겁고 행복하기만 할 순 없다. 다양한 규칙들 때문에 손님을 다시 돌려보내기도 하고, 그 때문에 누군가에겐 지독한 소리를 들을 때도 있다. 일반적이지 않은 규칙들을 만들어놓은 이상 스트레스는 불가항력적이다. 울적한 기분도 누군가를 위해 지어줘야 되는 표정도 접어두고 마음을 다독일 수 있는 공간, 있다 보면 얼른 광장에 돌아가서 이런 기분을 나눠주고 싶단 생각이 들 정도로 나를 충족시켜주는 공간들은 따로 있다. 무려 두 곳이나 되지만 아쉽게도 멀리 있다. 한 곳은 일본 도쿄, 또 한 곳은 제주도다.

도쿄에 있는 장소는 광장의 모든 시작이 되는 철판 바 '하치'다. 도쿄 신주쿠 번화가 귀퉁이의 좁은 골목에 붉은 등이 걸려 있는 조그만 가게다. 십여 년 전, 혼자 도쿄에 간 여행 첫날 밤, 우연히 발견한 하치의 출입문을 열었고 내 인생은 극적으로 바뀌었다. 당시 하치는 오픈한 지 두 달쯤 됐는데 나는 이 새로운 가게에 들어온 첫 외국인 손님이었다. 어떻게 알고 찾아왔는지 궁금해 하던 가게 마스터는 이런저런 질문을 던졌다. 일본어를 못하던 나는 손짓 발짓으로 답했다. 마임과 표정으로 대화를 하던 우리는 차츰 일상적 대화를 넘어 좋아하는 영화 이야기까지 나누게 되었다. 배우로도 활동하던 마스터와 일본 영화 이야길 하는 건 꽤 즐겁고 신선했다. 내가 좋아하는 일본 영화와 영화배우, 감독들의 이야기는 꼬리를 물고 이어졌다. 각자 쓰는 언어가 달라 알맹이는 하나도 없고, 그저 고유명사 한 마디에 오오! 하며 호응하는 대화가 새벽까지 이어졌다. 그 유쾌한 시간 덕분에 도쿄에 머문 매일 밤의 마무리를 하치에서 했다.

그들과 이야기를 나누던 순간, 늘 결심만 하고 포기하던 일본어를 공부하기로 결심했다. 그렇게 엉겁결에 일본에 살게 되었고, 지금은 일본에서 맛봤던 요리들을 하며 살아간다. 외국에서의 삶이 녹록할 리 없지만 늘 곁에서 다독여주던 하치의 마스터와 그곳의 단골손님들 덕분에 나의 일본 생활 그리고 일본에 대한 기억은 행복하고 즐거운 것들로 가득하다. 그곳 하치는 울고 싶은 기분으로 향해도 헤실헤실 웃으면서 나올 수 있다.

하치에선 뭘 해도 괜찮다. 여러 사람들의 발길이 이어지는 공간에서 누군가는 서둘러 식사를 하고 떠나기도 하고 왁자지껄하게 떠들기도 하지만 혼자 찾아와도 전혀 어색하지 않다. 책을 읽기도 하고 멍하니 텔레비전을 보기도 한다. 맛있는 음식과 따뜻한 분위기, 무심하지만 다정한 마스터도 있다. 따로 약속하지 않아도 만나게 되는 익숙한 사람들과 짧은 인사를 건넨다. 바 상단에 달려 있는 텔레비전에 나오는 뉴스를 보며 이야기를 나누기도 하고, 깊이 있는 토론으로 이어지기도 한다. 때론 의견이 달라 투닥이기도 하고 마음이 상하기도 하지만 결국 술잔을 기울이며 서로 위로한다. 가게 마스터는 심각한 이야기도 가볍게 만드는 재주가 있어 그와 이야기를 하다 보면 내 고민의 가벼워진 무게에 울다가도 까르르 웃게 된다. 혼자 가도 혼자 온 것 같지 않다. 십 년 넘게 보는 익숙한 단골손님과의 수다도 반갑다. 타지에서의 생활에 지칠 땐 하치에서 술과 안주를 주문하고 기운을 차렸다.

일본에 살 때, 우울한 날이면 하치에 가서 술과 양배추스테이크를 주문했다. 고기가 들어간 양배추스테이크가 아니다. 말 그대로 '양배추'를 '스테이크'처럼 만든 음식이다. 푹 익혀 나온 양배추 위의 하늘하늘 흰 김이 한 숨 지나가면 포크와 나이프를 들고 심지 부분을 먼저 잘라낸다. 진한 버터 향에 이미 우울은 반쯤 날아가고 입엔 침이 고인다. 겹쳐진 양배추의 속 부분은 포크로 분리해놓는다. 모양은 자르면서 무너지기도 하는데 무슨 상관이랴. 속이 빈 커다란 잎을 겹쳐서 쓱쓱 자른다. 그렇게 가득 포크로 겹쳐 한입 가득 먹는다. 입안을 채우는 부드럽고 짭쪼롬한 양배추를 우물우물 씹다 보면 '이렇게 맛있는 것이 있는 세상에 내가 슬퍼할 일은 뭐가 있을까? 없어. 전혀 없어' 하는 생각이 든다. 그렇게 두 입, 세 입 계속 먹다 보면 몸 전체가 양배추로 뜨끈해져 오는 것을 느낀다. 나의 위로가 된 양배추스테이크를 먹으며 언젠가 마스터에게 말했다. "마스터, 이거 너무 맛있어. 만약에 내가 한국에서 가게를 하게 된다면 말이야, 양배추스테이크를 선보이고 싶어. 그때 레시피 물어봐도 돼?" 하고 물었다. "뭐, 응" 하고 건성으로 대답했던 마스터는 내가 한국에서 가게를 열게 되었다고 알리러 다시 도쿄에 갔을 때, "아직 필요한 거지?" 하며 양배추스테이크의 레시피를 건네주었다.

양배추스테이크. 한국에서 먹을 수 있는 하치의 메뉴다. 도쿄에서 나의 위로가 되어주었던 이 메뉴는 도쿄를 방문하는 내 친구들의 필수 음식이었다. 도대체 양배추만 구워져 나온 걸 만날 극찬하는 거야? 친구들은 의심을 가득 안고 왔다. 때로는 왜 채소를 돈 주고 사먹어야 하는지 타박하기도 했다. 하지만 양배추스테이크를 한입 먹고 감탄하는 친구들을 보며 생각했다. 한국에서도 분명히 좋아하는 사람이 있을 거야. 양배추스테이크는 그렇게 한국에 왔다. 스테이크라는 이름 때문에 당연히 고기라고 생각하는 대부분의 손님들을 위해 메뉴판 옆에 음식 사진을 붙여놓았다. 사진이 있음에도 음식이 나왔을 때 "이게 뭐예요? 제가 주문한 거예요?"라고 묻는 손님들도 여전히 있다. 요즘엔 인스타그램이나 트위터 덕분

드디어 방문한 하치

에 미리 알고 일부러 양배추스테이크를 먹으러 오기도 하지만 광장 오픈 초반엔 "이 양배추스테이크에 고기는 없어요"라고 설명하면 주문을 취소하는 경우도 많았다. 친구들에게 말하듯 일단 한 번 먹어봐, 라고 강요할 수는 없어서 속으로 '아아……, 드셔보시지……' 하며 아쉬워한 적도 여러 번이다. 지금은 광장의 명물 하면 양배추스테이크! 하고 꼽는 손님들이 많아졌다. 요즘도 간혹 고기는 아예 안 들어는지 묻고 취소하는 손님을 보면 괜히 아쉬운 마음이 든다.

광장을 오픈하니 하치에 자주 가지 못하게 됐다. 나는 아쉬운데 마스터는 서운하게 "너는 그래도 웬만한 내 일본 친구들보다는 자주 본다"며 웃는다. 그러면서 "가게를 하긴 하는 거야?" 하며 의심 가득한 질문을 한다. 그래도 그가 내게 건네는 인사는 "오카에리おかえり"다. 집에 돌아왔을 때 반겨주는 가족들의 인사다. 나도 오랜만이라는 말 대신 잘 다녀왔다는 뜻의 "다다이마ただいま" 하고 대답하고 자리에 앉는다.

다른 한 곳은 제주도에 있는 카페 '그 곳'이다. 그 곳은 제주모에 살기 시작부터 드워버노 눈어서보닌 곳이 있다. 난아안 외관에 흰 페인트로 무심하게 '그 곳'이라고 쓰여 있던 벽돌집의 1층. 제주에 살기 시작하고 첫 동네 산책으로 그 곳을 찾았다. 마침 외부 행사 때문에 가게 문이 닫혀 있었다. 아쉬운 마음이 들었지만 제주에선 흔한 일이라 다음을 기약했다.

그 곳을 방문했을 때 인터넷으로 봤던 것보다 더 마음에

드는 분위기에 문을 여는 순간 첫눈에 빈하고 말았다. 드르륵 소리 나는 미닫이문을 열고 들어가면 커피머신과 잘 씻어 정렬된 컵들을 채운 장을 앞에 세우고 그림처럼 서 있는 부부가 있다. 어느 하나 튀지 않지만 어느 하나도 같지 않은 의자와 테이블이 띄엄띄엄 떨어져 있다. 카페라는 이름에 걸맞게 맛있는 블렌드 커피가 준비되어 있고, 커피 맛을 업그레이드 시켜주는 담백하고 진한 디저트들도 다양하게 갖춰져 있다. 직접 구운 치아바타와 그 치아바타로 만든 샌드위치도 일품이고, 맥주와 함께하는 맛 오이 샐러드와 고구마 스틱까지, 어느 것 하나 뺄 수 없이 완벽하다. 침묵이 어색하지 않은 마음 편한 친구와 각자의 책을 읽다가 간혹 이야기도 나누며 호젓한 시간을 보내기 좋다. 같이도 좋지만 혼자 가면 더 좋은 카페다.

제주도에 가면 항상 그 곳에 가는 시간을 떠올린다. 광장을 연 이후로는 제주도에 길게 갈 시간이 없어 시간을 쪼개고 쪼개 일부러 그 곳에 갈 수 있는 시간을 만든다. 아무것도 하지 않고 하루 종일 그 곳을 누릴 시간을 보낸다. 오픈 시간부터 마칠 때까지 종일 앉아 미뤄됐던 일기를 쓰기도 하고, 다이어리도 정리한다. 그 곳의 블렌드 커피는 세 잔 정도 마셔줘야 한다. 디저트도 안주도 위가 허락하는 한 주문하고는 첫 입엔 무조건 으음, 하는 감탄사를 내며 먹는다. "커피를 그렇게 많이 마셔도 괜찮아요?" 하며 걱정스럽게 묻는 주인 부부에게 "저 카페인은 아무리 먹어도 상관없어요. 상관없이 밤에 잠 잘 자요" 하며 신나게 마시곤 카페인 쇼크로 졸음이 쏟아지는 순간도 만나 한참을 꾸벅꾸벅 졸기도 한다. 그 곳에 앉아 있다 보면 제주에 사는 친구들을 만나기도 했다. 우연히 오가며 인사를 나누고, 같이 커피를 마시기도 하고 디저트를 나누며 한 잔의 커피를 계산해주고 가기도 한다. 대신 돈을 내주겠다는 친구의 호의가 못내 마음이 쓰여 "아니야. 아니야" 하며 따라 나가서는 내가 산 치아바타를 포장해 건네며 웃는다. 다음에 놀러오면 또 만나자! 하며 웃음을 나누고 헤어진다. 그 곳에서 그 곳을 누리며 마시는 시간은 올곧이 내가 나를 위해서 보내는 시간임을 인식하게 한다. 제주도에 간 김에 그 곳을 가는 게 아니라 그 곳에 가고 싶어 제주도를 선택한 날도 있었다. 하루 종일 그 곳을 누리며 이런저런 감정을 정리하고 단단해진 마음을 안고 서울로 돌아온다.

　광장도 슬슬 여름 메뉴를 준비해야 했다. 여름엔 지글지글 익혀야 하는 고기 메뉴를 먹기에 속은 좀 힘들다. 한여름의 더위와 습기에 몸은 숙숙 서시고 머릿속엔 시원하고 차가운 음식 생각뿐이다. 뜨거운 기온에 헐렁해진 몸속으로 차가운 음식이 식도를 넘어오면 씹는 박자와 함께 허리에 힘이 들어가 나도 모르게 몸이 세워진다. 이마의 땀을 훔쳤던 손으로 즐거운 젓가락질을 하다 보면 또 내일의 기운을 얻기도 한다. 그런 메뉴들을 준비하고 싶었다. 허리가 세워지고 기운이 나는 차가운 채소 요리. 뭐가 있을까. 한국보다 습도도 높고 기온도 높은 일본에서 먹었던 여름 메뉴들을 하나하나 생각해 보았다.

여름의 대표 채소인 토마토와 가지가 제일 먼저 떠올랐다. 별미처럼 해먹던 일본식 맑은 장국인 쓰유에 차갑게 절인 토마토, 가지 요리였다. 이왕이면 세 가지를 맞춰 삼총사라 하는 게 좋을 것 같아 나머지 한 가지를 골똘히 생각하다 오이를 떠올렸다. 한국보다 더 더운 일본의 여름밤은 다양한 축제와 볼거리들로 채워지는데 불꽃놀이를 보러 가면 거리엔 다양한 음식을 파는 포장마차 골목이 생겨났다. 그 노점상에서 여름에만 볼 수 있는 매장이 바로 오이 포장마차였다. 커다란 고무 통에 얼음과 함께 차갑게 넣어둔 생오이가 가득 들어 있었다. 오이를 달라고 하면 얼음물에서 껍질도 벗기지 않은 오이를 꺼내 나무젓가락에 꽂아 된장을 척 발라 준다. 한 입 물면 미간이 찌푸려질 정도로 쨍한 맛이다. 차가운 오이 덕분에 흐르던 땀이 쏙 들어가고 온몸에 닭살이 돋을 만큼 시원해진다. 맞다, 여름에 오이를 빼놓을 수 없다. 그렇게 쨍하게 차가운 오이 꼬치를 떠올리며 이 메뉴를 어떻게 낼까 고민하다 카페 그 곳의 '맛 오이 샐러드'가 생각났다. 뜨거운 더위를 불식시켜주는 그 맛이.

그 곳의 여름 메뉴에는 맛 오이 샐러드라는 게 있었다. 할 수 있는 한 차갑게 식힌 오이를 참기름과 함께 짭쪼름하게 무쳐주는 메뉴다. 짭짤하고 고소한 오이 한 조각이면 맥주 한 잔은 너끈히 마실 수 있는 마법 같은 메뉴. 그 곳 마스터들이 엄선해서 고른 에일 맥주와 함께한다면 이런 생각이 절로 든다. '그래, 여름만은 커피를 잠시 뒤로하고 맥주로도 좋아.' 맛 오이 샐러드와 함께 마시는 맥주를 또 주문하게 된다.

그 곳 주인 언니에게 연락을 했다. "광장에서 재현해보아도 될까요?" 하고 물었다. 그 곳의 주인 언니는 "별건 없어요 그냥……" 하며 맛 오이 레시피를 알려주는데, 참기름부터 달랐다. 읍내 시장에서 짜온 고소한 참기름으로 무친다고 했다. 그뿐만이 아니었다. 얼마나 정성스레 오이를 식히는지 대충대충의 아이콘인 나는 "전 그만큼 정성스럽게 할 수 없을 것 같은데요?" 하며 마주하지도 않는 눈동자를 천장으로 피해야 할 정도였다. 괜히 물어봤나 할 정도로 섬세하게 식힌 오이로 만드는 맛 오이 샐러드 레시피를 받았다. 한여름 메뉴 삼총사는 차갑게 했다는 뜻의 일본어 히야시ひやし를 붙여 히야시 토마토, 히야시 가지 그리고 그 곳의 이름을 그대로 붙인 빗 오이 셀러드로 구성되있다. 이 메뉴 삼총사는 여름 초반에는 잘 안 나가지만 더워질수록 인기가 높아진다. 매년 늦봄 즈음 되면 올해는 언제부터 여름 메뉴를 시작하냐는 단골들의 질문도 이어진다. 적당히 더워질 때 즈음이라고 대답했는데 올해부터는 7, 8월 두 달간 선보이기로 했다.

제주도 카페 그 곳과 일본의 철판 바 하치는 내가 사랑해 마지않는 공간이다. 하치는 십 년이 넘는 시간을 그대로 건너내 전과 다름없이 지금도 만날 수 있지만, 카페 그 곳은 재계약을 할 수 없어 새로운 곳에서 공간을 꾸려야 했다. 작년엔 맛 오이 샐러드를 내며 그 곳 언니에게 연락을 했다. 그 곳이 없던 여름, "계속 이 메뉴를 손님들에게 제공해도 괜찮을까요?"라는 나의 물음에 그 곳의 주인 언니는 "응. 물론이죠. 맛 오이 샐러드 나도 먹고 싶네요"라는 다정한 대답을 들려주었다. 새로 문을 연 그 곳을 갔을 때의 감격을 어떻게 표현할 수 있을까. 여전한 그 곳은 그 곳대로 맛있는 커피와 다정한 디저트들, 그리고 편히 즐길 수 있는 공간과 함께 마음을 어루만져준다. 그 곳에서 맥주와 맛 오이 샐러드를 만날 수 있다. 광장도 물론이다.

종종 두 공간이 그리워 비행기 티켓을 알아본다. 그렇게 시간을 내고, 비용을 지불하며, 반가운 얼굴들을 만나 즐거운 시간을 보내지만, 만족할 만한 시간을 보낼 때마다 어느새 다시 광장이 그리워진다. 광장에서 비슷한 기분으로 자신의 마음을 충전할 광장의 손님들이 생각난다. 내가 광장을 열어놓았다면 내가 그 곳과 하치에서 받는 것과 같은 위로를 받을 수 있을 텐데, 하는 마음이 들어 당장 광장으로 달려가고 싶은 마음으로 가득해진다.

그렇게 잘 충전한 뒤, 도쿄와 제주에서 간단한 먹을거리들을 사온다. 광장에 오시는 분들에게 "이거 드세요" 하고 내

밀면, "잘 다녀왔어요?"라는 인사와 함께 광장이 그리웠노라고 이야기해주는 손님들을 만난다. 내가 사랑하는 그 공간에 갔던 마음처럼 광장을 생각해줄 분들을 위해 '오늘도 광장 오픈했습니다'라고 적으며 트위터와 인스타그램에 영업 신고를 업데이트한다. 오늘같은 날씨엔 무슨 요리가 어울릴까, 오늘따라 우울해 보이는 손님에겐 무슨 음식을 권하면 좋을지 고민하며 즐거운 만남들을 기약한다.

회식은 도쿄에서
모치이리 오코노미야키

첫 회식을 하던 날이었다. 아르바이트를 시작한 세 사람은 각자 다른 날에 일해서 마주칠 일이 없었다. 아르바이트를 시작하고 얼마 되지 않아 열린 광장 일 주년 파티의 정신없는 시간 속에서 인사를 나눈 게 전부였다. 이런저런 사정으로 첫 회식은 아르바이트를 시작하고 두어 달쯤 후에 열렸다. 나만 셋을 아는 상황이었고, 첫 회식 자리에서 다들 처음 만나듯 인사를 했다. 어색하지 않을까 했던 우려와 달리 광장이라는 공통의 화제에 맛있는 음식과 술과 함께하니 첫 술자리가 무색하게 1차에서 2차, 3차로 이어졌다.

몇 시간이나 되었을까? 말도 잘 통하고 즐거운 기분에 취해 혼자 마음속에 세워 놓았던 계획을 이야기했다. 아르바이트생을 뽑게 되면, 혹은 함께 일하게 되는 사람이 있다면 꼭 해봤음 했던 일 중 하나였다. "혹시… 우리 함께 도쿄를 가게 되면 어떨까요? 가게 된다면 숙박비와 회식비는 제가 쏘겠습니다."

모두가 다 함께 갈 수 있으면 좋겠다고 했다. 그리고 누구든지 내키지 않으면 이야기해 달라고 하며 며칠 시간을 줄 테니 생각해보라고 했다. 웬걸, 세 명의 1기 아르바이트생들은 모두 망설임 없이 대환영의 뜻을 밝혔고, 그렇게 말이 나오자마자 도쿄 회식이 결정되었다. 우리는 그 자리에서 도쿄 가는 날을 잡고 아르바이트 비용에서 매달 삼만 원씩을 적립해 3박 4일 도쿄 여행을 위한 준비를 시작했다. 솔직히 이렇게 지지를 받을 줄 몰랐다. 개인 돈을 써야 하는 부분이 있어, 아르바이트생들에게는 부담이 되지 않을까하며 망설였는데 말이다. 얼마 지나지 않아 저가 항공편 이벤트가 나왔고, 우리 모두는 예매에 대 성공! 진짜 도쿄에 가게 되었다.

왜 회식을 굳이 도쿄에서 하는가. 그것은 광장의 뿌리가 도쿄의 한 철판 바 '하치'에서 시작되었기 때문이다. 광장의 음식을 좋아하고 광장에 관심이 있어 아르바이트에도 지원해준 그들이었기에 하치의 음식을 꼭 먹어봤으면 좋겠다는 마음이 들었다. 그리고 하치의 분위기를 보여주고 싶었다. 아르바이트생이자 한때 광장의 단골손님이었던 L은 아르바이트를 하기 전에 하치에 가본 적이 있어 제일 먼저 환영 의사를 밝혔다. 이전엔 혼자 (자신이 제일 좋아하는 메뉴인) 양배추스테이크만 먹어야 해서 아쉬웠는데, 이번에는 하치의 다양한 메뉴를 먹을 수 있겠다며 기뻐했다. P는 십 년 만에 도쿄를 간다며 들떴고, J는 첫 번째 일본 여행이라며 설레어 했다.

그리고 광장의 첫 겨울방학. 치앙마이 휴가 후, 도쿄에서 만나자는 말을 끝으로 그해 마지막 점심 회식을 했다. 그리고 한 달 후, 아침 비행기로 먼저 도착한 팀은 하치에서 기다리기로 하고, 나중에 출발하는 나와 P는 공항에서 하치로 갔다. 그리고 진짜로 만났다! 도쿄에서!

하치의 문을 열고 들어갔다. 익숙한 풍경 안에서 우리를 기다리는 L과 J를 보니 그렇게 반가울 수가 없었다. 지난 십 년간 참 많은 사람들과 함께 하치에 왔지만, 이번엔 같이 가게를 꾸려나가는 사람들과 와서인지 뭉클한 기분마저 들었다. 하치의 친구들은 "이제 진짜 성공한 사장님 아니야?" 하며 놀렸고, 나는 으쓱한 기분이 들었다. 광장에서도 판매하고 있지만, 원조집의 맛을 안 볼 수가 없으니 양배추스테이크부터 주문했다. 하치에서 시작된 매실퐁도 맛보았다. 이곳은 '철판 바 하치'라는 이름처럼 큰 철판에서 모든 요리를 내는 곳이다. 그런 만큼 하치에 오면 오코노미야키도 빼놓을 수 없

다. 특별한 날이니까 떡이 늘어간 오코노미야키를 주문했다. '모치이리 오코노미야키'다. 오늘은 제가 다 쏘니까요, 마음껏 먹고 마셔주세요. 호쾌하게 메뉴판 처음부터 끝까지, 하치의 음식을 잔뜩 주문했다. 하치 성찬회였다.

하치의 음식을 먹으며 왜 이 가게에 반했는지 알겠다며 감탄 섞인 우물거림이 이어졌다. 십 년도 더 전에, 우연히 들어왔다 여행 내내 이곳의 메뉴들을 맛본 후 결국 일본에도 살게 됐던 이야기는 입이 닳도록 해도 질리지 않는 인생 최대의 즐거운 기억이다. 가게 벽에 걸린 하치 부부의 결혼식 단체사진 속에서 나를 찾아 보여주었고, 이곳에 놓인 광장의 명함도 보여주었다. 기억을 나누고 기록으로 남기며 내가 즐겁게 먹었던 음식들을 맛있게 먹어주는 사람들을 보았다. 그 광경을 보는 것만으로 행복했다. 호사스럽다는 말이 절로 떠올랐다. 이야기는 한국의 회식이 그랬듯 끝없었다. 치앙마이의 이야기와 영하 20도에 달했다는 한국의 겨울 이야기로 이어졌다가 광장의 이야기들로 넘실넘실 넘나들었다. 다양한 주제가 우리의 술잔을 기울이게 했다. 밤이 깊어지는 게 아쉬웠다.

하치의 영업시간이 끝났다. 우리는 새벽 비행기와 저녁비행기를 탔다는 피곤도 잊고 자연스럽게 2차 장소로 이동했다. 2차는 드라마 「심야식당」의 배경지였던 고르덴가이. 사실은 고르덴가이를 소개시켜주고 싶어 부러 그 근처의 숙소를 잡은 나의 꼼수가 빛을 발하는 순간이었다. 고르덴가이의 나베상은 워낙 작은 가게라 네 명이 앉을 만한 자리가 있을까 걱정했는데 다행히도 평일이라 사람이 거의 없었다. 사장님을 비롯해 단골손님인 친구들과 인사를 나누고 사장님에게 동행들을 소개했다. 다들 독특한 이 가게의 분위기에 한껏 취했다. 한국에서는 볼 수 없는 공간이었다. 나 또한 도쿄에 취하고, 나오 사장님과의 대화에 취해 어느 순간부턴 통역해주는 걸 잊고 말았다. 그렇게 흑역사처럼, 아르바이트생들의 휴대폰에 나의 만취 일본어가 기록되기도 했다. 고르덴가이가 끝이 아니었다. 마지막으로 편의점에서 어묵과 간식거리를 사와 숙소에서까지 술자리가 이어졌다. 그러다 누구 할 것 없이 어느 순간엔 다들 잠들고 말았다.

3박 4일의 도쿄 워크숍은 회식을 제외하곤 모든 것이 자유였다. 각자 하고 싶은 걸 하고 저녁에 다시 만났다. 사실 나는 매일 저녁을 하치에서 보냈다. 마지막 밤에 한 번 더 하치에 가는 건 어떠냐고 하는 아르바이트생들의 요청에 마지막 밤을 보낸 곳 역시 하치가 되었다. 도쿄에서 갔던 곳들, 쇼핑한 것들, 보고 느낀 것들을 이야기했다. 이렇게 귀여운 사람들과 함께 일해서 얼마나 다행인지, 그리고 이 사람들에게 하치를 보여줄 수 있었고, 이들 또한 하치에 만족스러워 해주어서 얼마나 좋았던지. 이른 비행기 스케줄 때문에 아침까지 이야기를 이어갈 순 없었지만 덕분에 또 광장을 함께 꾸려나갈 에너지를 얻었다.

2017년 처음 아르바이트생을 뽑았다. 그동안 세 명 중 누 명이 광장을 그만두었다. 그 틈을 메꾸기 위해 지인들의 손을 빌린 적도 있었고, 새로운 아르바이트생도 뽑았다. 그다음 해 에는 미리 준비하지 못해 어쩔 수 없이 나만의 방학을 만끽하 고 돌아왔지만, 언젠가 모두의 마음이 맞는다면 다시 또 도쿄 워크숍을 진행하고 싶다.

물론 회식은 하치에서 합니다.

'혹가이도 우리 학교'
햄버그스테이크

한때 햄버그스테이크가 유행했다. 거의 날것에 가까운 햄버그가 뜨거운 돌 위에 서빙되어 바로 그 자리에서 지글지글 구워먹는 것부터, 동그란 구 형태의 햄버그스테이크를 직접 잘라 접시에 육즙이 한가득 흐르게 만든 것도 있었다. 치즈를 잔뜩 올리기도 했고 때로는 햄버그스테이크 위에 불이 넘실거리기도 했다. 햄버그스테이크를 먹기 위해 한 시간쯤은 우습게 줄을 서던 시절이었다.

나 역시 굳이 따지자면 고기파인데 이상하게 햄버그스테이크가 당기지 않았다. 안 먹어본 사람이 없는 그 난리에도 나는 형태와 식감 그대로의 고기가 좋았다. 갈아놓지 않은 단단한 고기를 적절히 구워먹는 게 훨씬 간편한데 왜 갈고 양념하고 뭉쳐서 다시 고기 모양을 만들어 먹는지 이해가 되지 않았다.

혹가이도 조선학교의 졸업식 전날이었다. 기숙사에서 짐을 빼는 아이들을 위해 아이들의 어머니들이 작은 파티를 했고, 거기서 한 어머님이 내 그릇 위에 햄버그스테이크를 올려놓을 때까지 나는 햄버그스테이크를 좋아하지 않았다. 여러 메뉴 중에서도 토마토소스에 절여지다시피 범벅이 되어 있는 햄버그스테이크를 내 접시에 올리지 않은 이유는 딱히 좋아하지 않기 때문이었다. 그걸 '멀어서 그릇에 덜지 못한' 것으로 이해한 어머니 한 분이 친절히 내 몫을 챙겨주신 덕분에 내 접시 위엔 한 덩이의 햄버그스테이크가 올려졌다. 그리고 광장과 햄버그스테이크의 인연이 시작되었다.

　매년 혹가이도에 간다. 십 년쯤 됐을까? 혹가이도에 가게 된 계기는 일본에 살고 있는 재일조선인들을 다룬 다큐멘터리 영화「우리 학교」를 보고 나서였다. 「우리 학교」는 일본의 최북단 섬 혹가이도에 있는 유일한 재일조선인 학교로, 영화는 당시 고등학교 3학년생들의 일 년을 담았다. 영화는 새 학기가 되어 담임이 정해지는 순간부터 학예회, 운동회를 거쳐 수학여행도 가고 입시준비도 하고, 졸업을 하는 순간까지 담겨 있다.

　이북 사투리와 비슷한 우리말에 일본어를 자연스럽게 섞어 사용하는 아이들의 코멘트에는 한국어 자막이 달려 있었다. 조금은 다른 말투의 사람들을 보고 순간 일본에 있는 북한 학교인가 싶어 보기 시작했지만 이내 내 얼굴은 새빨개져 열이 펄펄 날 정도로 부끄러워졌다. 일본 내 재일조선인 사회와 조선학교를 다니는 아이들은 말 그대로 조선의 아이들이었다. 영상 속에서 원빈에게 꽃을 전해달라고 부탁을 하고, 북한으로 수학여행을 가며, 한복 저고리를 입고 일본에서 학교생활을 하고 있었다. 분단 이전의 조국이었던, 식민지 조선에서 일본으로 강제 이주된 이들의 후손들이었다.

　해방 후, 동포들은 일본에서 나고 자란 자신의 아이들이 조국으로 돌아갈 때를 위해 우리말을 배우는 조선인 학교를 세웠다. 일본에서 우리말을 쓰며 공부를 하던 조선인들은 해방 후 조국으로 돌아가길 희망했으나, 한국전쟁으로 나라가 분단되어 남으로도 북으로도 가지 못한 채 일본에 남게 되었다. 해방과 분단을 겪고 그 상태로 반백년이 넘는 시간이 흘렀다. 그 사이 일본 정부는 일부 조선인 학교를 폐쇄하려 들었고 조선인들은 그에 저항하며 학교를 지켜냈다. 그렇게 지켜낸 일본 땅의 조선학교는 다시 하나가 된 나라로 돌아갈 날을 세며 우리말을 배우는 곳이었다. 영화 속 이들은 우리말을 배우고 조선학교를 다니며 그 안에서 자신의 정체성을 확인하고, 동포사회와 자신을 성장시켜 나가고 있었다.

재외국민 투표권에 대해 한창 논란이 일던 시기에 개봉된 영화다. 그 당시 분단된 나라에 대한 인식도, 식민 역사도 제대로 알지 못하던 나는 왜 일본에 살고 있는 한국인들은 한국 정치에 대해 말을 얹는지 몰라 의문을 가졌다. 어쨌든 남길 원해서 외국에 사는 것 아니었나? 한국에 대해서 왈가왈부하려면 국내에 들어와서 이야기해야 하는 것 아닌가 하는 단순한 판단을 내렸다. 그랬던 와중에 영화를 보고 나서 내가 얼마나 역사를 모르고 어리석은 의문을 가졌는지 깨닫게 되었다. 솔직히 영화를 제대로 봤다고 할 수 없을 정도로 울었다. 그 눈물은 부끄러움이었다. 한 번도 밟딛어 본 적 없는 한반도의 통일을 바라는 타국 땅의 10대 학생들을 보며 생각이 바뀌었다. 통일이 필요한지 의문을 가진 채로 살아가던 내게 이 영화는 생각의 큰 전환점이 되었다.

영화를 본 뒤, 팬 카페에 가입했다. 마침 카페에서는 영화 속 '우리 학교'를 방문하기 위한 참여자를 모집하고 있었다. 안 갈 이유가 없었기에 고민 없이 신청했고, 혹가이도로 향했다. 혹가이도에 도착했을 땐 마냥 신기했다. 영화 속에서 봤던 선생님과 학생들이 진짜로 있었다. 영화 속에서 봤던 운동장, 영화 속에서 봤던 교실과 강당, 기숙사를 내 눈으로 보았다. 교장 선생님은 학생들을 모아 "남쪽에서 온 손님들입니다" 하며 우리를 소개했고, 그 순간 혹가이도에 와 재일조선인을 알게 된 것만으로도 대단한 일을 하고 있는 기분마저 느꼈다. 그렇게 며칠간 학교에 묵으며 재일조선인들의 이야기를 들을 수 있었다. 첫해엔 마냥 즐거운 여행 기분으로 학교 탐방을 마쳤다.

그런데 매년, 몇 번을 가다 보니 그들과 깊은 이야기를 나누었고 영화 안에서만 보고 느꼈던 차별을 가까이 느끼게 되었다. 귀여움을 내세우며 맛있는 음식과 멋진 스타일로 알고 있던 일본과 전혀 다른 일본이 그곳에 있었다. 어렵고 무거운 의지를 가지고 우리말을 배우는 이들이 그곳에 있었다. 단순히 한국말을 배우는 것에 대한 어려움뿐만 아니라 아이들을 학교를 보내는 부모들의 노력에 대해서도 듣게 되었다. 그 깊은 이야기들을 듣고 나서 단순한 호기심으로만 학교를 방문했던 건 아닐까 하는 반성을 하게 됐다. 가벼워도 너무 가벼웠단 생각이 들었다. 고민이 깊어지던 찰나에 정권이 바뀌었고, 남과 북, 그리고 일본과의 관계가 경색되자 학교 방문 자체가 어려워졌다. 재일조선인을 만나는 것이 국가보안법에 걸린다는 등 문제가 될 수도 있다는 말들이 오갔다. 더더욱 학교에 방문하기 어려운 상황으로 치달았다. 나는 보통의 한국인, 한국에서 태어나 한국에서 살아가는데 군이 문제가 되는 길을 선택할 이유가 없었다. 늘 반갑게 환대해주는 동포 분들을 떠올릴 때마다 이건 아니다라는 생각이 들었다. 머리로는 이러면 안 된다고 생각했지만, 살면서 한 번도 생각해본 적 없는 부분에 대한 고민의 무게를 감당하지 못했다. 그렇게 조선학교와 멀어진 시기도 있었다.

일본에서 유학하던 시절이었다. 그때 한국 친구들과 길을 걷다가 황당한 순간을 마주했다. 한 일본인 할아버지가 다가오더니 다짜고짜 "너네 나라로 돌아가라"며 우리에게 소리를 쳤다. 그 순간엔 '저 사람이 미쳤나 보다' 하고 넘어갔다. 하지만 이 년여 동안 한국말을 쓰며 거리를 걷는단 이유로 공격의 대상이 되는 순간을 몇 번 겪게 되자 의문이 들었다. 왜 한국 사람을 공격하는 걸까? 아냥 한국 사람이 싫는 걸까? 일본에 거주하던 한국 학생이 폭행을 당했다는 기사가 나기도 했다. 이런 의문이 꼬리를 이어 한국과 일본의 역사와 관계에 대해서도 생각해보게 되었다. 무엇보다 일본의 명확한 사실 확인과 인정, 그리고 사과가 없는 한, 일본 국민들의 한국에 대한 태도와 한국인의 일본에 대한 태도가 평등해질 수 없음을 절

실히 느꼈다. 마음이 복잡한 시간을 보내며 다시 영화「우리
학교」가 떠올랐다. 영화 속에서 우익들이 학교로 전화를 걸어
험한 말로 학생들의 안전을 위협했던 그 장면이었다.

일본어를 배우겠다며 온 일본에서 차별의 말에 상처입고
나서야 비로소 우리 학교 속 아이들의 아픔은 얼마나 컸을까
가 느껴졌다. '우리 학교'에 다니는 아이들의 교복은 치마저
고리였다. 이를 입고 다니는 것조차 공격의 대상이 될 수 있
어 조선학교 학생들은 통학길에 교복을 못 입고 다닌다는 것
도 떠올랐다. 일본 이름을 갖고 일본식 생활에 익숙해지면 편
할 테지만, 불편한 한국 이름, 불편한 조국을 지켜내며 얼마
나 큰 마음으로 우리말을 배우고 그것을 잊지 않기 위해 애쓰
는지 내 깜냥으론 가늠이 되지도 않았다. 그제야 비로소 식민
의 역사를 체감했다. 그 역사는 아직도 제대로 사과하지 않은
일본의 태도 때문에 덧난 상처가 되어 있었다. 상처는 치유되
지 못한 채 시간의 흐름과 함께 사라져가고 있었다. 일본생활
을 끝내며 나는 다시 '우리 학교' 팬 카페를 찾았다.

오랜만에 찾은 '우리 학교' 팬 카페에는 여전히 조선학교
를 응원하며 방문을 해오던 분들이 자리를 지키고 있었다. 덕
분에 어려움 없이 학교 방문단에 함께 참여할 수 있었지만 그
사이 학생 수는 꽤 많이 줄어들어 있었다. 한국과 북한의 관
계가 경색되면서 일본 내 우리 학교의 입지도 어려워지고 있
었다. 그 와중에도 이곳에 아이들을 보낸 부모님들과 어려운

상황에서도 열심히 다녀준 아이들을 응원하고 싶은 마음이 들어 처음으로 졸업식 행사에 참여하게 되었다. 고등학교까지 무사히 다녔고, 조선학교의 우리말 교육을 마친 졸업식에서는 선생님과 학생들, 그리고 선배와 후배, 그리고 동포 가족들이 뜨거운 응원과 눈물이 그치지 않을 정도로 축하와 감사의 말로 채워지고 있었다. 가슴 찡하게 이야기를 나누는 모습을 보니, 우리 학교의 순간들이 압축되어 지나가는 것 같았다. 그날부터, 매해 3월 초면 내 발걸음은 혹가이도로 향한다.

기숙사 졸업식은 고등학교 졸업식 전날 열린다. 기숙사 학생들이 기숙사 생활을 끝내는 걸 1, 2학년 후배들과 함께 축하하는 행사다. 기숙사 파티를 위해서 후배들은 편지와 선물을 준비하고 졸업을 앞둔 3학년 학생들은 선생님들에게 감사 인사를 전한다. 거의 가족처럼 지내서일까. 웃다가 울다가 마지막엔 다시 눈물바람으로 행사가 진행되었다. 아이들의 밥을 책임지던 기숙사 식당 어머니들은 졸업생들을 위한 마지막 음식을 화려하게 준비해주셨다. 그 음식들 중 하나가 햄버그스테이크였다.

내 접시 위의 햄버그스테이크를 안 먹을 수 없었다. 좋아하진 않았지만 하나쯤은 먹을 수 있지. 한입 먹은 다음 깊이 반성했다. 이 미천한 편식자여, 당신은 또 한 번의 기회를 놓칠 뻔했다. 탄식이 절로 나왔다. 인생에서 먹어본 것 중 가장 맛있는 햄버그스테이크가 거기 있었다. 수식어도 필요 없이

'맛있다!'라는 단어민 미릿속에 가득해지는 순긴이었다. 아예 멀리 있는 햄버그스테이크 접시를 가까이 당겨놓고 몇 개를 더 먹었는지 모른다. 셀 수도 없을 만큼 햄버그스테이크 덩이리를 내 접시로 옮겼다. 그렇게 한참을 먹고 나서야 이 메뉴를 광장에도 내면 좋겠다는 생각이 들었다.

졸업식은 큰 행사로 어머니회 분들이 함께 음식을 했기에 어느 분이 만드셨는지를 먼저 물어야 했다. 물어 물어 알아보니 학교 급식을 만드는 분의 레시피였다. 혹가이도는 돼지고기가 유명한 곳이라 돼지고기로만 만든 햄버그스테이크라는 것도 미리 일러주었다. 지나가는 말로 "학교 재정이 좋으면 쇠고기도 섞을 텐데 말이야. 미안하게도 돼지고기로만 만들었어"라고 하셔서 마음이 조금 서늘해졌다. 아이들을 생각하는 따뜻한 정성과 아쉬운 마음이 담긴 햄버그스테이크의 레시피를 받아 적었다. 마늘을 듬뿍 넣은 돼지고기 햄버그스테이크를 잘 구워 토마토소스에 하루 절인 다음 날, 데워 먹는다고 했다. 처음 보는 형태였다. 토마토소스의 감칠맛이 햄버그스테이크 안쪽까지 잘 배어들어 꽉 찬 맛을 선사해주는 게 비결인 듯했다.

혹가이도 학교의 졸업식 일정을 마치고 한국으로 돌아와 햄버그스테이크를 만들었다. 학교에는 오븐이 있어 햄버그스테이크 반죽을 만들어 잠깐 휴지시킨 다음 오븐에 구워낸다고 했다. 하지만 광장엔 오븐이 없어 일일이 구워내야 하는 게 일이었다. 처음엔 너무 묽은 반죽을 한 덕분에 프라이팬에 눌어붙어 실패했고, 그다음엔 너무 반죽이 되었는지 안쪽이 잘 안 익었다. 넓적한 형태로 펴니 부슬부슬 떨어져 나가기도 했다. 몇 번 해보니 요령이 생겼다. 몇 번의 테스트를 거쳐 양을 늘리기도 줄이기도 하고, 개수를 나누고 합치며 내다 보니, 어느새 광장의 고정 메뉴가 되었다.

언젠가 우리 학교 어머니 한 분이 한국에 오셨다. 광장에 들러 주십사 부탁드렸고, 어머니에게 햄버그스테이크를 내며 어느 정도 비슷한지 여쭤봤다. 어머니는 웃으시며 이곳이 더 맛있다고 엄지를 들어주셨다. "에이 별 말씀을요. 어머니들의 정성에 비할 바가 아니에요" 하고 대답했지만 내심 기뻐서 마음속으로 춤을 추었다. 이 맛에 만족한 사람들이 조선학교에 관심을 보이면 좋겠다는 욕심도 내본다.

조선학교의 졸업식 시즌인 3월에 이 학교의 이야기를 하고 싶어서 햄버그스테이크는 광장의 가을 겨울 메뉴다. 정식 명칭은 '홋가이도 함박 스테이크.' 사람들이 가끔 묻는다. 왜 홋카이노가 아니라 홋가이노죠? 간난하다. 채일농보늘의 표기 방법에서 따왔기 때문이다. 우리 학교의 정식 명칭은 '홋가이도 조선 초중고급학교'다. 그 학교의 급식소에서 시작된 메뉴이기에 학교의 표기법을 차용했다.

매년 3월 졸업식 시즌엔 학교를 방문하고, 2017년 가을부터는 도쿄로 향한다. 조선학교는 일본 정부를 대상으로 지난

일본땅
조선아이들의
"용감한"숲가
시작됐나!

우리학교
Our
School
홋가이도 조선학교 아이들의 희망다큐

한 소송을 하고 있기 때문이다. 고교무상화 사업에서 일본 정부는 조선학교만 제외하고 이 법규를 시행한다. 조선학교를 제외한 다른 국제학교, 외국인 학교는 전부 포함되었지만, 조선학교만 일부러 뺀 것이었다. UN에서도 차별의 소지가 있으므로 시정하라는 요구를 했지만 일본 정부는 지금까지도 묵묵부답이다. 이에 동포들과 일본 시민사회가 힘을 합쳐 정부를 상대로 전국 각지에서 소송을 진행 중이다.

예상했듯 일본 정부는 역사적 문제에서 늘 그랬던 것처럼 요지부동이다. 한 번의 지방법원 승소 이후 패소 일변도다. 그 부당함에 항의하기 위해 서울의 일본대사관 앞에서는 집회가 열린다. 영화 「우리 학교」 팬 카페는 매주 화요일 점심 시간에 집회를 한다. 매번 참여하진 못하지만 영업시간이 짧아지는 가을, 겨울에는 가능한 한 참석한다. 더 많은 사람들이 이 부당함에 대해 많이 알았으면 좋겠다. 역사를 잊은 민족에게 미래가 없다고 하지 않는가. 이런 거창한 의지로 주문해야 되는 메뉴는 아니지만, 적어도 나는 늘 이 메뉴를 만들며 역사를 잊지 않기 위해 우리말을 배우는 우리 학교의 아이들을 생각한다. 그렇게 '혹가이도 함박 스테이크'는 광장의 정식 메뉴입니다.

빵이 맛있어서 만들었습니다
다마고산도

손님들 중에서 종종 선물을 가지고 광장에 오는 분들이 있다. 여행을 다녀왔다며 여행지의 물건들과 여행지에서 산 술을 가지고 와 밥을 먹고 이야기를 나눈다. 태국을 다녀온 손님에게 받은 꽃과 망고 모양의 비누는 광장의 화장실에 걸어두었다. 유럽을 여행한 손님들이 데려온 미니어처 술들도 광장의 선반을 메운다. 함께 마신 면세점 표 양주에 여행 이야기를 풀어놓고, 여행지 어딘가에서 보내온 그곳의 직인이 찍힌 엽서는 광장의 벽에 붙여진다. 가까운 일본에서 디저트를 잔뜩 가져오기도 한다. 나 역시 어디론가 떠났다 돌아올 때마다 그 지역의 맛있는 것들을 사와 손님들과 나눈다. 해외뿐일까. 여러 사람이 사왔던 국내의 명물 빵, 제주도의 오메기떡도 많은 이들과 나눴다. 어느 날부터인가 빵집을 지나다 광장에서 나눠먹던 음식이 생각났다며 양손 가득 빵 냄새를 풍기며 여행 기분을 가져오는 손님들이 늘었다.

강남의 유명한 빵집에서 겨우 사왔다며 한 손님이 건넨 식빵이 그랬다. 진한 버터 향이 물씬 풍겼고, 부드러운 식감이 일품이었다. 그냥 씻어서 먹는 것만으로도 좋아, 하는 반성이 나왔다. 이 빵으로 뭘 해먹을 수 있을까. 버터와 마요네즈를 발라 오픈 샌드위치를 만들어 먹어도 맛있을 것 같았다. 인스타그램에서 봤다며, "일본식 계란말이를 빵 사이에 끼운 다마고산도는 어때요?" 아르바이트생이 말을 보탰다. 지금 있는 재료로도 충분히 만들 수 있을 것 같아 레시피를 휘리릭 검색하고, 머릿속에서 스캔을 완료한 뒤, 냉장고에서 계란을 꺼냈다.

달콤한 일본식 계란말이를 끼운 다마고산도. 작은 볼에 계란과 설탕을 넣고 포크로 휘젓는다. 다시마 등으로 우려낸 육수가 있으면 좋겠지만 간편하게 쓰유를 넣었다. 희석 비율에 맞춰 물과 함께 넣어주고 계란과 잘 섞은 후 체에 걸러준다. 재료 준비가 끝났으면 이젠 불의 힘을 빌려야 한다. 기름을 살짝 둘러 거의 기름 기운이 남지 않을 정도로 팬을 뎁힌 뒤 키친 타월로 깨끗이 닦아낸다. 팬을 불에 올려 치이익 소리가 날 만큼 달궈지면 불을 줄이고 계란을 부어준다. 포인트는 계란을 마는 데 있다. 잔열로 구우며 돌돌 마는 형태를 반복하면 두꺼운 계란말이가 완성된다. 빵은 살짝 구워서 와사비와 간장을 넣어 만든 마요네즈 소스를 바른다. 두꺼운 계란말이를 빵과 빵 사이에 끼워 꾹 눌러준 후 빵 귀를 잘라내고 한입 크기로 잘랐다.

시식 타임. 아르바이트생은 일본 여행에서 먹었던 것보다 맛있다며 엄지를 들었다. 빵을 사온 손님도 정식 메뉴에 올려 달라고 요청할 정도였다. 매번 빵을 수급할 방법이나, 상대적 노동시간 등을 고려해 메뉴에 올리긴 어려울 것 같았다. 특별식이니까 더 맛있는 것 같아요. 아쉽지만 오늘을 즐겨주세요. 우리만 먹을 수 있나. 마침 광장에 있는 다른 손님들과도 나눠 먹었다. 다른 손님들도 다들 다마고산도의 팬이 되었다.

어떻게 하면 이 메뉴를 먹을 수 있는지, 그나저나 이 식빵은 어디서 살 수 있는지, 모두 부드러운 다마고산도를 음미하며 각자의 평을 덧댔다. 이 맛있는 빵을 손님들과 다같이 나눠먹어도 될 정도로 가져온다면 언제든 만들어주겠노라 약속했다. 그렇게 두어 번쯤 그 긴 줄을 감내해야만 살 수 있다는 맛있는 식빵으로 다마고산도를 만들었다.

그 외에도 누군가의 무화과는 냉장고에 있던 치즈와 함께 무화과 오븐 샌드위치가 되었고, 과일이 들어온 날은 모두의 한입 디저트가 되어 나눠 먹었다. 늘 양손을 무겁게 하고 오는 단골손님에게는 여기 음식 파는 데니까 그냥 먹으러 와주십사 이야기하지만, 모두와 나눠 먹으려 하는 마음이 참 고맙다. 무언가를 건네는 손길과 함께 늘 내게 물어오는 말이 있다. 그런데 광장장님, 밥은 먹었어요?

늘 타인을 위한 한 끼 음식을 만들지만 자신의 밥 먹을 시간을 챙길 수 없는 것이 조리사를 택한 이들의 아이러니였다. 배곯은 채로 다른 사람의 밥을 만드느라 정신없이 살아야 한다는 모순 때문에 숨 쉬는 것처럼 자연스럽게 선택한 주방 일에 나는 마음을 둘 수 없었다. 그렇게 떠났던 주방을 스스로 요리하고 대접하는 곳을 만들고서야 돌아올 수 있었다. 조리사와 손님이 벽 없이 마주할 수 있는 이곳에서 만나는 따뜻한 인사 덕분에 배는 고파도 마음은 부른 기분을 알게 되었다. 그 배부른 인사만으로도 더 맛있고 다정한 음식을 만들 기분이 된다. 음식을 먹으러 오며 건네는 마음의 온도에 꼬르륵대던 배도 조금은 허기를 면하는 기분이다.

줄 서야 먹을 수 있다는 것들을 손님들 덕분에 광장에서 누린다. 호사가 따로 없다.

누군가의 정성이 담긴 무언가를 먹으며
광장을 공유하는 동질감을 느끼게 된다.
덕분에 사케 축제는 더 축제스러워진다.

새로운 요리를 하고 싶어
어글리 딜리셔스 수프 팟타이

166

매일 같은 공간에서 같은 시간, 비슷한 요리를 하다 보면 공장의 컨베이어 벨트 위에 서 있는 기분이 들 때가 있다. 새로운 사람들과 새로운 이야기도 하지만 그것조차 스쳐 지나가서 기억에 남지 않을 때도 많다. 초창기에는 메뉴판에 있는 요리들을 제외하고라도「심야식당」처럼 다른 요리들을 준비해보고, 일주일이나 한 달에 한 번씩 새로운 메뉴들을 만들어 선보이기도 했는데, 할 수 있는 요리들을 어느 정도 하고 나니 흥미를 잃었다. 일부러 여러 요리를 맛보고 만들어보는 수고보다는 익숙한 요리 준비만 하고 멍하니 쉬는 순간이 늘었다.

한때 요리를 그만둔 건 요리가 더 이상 내 흥미를 끌지 않아서였다. 그때의 기분이 들었다. 지금, 공부가 필요하겠다 싶어 음식을 주인공으로 하는 영상을 챙겨 봤다. 요리 다큐멘터리가 많은 넷플릭스 덕에 이것저것 보았지만, 한 시즌을 끝까지 다 볼만큼 흥미를 끄는 방송은 없었다. 그러다 발견했다. 미쉐린 스타를 받은 식당을 운영하는 한국계 미국인 쉐프 데이비드 장의 요리 다큐멘터리「어글리 딜리셔스」.

이전에 그가 출연했던 네능형 요리 나규벤터리를 본 석이 있었는데 좋은 기억은 아니었다. 너무 이상한 재료 조합으로 요리를 선보였고, 그저 흥미로만 요리를 소비하는 것 같아, 질색하며 프로그램을 껐던 기억만 남아 있다. 그런 사람이 출연하는 이상한 프로그램이라니. 흥미는 갔지만 신뢰는 안 갔다. 보다 재미없으면 꺼야지. 가벼운 마음으로 시작했다가 무를 끓있다. 폭발직인 요리 기분에 휩싸였기 때문이다. 사과라도 해야 할 판이다. 몰라 봬서 미안합니다, 데이비드 장.

「어글리 딜리셔스」는 미국의 각종 요리를 소개하는 프로그램이다. 이민자의 나라 미국에는 그 이민자의 수만큼 다양한 요리들이 있다. 피자도, 타코도, 딤섬도, 바비큐도 각자의 요리가 현지화되었다가 미국식이 되어 다시 전 세계로 퍼져 나간다. 1화는 피자에 대한 이야기를 하는「진짜 피자」편으로 시작한다. 피자의 나라 이탈리아와, 줄 서서 먹는 소도시의 피자, 대도시의 피자들을 비교한다. 이 다큐멘터리를 통해 인종과 문화를 초월한 사람들이 즐겁게 음식 이야기를 나누는 것을 볼 수 있었다. 요리를 맛보고, 셰프의 이야기에 공감하고, 서로 끌어안고 감격하는 그들을 보았다. 눈물이 날 만큼 뭉클한 순간도 있었다. 매 회마다 음식의 종류에 따라 쉐프들을 찾아다니며 이야기를 나눈다. 그들이 가진 음식에 대한 다양한 가치관들이 교차하는 순간들을 지켜보았다. 그러다 보니 당장 요리를 하고 싶은 기분이 들었다. 겨우 1화를 봤을 뿐인데 정신을 차려 보니 치즈를 주문하고 토르티야 피자를 만들고 있는 내가 있었다.

「어글리 딜리셔스」덕분에 진심 담은 요리에 대해 다시 생각해보게 됐다. 그리고 새로운 요리를 하고 싶은 기분으로 가슴이 꽉 찼다. 마지막 화인 '만두' 편까지 일사천리로 보고, 이참에 만두 속재료뿐 아니라 만두피까지 만들어보기로 했다. 다양한 레시피를 찾고 몇 가지의 피를 만들어 반죽하고 밀고 빚으며 요리의 매력에 다시 빠지게 되었다.

정신없이 바쁜 어느 날이었다. 지인이 친구들과 광장에 왔다. 방문할 것이라고 미리 알렸지만 너무 바빴던 통에 거의 모든 메뉴가 매진되었다. 일부러 찾아왔는데 좋아하는 메뉴를 만들어줄 수 없어 난색을 표했더니 괜찮으니 뭐든 만들어달라고 했다. 광장에서 만들어지는 요리라면 무엇이 되었든 맛있게 먹을 수 있다고 하는 말에 힘차게 냉장고를 열었다. 함께 온 친구들이 외국에서 살다 온 데다 다들 요리에 조예가 깊다고 들은 터라 부담이 컸지만 그렇기에 더더욱 특별한 요리를 만들고 싶어졌다. 그럼 이참에 한 번도 만들어보지 않은 새로운 요리를 만들어보자 싶었다.

냉장고 안에는 완전하게 한 그릇을 만들기엔 좀 적은 양의 채소와 해물, 그리고 토마토와 계란이 있었다. 마침 일본 소주를 선물로 가져왔기에 소주와 함께 먹기 좋은 국물 요리를 고민했다. 그 흔한 국물 요리라도 만들기엔 재료가 부족했나. 뭐가 좋을까 싶어 상상을 한 번 쭉으로 훑었나. 마침 『어글리 딜리셔스』에 빠져 한참 여러 요리를 하느라 구비해놓은 다양한 태국 소스가 눈에 들어왔다. 그 소스들을 보니 태국의 대표 요리 팟타이가 떠올랐다. 팟은 볶음이라는 뜻이고, 타이는 말 그대로 태국이라는 뜻이므로 우리말로 풀면 태국식 볶음요리다. 순간 국물을 자작하게 남겨 팟타이의 변형을 만들면 이떨까 하는 생각이 들었다. 짬뽕처럼 볶아서 국물이 있는 요리면 될 것 같았다. 팟타이 특유의 새콤달콤한 맛을 거부감 없이 술과 함께 술술 들어갈 수 있게 균형을 맞췄다. 피시소스로 간을 맞추고, 몇 종류의 식초와 설탕을 조금씩 넣어가며 맛을 잡았다.

마지막으로 그릇에 담은 뒤, 쌀국수와 채소를 듬뿍 올려 탑처럼 담았다. 그 아래로 국물이 찰랑찰랑 담겨 있는 수프 요리였다. 뭐라고 이름 붙일까 하다가, 수프 팟타이라고 소개하며 일단 먹어보고 맛없으면 라면이라도 끓여줄게요, 라는 말을 덧붙여 음식을 내놓았다. 내 뒷말이 필요 없었을 만큼, 그들은 감탄사를 연신 외쳐가며 똑같은 걸로 한 번 더 먹고 싶다는 말과 함께 국물 한 방울까지 싹싹 긁어 먹었다. 잘 먹어주는 것을 보니 만든 보람이 요동쳤다. 즐거운 요리, 아 즐거운 요리사의 삶이구나. 텅 빈 냉장고를 싹싹 털어 만든 메뉴기에 미안한 마음에 엄지를 들어줬을지도 모르겠지만, 적어도 내 마음은 열정으로 꽉 찬 신입 요리사의 기분이 되었다.

광장에서는 메뉴판에 적힌 메뉴를 규칙대로 만들고 있다. 하지만 늘 다양한 매체를 통해 새로운 자극을 느끼고, 그 자극을 기반으로 또 새로운 요리를 만든다. 「어글리 딜리셔스」가 그랬고, 치앙마이의 채식요리가 그랬다. 다양한 자극들은 광장의 메뉴판을 활기차게 만든다. 새로운 요리를 만들면 단골손님들과 직원들에게 선보인 다음 평가를 받는다. 그렇게 선보인 메뉴들은 그들의 입을 통해 맛을 더하거나 빼며 발전된다. 손님들에게 내도 괜찮은 정도가 됐다 싶으면 우선은 '오늘의 메뉴'라는 이름으로 메뉴판에 등장한다. 일정 기간 동안 찾는 사람이 많아지면 봄 여름 메뉴나 가을 겨울 메뉴가 되어 정기적으로 선보이게 된다. 그렇게 올라온 메뉴들이 벌써 여럿이다. 치킨남방, 치킨 가라아게, 오코노미야미, 카레라이스, 양배추스테이크만을 판매했던 처음과는 달리 이젠 메뉴판에 적을 자리가 없어 고심하며 메뉴를 빼야 할 정도다.

광장의 메뉴판은 늘 변한다. 간혹 메뉴가 사라진 다음에 그 음식을 찾는 사람들도 생긴다. 늘 활기차게 변하는 광장의 메뉴판 덕분에 손님들의 볼멘소리는 높아져 가지만, 짐짓 모르는 체하며 협박 아닌 협박을 하게 된다. 있을 때 많이 찾아주세요. 그래야 안 없어져요.

가게 오픈 동지
어스 핸드위치

광장을 오픈하기 위해 준비하는 동안, 매일 광장이 변화하는 내용을 사진과 함께 기록했다. 공사 과정도 일부는 인스타그램에 올렸고, 블로그에는 그보다 좀 더 긴 글을 일기처럼 쓰며 왜 광장을 여는지, 광장의 콘셉트는 무엇인지, 앞으로 어떻게 운영하고 싶은지 적어 나갔다.

'가게 오픈 일기'라 불러도 좋을 그 글을 쓰다 보니 다른 사람들은 가게를 열면서 오픈 준비를 어떻게 했는지 궁금해졌다. 블로그를 열심히 뒤졌다. 그리고 반대로 다른 사람들도 가게 오픈기를 찾아 광장의 블로그에 접속했다. 그렇게 서로 가게를 준비하고 있다는 이야기들을 나누고, 서로의 글에 댓글과 좋아요를 누르며 랜선 응원을 더했다. 뭔지 모를 애틋한 동지애가 있었다. 하루하루 공사를 해나가는 동안 고민들은 깊어지고 넓어졌다. 그 이야기를 가능한 숨기지 않고 털어놓았고, 실제 준비를 하는 사람들은 이야기에 공감해주었다. 그들의 가게 일기가 어제의 혹은 내일의 내 이야기였다.

하지만 가게 오픈기를 준비하던 블로그 이웃들과의 인연은 공사를 하던 짧은 순간이 끝이었다. 나도 그랬다. 광장을 오픈하고 나서는 긴 글을 써야 되는 블로그보다는 짧은 글과 사진으로만 소식을 알릴 수 있는 다른 소셜미디어가 편했다. 가게를 열고 나자 시간이 어떻게 가는지 모르게 정신없이 지나갔다. 늦봄쯤 열었던 것 같은데 어느새 여름이 지나고 있었다. 서로를 응원하던 블로그 이웃들도 각자의 가게에 집중하는지 새로운 글이 점점 뜸한 게 느껴졌다. 가게를 열고, 삼 개월쯤 지나자 조금은 마음의 여유가 생겨 그때의 가게들을 찾아보곤 했지만 뜬금없이 말을 거는 게 실례는 아닐까 하는 생각이 들어 그만두기로 했다.

— 가게를 오픈했습니다.

— 오오! 드디어 오픈했군요. 축하드립니다.

그러던 어느 날 블로그에 댓글이 달렸다. 준비 기간이 비슷해 열심히 응원하던 이웃이 남긴 글이었다. 어스 핸드위치라는 샌드위치 가게였다. 가게 주인장인 세현 씨에게서 연락이 온 건 가을의 끝, 겨울 시작 즈음이었다. 그는 우연히 을 지로 골목에서 광장을 발견하고 반가운 마음에 들어올까 생 각하다 실례가 될까 싶어 (내가 그들에게 연락하지 않은 것 과 비슷한 마음으로) 들어오지 않았다고 했다. 반가운 마음 에 블로그에 댓글로 먼저 안부 인사를 전했다. 자신의 가게가 어느 정도 궤도에 오르면 이곳에 놀러오고, 연락도 해야지 했 는데 시간이 어느 순간 이렇게 지났다고 했다. 광장이 생각나 다시 블로그에 들어왔고 반가운 마음에 가게의 인스타그램 주소를 공유했다. 혼자서 모든 걸 다 하며 작은 가게를 운영 했고, 각자의 고집 역시 대단한 우리는 자주 연락하며 서로를 응원했다. 혼자 운영하는 가게의 바쁜 사정을 이해하니 어느 순간부터는 응원의 인사를 대신해 '놀러갈게요'라는 말을 인 사처럼 했다. '놀러갈게요', '놀러오세요'라는 말을 주고받았 지만 영업시간도 겹치고 휴무도 안 맞아 가보겠다는 말은 기 약 없이 흘러갔다.

광장에서 크리스마스 이벤트를 하는 날이었다. '밤샘 영 업을 합니다'라는 공지를 올리자마자 세현 씨에게서 연락이 왔다. 가게 마감을 한 뒤에라도, 광장의 파티에 참석할 수 있 냐고 물어왔다. '물론'이라는 답변에 덧붙여, 새벽에 뜬금없 이 등장하는 참가자로서 파티에 참여하는 손님들에게 선물 을 주고 싶다고 했다. 그냥 와도 좋으니 자리를 채워주시면 고맙겠다고 했지만 크리스마스 새벽에 받을 샌드위치 선물은 꽤 반가운 이야기였다.

이전에도 이벤트들을 종종 열었지만 열두 시간을 혼자서 준비하고 치러내야 하는 크리스마스 이벤트는 하기 전부터 부담이 적지 않기 때문이다. 친구들에게 많이 연락해서 지인들이 절반 이상 차 있는 이벤트긴 했지만 어떤 사람이 언제 올지 모르니 준비나 진행이 마음에 들지 않으면 어떨까 하는 불안함이 가득 차오르던 때였다. 잠깐 고민하다 "그럼 거절하지 않고 받겠습니다" 하고 이벤트를 준비해나갔다. 재료와 음식에 대해 자신의 주관을 확고하게 가지고 있기에, 세현 씨의 음식은 먹어본 적이 없지만 맛을 확신할 수 있었다.

이벤트 당일, 가게 주문을 마감하면서 식사도 하고 다같이 만두도 빚었다. 조금은 졸리는 시간이 되어서야 샌드위치를 잔뜩 든 세현 씨가 등장했다. 이벤트 진행이 미숙한 탓에 그리고 손님들과 친구들 사이의 간극을 메우느라 고군분투하며 지쳐 있던 나 역시 가득한 샌드위치 선물에 기운이 났다. "오늘의 산타입니다." 농담처럼 세현 씨를 사람들에게 소개했다.

사람들은 새벽의 산타를 반겼다. 그는 역시나 맛있는 샌드위치를 넉넉하게 나눠주었다. 다시금 왁자지껄한 수다의 시간이 시작되었다. 고맙다는 말 말곤 어떤 말도 떠오르지 않았다. 오픈 동지라고 하지만 일면식도 없는 광장에 이렇게 큰 선물을 주다니. 세현 씨의 샌드위치를 맛본 손님들은 바로 이

샌드위치의 진가를 알아봐주었다. 을지로와 꽤 떨어져 있음에도 몇몇 분들은 성신여대 앞 어스 핸드위치의 맛있는 샌드위치를 즐기러 다녔다. 크리스마스 파티에 참여했던 손님들이 인증샷을 찍어 보내주기도 했다.

나도 며칠 후, 어스 핸드위치에 인사 겸 식사를 하러 갔다. 맛있는 샌드위치와 함께 각자의 가게 운영에 대한 이야기를 짧게나마 나눌 수 있었다. 이미 블로그와 소셜미디어로 이야기 해온 터라 오래전부터 안 친구처럼 깊은 이야기로 이어졌다. 그는 함께 일하는 주방장도 소개해주었다. 어스 핸드위치를 오픈하기 전, 미쉐린 별을 보유한 한 레스토랑에서 함께 일했던 주방장이었다. 덕분에 신념을 가지고 오랫동안 한 자리를 지켜온 주방장과 이야기를 나눌 수 있는 좋은 기회도 가졌다. 그 주방장은 자신의 인생 이야기를 나누며 우리들의 도전에 많은 응원을 보내왔다. 광장과 어스 핸드위치 모두 서로의 고집에 혀를 내두를 때가 더 많았지만 광장의 오픈 기념일마다 시간을 내서 와줄 정도로 다정한 응원을 해주었다.

어스 핸드위치는 금세 성신여대 지역의 맛집으로 떠올랐다. 세현 씨의 어머니는 일을 도와주다 아예 직원으로 일하신다고 했다. 어스 핸드위치는 시스템을 갖춰가면서 더 바빠졌다. 그는 가게가 잘되어가자 다양한 방식으로 가게 시스템을 보완했다. 놀러갈 때마다 그가 하나씩 보여주는 새로운 아이템을 보며 부러워한 적도 있었다. 각자 바빠져 서로의 가게에 오가도 이야기를 나눌 시간이 없어졌지만 그 힘찬 행보를 보는 것만으로도 힘이 났다. 열심히 잘하는 사람이 잘되는 상황을 지켜보는 것만큼 기분 좋은 일은 없을 것이다.

햇수로 사 년을 바라보는 시기에 갑자기 어스 핸드위치가 잠시 영업을 중단한다는 공지를 했다. 무슨 일이 있었던 걸까? 작년 언젠가, 시간을 내 따로 이야기를 나누자며 약속을 몇 번 잡다가 그 약속이 어그러지자 더 만날 기회를 잡지 못한 채 각자 바삐 살았다. 그래도 랜선을 통해서나마 가게의 공지를 보며 그 역시 여전히 바쁘고 늘 잘하고 있구나, 하고 미뤄 생각했는데. 갑작스러웠다. 무기한 영업정지라는 공지에 순간 휴대폰만 바라보며 어찌할 바를 몰랐다. 가게 SNS에 올린 공지에는 건강상의 이유로, 잠시 쉬지만 꼭 회복하고 돌아오겠다는 말과 함께 사과 글이 쓰여 있었다. 고민하다 오랜만에 연락했지만 답은 오지 않았다. 손님들의 댓글에도 답이 없는데 무슨 정신이 있겠나 싶었다. 보름쯤 지나자 다행히 건강을 회복하고 있고, 1인 가게에서 사장이자 주방장으로서 생업을 놓을 수는 없다며 곧 나아오는 계절에 어스 핸드위치를 재오픈할 예정이라고 했다.

가게를 운영하면서 내가 아프거나 사고가 나면 어떻게 될까 하는 걱정이 들 때가 있지만 그것은 막연한 미래의 이야기라고 생각했다. 가까이 있던 사람, 가까운 가게의 소식으로 닥치자 머릿속이 꽤 복잡해졌다. 그의 공지에서 생업이라는 단어가 가장 깊이 박힌다. 나 역시도 지금 제일 먼저 생각나는 건 아직 다 갚지 못한 대출금이고 그다음은 매달 내야 하는 월세다. 결국 돈이 먼저 떠오른다. 그것보다 중요한 게 있을 텐데 하고 다시 생각해보면 당연하게도 광장을 아껴주는 손님들이 가장 묵직하게 떠오른다. 늘 어디로든 떠날 것 같다며 어딜 가도 가게를 연다면 자신도 데려가 달라는 다정한 손님들에게 무슨 말로 이 자리를 비울 수 있을까 싶다. 그런 고민의 시간을 담담히 지나오고 있는 어스 핸드위치에 내가 할 수 있는 건 우리가 가게를 처음 준비할 때와 같은 막연한 응원밖에 없을 것이다.

5월 광장의 오픈기념일을 함께 축하하며 늦게라도 방문해 응원해주던 오픈 동지 세현 씨를 올해는 만나지 못할지도 모른다. 하지만 건강하고 단단하게 건강을 회복해서 다시 만날 수 있기를 간절히 바란다.

고양이가 있으니까
고양이맘마

새끼 고양이 한 마리가 광장에 왔다. 어미 길고양이가 버리고 간, 태어난 지 일주일 된 고양이였다. 친구가 밥을 챙겨 주던 길고양이가 새끼를 여럿 낳았는데, 눈병이 생긴 새끼 고양이 한 마리를 버리고 갔다고 했다. 알아보니 다른 새끼 고양이들에게 병이 옮을까 봐 이런 행동을 하는 경우가 있다고 했다. 친구는 그 새끼 고양이를 병원에 데리고 가 치료했다. 고양이의 눈병은 금세 다 나았지만 사람 손을 탄 새끼 고양이를 어미 고양이가 다시 맞이할 리 만무했다. 어미의 집에 새끼 고양이를 넣어주어도 어미 고양이는 그 새끼를 다시 버리고 집을 옮겼다고 했다. 친구는 이미 고양이 두 마리를 모시는 일명 '냥집사'였다. 어쩔 수 없이 새끼 고양이를 임시 보호하게 되었다.

새끼 고양이는 쉴 새 없이 돌봐주어야 했다. 두세 시간에 한 번씩 우유 병에 분유를 타서 온도를 맞춘 다음 정성스레 밥을 먹여야 했다. 밥을 먹고 나서는 배변 훈련도 시켜야 했다. 아기 트림 시키듯 배 마사지를 해줘야 했다. 새끼 고양이는 배가 고프면 새벽에도 삑삑 울었기 때문에 친구는 잠도 반납한 채 서너 시간에 한 번씩 알람을 맞춰가며, 자다가도 일어나 밥을 먹이고 화장실에 보냈다.

프리랜서라 가능한 일이었지만 갑작스럽게 출장이 잡혔다. 이곳저곳 도움을 요청하다 내게까지 도움의 손길을 요청했다. 주변에 맡길 만한 사람이 마땅치 않다고 했다. 내내 옆에 두고 봐줘야 하는 어린 고양이라 바깥 활동을 하는 사람들은 절대 할 수 없다고 했다. 24시간 함께 있을 수 있는 조건의 사람이 나밖에 없다고 했다. 나 역시 고양이들과 함께 생활한 적도 있었지만 이렇게 어린 고양이는 처음이라 걱정이 앞섰다. 광장 같은 음식점에 고양이가 있어도 괜찮을까 하는 걱정이 먼저 들었다. 그래도 겨우 생명을 연장한 새끼 고양이를 외면할 수는 없었다. 며칠간 광장으로 함께 출퇴근하기로 결정했다.

고양이는 정말 작았다. 태어난 지 한 달도 안 된 새끼 고양이라 손바닥만 했다. 친구에게 분유 타는 법, 먹이는 법과 마사지를 통해 배변훈련 시키는 법을 배웠다. 고양이용 사료를 먹거나 모래 화장실을 이용하는 것도 못하는 고양이여서 불린 사료를 믹이는 시도도 하고 있다고 했지만 일단 주식은 고양이용 분유였다. 며칠간 잘 지내보자! 조용히 말을 걸며 데려왔다. 고양이는 버스를 타고 오가는 동안 빽빽 울기도 했지만 출퇴근에는 그럭저럭 잘 적응했다. 광장 한쪽, 조그만 박스 속에 삶을 꾸린 고양이는 상자 속에서 밥을 먹고 조금씩 걸어다니는 것 외에는 잠만 잤다. 혹시 몰라 인스타그램에 공지를 올렸다. 한시적이지만 고양이가 있으니 고양이를 무서워하거나 알레르기가 있는 분은 열흘 동안 광장 방문을 지양해달라 부탁했다. 당분간 광장이 좀 한산하겠구나 싶었다.

무슨! 생각과 달리 손님들은 작고 귀여운 고양이에 환호하며 광장에 모였다. 만지기도 무서울 만큼 작았지만 고양이와 함께 사는 능숙한 냥집사들은 손가락과 손바닥으로 이리저리 장난을 치며 새끼 고양이와 놀아주었다. 덕분에 영업시간 동안 밥을 어떻게 줘야 하나, 새끼 고양이가 사람들 사이에서 괜찮을까, 가만히 있을 수 있을까 걱정했던 내 생각은 기우에 가까워지고 있었다. 하루 이틀 고양이의 사진들을 올리며 매일같이 오는 손님들도 있었다. 어느새 열흘이 지나 고양이가 광장을 떠난다는 소식을 알리자 아예 광장에서 키우면 안 되냐는 손님들도 있었다. 아예 음식 속에 고양이털이 있어도

낫있게 잘 먹을 수 있을 것 같다며 등골이 시늘해지는 농담을 하기도 했다. 나 역시 며칠 사이에 정이 담뿍 들어버려 가능하다면 입양하고 싶었지만 주저했다.

광장에 올 때만 해도 새끼 고양이는 다음 거처가 정해지지 않은 상태였다. 길고양이들이 한창 출산을 많이 하던 시기라 임시보호나 입양 요청 글이 많아 입양을 못 갈까 봐 많이 걱정했다. 새끼 고양이를 구조한 친구 역시 이미 두 마리를 키우고 있어 한 마리를 더 들이기엔 어려운 상황이었다. 다행히 손님들이 올린 고양이 사진 덕분에 입양 문의가 좀 있었다. 다행히도 광장 인스타그램을 본 지인을 통해 새끼 고양이는 무사히 고양이 친구 한 마리가 있는 집으로 갈 수 있었다.

광장을 오픈 주방으로 운영하다 보니 고양이를 데리고 있을 만한 환경이 못 됐다. 점프 왕인 고양이가 주방 안까지 뛰어올 수도 있고, 불과 칼이 있어 고양이도 사람도 위험해질 수 있었다. 한때 고양이나 강아지 마스코트가 있는 가게들을 보며 멋있다고 생각했다. 고양이나 강아지에게 점장 또는 매니저라고 이름 붙여서 가게를 운영하는 로망도 없진 않았다. 광장을 준비하며, 광장에서도 함께할 수 있을까 싶어 진지하게 고민한 적도 있다.

그러나 그보다는 오픈 주방을 만들고 싶은 생각이 더 컸다. 갇혀 있는 주방에서 기계적으로 요리를 하는 것보다는 내가 만든 음식을 먹는 사람들을 보고 싶었다. 요리와 돈의 등

가관계가 아니라 사람 대 사람으로 만나고 싶은 마음이 더 컸다. 단 열흘이었지만 고양이와의 일상을 보내면서 그때 그 생각을 다시 했다. 가게를 준비하면서 조금 더 고양이 쪽으로 마음이 기울었다면 좋았을까? 결국 고양이를 좋아해주는 손님들을 보았던 그 상황도 오픈 주방이었기 때문에 가능했다는 결론을 내렸다. 몇 번을 다시 생각해도 역시 오픈 주방이길 수밖에 없다.

그렇다고 소득이 없었던 건 아니다. 고양이와 함께 지내며 동물과 함께하는 삶과 그 삶의 책임에 대해 생각했다. 마침 같은 시기에 고양이를 임보하고 있다는 손님과 이야기를 나눴다. 어미 고양이가 새끼를 집 앞에 죄다 버리고 가는 바람에 새끼 고양이 몇 마리의 식사를 챙기고 있다고 했다. 다행히도 주변에서 키우겠다는 사람이 있어서 두 마리를 제외하곤 다 보냈다고 했다. 부모님과 함께 살고 있는 손님이었는데 마침 부모님도 고양이를 키우는 것에 동의해서 데리고 갔다. 하지만 부모님에게 고양이 알레르기가 있어서 더 이상은 키우기 어렵다고 했다. 그땐 길고양이 출산 시기라 입양 보내기가 어려워서 고민된다고 했다.

그 외에도 새끼 고양이가 광장에 머무른 덕에 다양하게 고양이, 강아지와 함께 사는 사람들의 이야기를 들을 수 있었다. 강아지의 의무적 산책에 관한 것, 너무 쉽게 구매되고 아무렇게나 유기되는 동물들, 거리에 사는 고양이들에 대한 이야기들을 들으며 반성했다. 가게의 마스코트로 소비하는 것도 동물을 가볍게 생각하는 마음이었다는 것을 깨달았다. 앞으로 광장에서 동물이 함께하는 일은 없을 것이다. 광장의 환경 때문이 아니라 이번처럼 특별한 경우라고 해도 어려울 거라고 생각이 든다. 동물을 예뻐하고 귀여워하는 마음이 동물을 위하는 것과 같은 게 아니라는 걸 이젠 알기 때문이다.

랜선 집사 시대다. 타인의 개나 고양이를 SNS에서 보며 예뻐하는 마음을 공유한다. 함께 살며 무지개다리를 건널 때까지 책임과 의무를 다할 수 있는 자신이 없다면 적어도 그들을 응원하고 지켜봐주는 것도 좋을 것 같다. 동물들의 삶을 지켜보며 동물들의 나이듦과 죽음에 대처하는 모습들을 보았다. 동물과 함께하는 삶이 마냥 예쁘고 귀여운 것이 다가 아니라는 걸 느끼게 되면 반려 동물을 대하는 마음이 조금은 달라지지 않을까? 이런 마음이 모여 동물권에도 관심이 커지면 좋겠다. 개인인 나 한 명이 한 동물을 잘 돌보고 죽음까지 함께하는 것만큼 동물들의 안녕한 삶을 지지하는 일인 것 같다.

고양이가 떠난 아쉬움은 고양이라는 이름이 붙은 메뉴로 대신해야겠다. '네코맘마'는 어떨까. 고양이를 일본어로 하면 네코다. 네코맘마는 뜨거운 밥에 버터와 가쓰오부시를 풍성하게 올린 후 간장을 뿌려 비비면 그만이다. 한국에서 먹는 계란프라이 간장비빔밥과 비슷하다. 다만 '네코맘마'라는 이름이 붙은 이유는 밥 위에 남은 생선이나 미소시루 등을 밥에 얹어 먹었던 것에서 유래했다고 한다. 국과 반찬과 밥? 좀 거칠게 말하자면, 일본식 개밥이라고 할 수 있겠다. 그래서 지금도 자취생들이 간단하게 먹고 치우는 요리로 통용된다. 왜 버터와 간장과 가쓰오부시에 고양이가 붙을까? 한국 사람들이 개에 느끼는 감정과 일본인들이 고양이에 대해 느끼는 친밀함 때문 아닐까.

고양이는 떠났지만 고양이 밥인 네코맘마는 한때 광장 메뉴였다. 지금은 간단한 스태프 밀이 되어 나를 든든하게 채워 준다. 그 작고 귀엽던 고양이는 여전히 잘 살고 있을까? 무지개다리를 건널 때까지 행복하고 편안하게만 살아가길 빌어 본다.

제주도 가시리 스타일
해물꽁치 파스타

캔 꽁치에 해물과 간장으로 맛을 낸 광장의 해물꽁치 파스타는 제주도에서 시작됐다. 몇 년 전 얘기다. 제주에 빠져 아예 제주도에 살기 시작한 친구는 막 일본에서 귀국한 내게 별 일 없으면 제주도로 놀러오라 연락을 했다. 그 친구는 프리랜서로 일했고, 당시 제주도 바닷가에 위치한 게스트하우스에서 장기 투숙을 하고 있었다. 친구의 부름에 가벼운 마음으로 제주도에 갔다. 그런데 둘이 마음이 맞아 함께 새로운 일을 구상하게 되면서 나도 게스트하우스 장기 투숙객이 되었다. 이 게스트하우스에서 지내며 한 달 치 요금을 정산할 때마다 둘 다 늘 놀라곤 했다. 둘이서 매달 100만 원이 넘는 돈을 내는 게 아까워졌다. 이 돈으로 아예 집을 빌리는 게 어떨까?

제주에서 알게 된 사람들에게 집을 구하고 있다고 소문을 냈다. 그 이야기를 들은 한 지인이 마침 리모델링이 끝난 밖거리(제주에서는 마당을 공유한 두 채의 집을 부모님과 자녀 가족이 각자 사는 경우가 있는데, 그 집을 각각 안거리, 밖거리라고 부른다) 하나가 비어 있다며 소개했다. 바로 다음 날, 우리는 바다 앞 게스트하우스에서 중산간 '가시리'라는 시골 마을로 이사를 했다. 요즘은 구하려 해도 못 구하는 제주 돌집이었다. 내부 리모델링이 잘되어 있었고, 에어컨은 없었지만 맞창이 있어 바람이 잘 들고나서 더운 여름도 그럭저럭 지낼 만했다. 가끔 지네가 나올 때마다 놀라 소리를 지르긴 했지만 다행히 둘 다 지내 알레르기는 없이 응급실 갈 일 없이 해결되었다. 그 외에 가끔 바퀴벌레의 등장에 심장을 쓸어내리기도 했지만 전체적으로 평온한 시골의 시간을 보냈다. 함께 일하고 놀며 제주의 시간을 만끽했다. 한동안은 그랬다.

제주 사람들에게 "저 제주에 살았어요, 가시리" 하고 이야기하면 "그 시골에요? 어떻게요? 아는 사람이 있었어요?" 하고 반문할 정도로 그 시절의 가시리는 깡시골이었다. 지금도 그렇긴 하다. 여름엔 제주에 놀러온 친구들의 렌터카를 이용해 읍내를 오갔지만 선선한 가을바람이 불자 친구들의 발길도 슬슬 끊어졌다. 우린 둘 다 장롱 면허 소유자였다. 가시리 돌집에서 읍내로 나가는 버스는 하루에 열 대도 되지 않았다. 게다가 나가는 것보다 집으로 돌아오는 게 문제였다. 한때는 재미로 히치하이킹을 하고 다니기도 했지만 흉흉한 일들이 많이 일어나 어느 순간부턴 히치하이킹도 그만두게 되었다.

도시의 저녁이 시작되는 일곱 시, 버스가 가시리로 들어오는 마지막 시간이었다. 근처에 걸어서 갈 만한 마트도 없던 곳이라 대낮에 한 시간 반마다 한 대씩 다니는 버스를 기다려 장을 보러 나갔다. 처음에는 읍내에 나가는 재미가 있었지만 그것도 잠깐이었다. 어느 순간부터는 집에서 보내준 김치와 레토르트 식품으로 살아가기 시작했다. 사십 분은 걸어가야 만날 수 있는 작은 슈퍼는 여섯 시경엔 문을 닫았다. 약간의 공산품만 파는 정말 작은 슈퍼였다. 그 슈퍼에서 살 수 있는 건 참치캔이나 카레 가루, 라면 정도였다. 그래도 그마저도 소중해 한참 사다가 쟁여놓고, 일상처럼 꽁치 캔이나 참치 캔을 넣은 김치찌개를 해먹었다.

찌개가 지겨워질 즈음이었다. 그날은 장을 보러 버스 시간에 맞춰 밖에 나가는 건 너무 귀찮은, 그런 날이었다. 배는 고프고, 가만히 누워 휴대폰만 이리저리 살펴보았다. 배달 음식? 당연히 가시리까진 오지 않았다. 꽤 많은 금액 이상을 주문하면 두 시간 후에 갖다 주는 중국집이 하나 있긴 했지만 그걸 먹을 기분도 아닌 그런 날이었다. 아아, 진짜로 배가 고팠다. 요리를 전혀 못 하는 친구는 며칠 전에 사둔 과자를 씹고 있었고, 한참을 누워 있던 나는 슬렁슬렁 주방으로 향했다. 주방에는 파스타 면과 꽁치 캔 그리고 약간의 채소가 있었다. 김치도 떨어진 지 오래였다.

선반에 쌓인 꽁치 캔과 파스타 면을 번갈아 보았다. 둘을 바라보다 멸치를 절여 만든 엔초비가 생각났다. 오일과 향신료로 맛을 낸 엔초비 파스타. 꽁지 캔을 늘고 숭얼거렸다. "엔초비나 꽁치나 뭐 비슷하지 않을까?" 인터넷을 통해 레시피를 찾았다. 한국 사이트에서는 생선을 이용한 파스타 레시피가 다양하지 않았다. 그나마 일본 사이트를 뒤지니 꽁치나 고등어를 이용한 파스타들이 있었다. 그래도 꽁치 캔을 이용한 경우는 없었고, 생선의 맛을 잡아주거나 증폭시킬 소스나 향신료들이 필요한 레시피들이 나왔다. 다행히 마당 힌쪽에는 제주 기후에 잘 맞아 잡초처럼 자란 바질이 있었다.

일본 사이트에서 찾아낸 레시피를 보니 집에 있는 재료들로 만들 수 있겠다 싶었다. 일단 해보고 아니면 어쩔 수 없단 생각으로 가스레인지의 불을 켰다. 파스타 면을 삶아둔 다음, 생 바질 잎을 뜯었다. 마늘과 바질, 그리고 청양고추로 향을 낸 후 꽁치 캔을 열어 뼈 없이 담겨진 살들을 적당히 으깨 볶았다. 캔 안에 든 꽁치 육수도 조금 넣고, 비린 맛을 날리기 위해서 전날 먹다 남은 한라산 소주를 뿌렸다. 육수에 파스타 면을 넣고 익힌 다음 소금, 후추로 마무리했다. 마지막으로 마당에 가득하던 바질을 채썰어 얹었다. 레스토랑에서 파는 오일 파스타보다 농후한 바질 향으로 가득했지만, 처음 만들어보는 생선 파스타라 맛있을지 확신이 서지 않았다.

괜찮아? 어때? 비려? 내내 식사를 기다리던 친구는 꽁치 캔 파스타를 한입 먹자마자 엄지를 들어올렸다. 그 이후 며칠 내내 우리는 꽁치 파스타에 빠져 지냈다. 같이 사는 친구는 물론 동네 친구들이 모일 때도 만들었다. 친구들이 올 때마다 대접했던 꽁치 파스타는 곧 가시리에 소문이 났고, 가시리 사람들이 모이는 날이면 빠지지 않는 파티 음식으로 한 자리 차지하게 되었다. 지인 중 누군가는 같이 가게를 해보지 않겠냐며 제의를 하기도 했다. 하지만 그 시절엔 아직 요리를 다시 시작할 마음이 없었다. 어쩌면 질려 그만두었던 요리의 세계에 다시 들어갈 용기가 없었던 것인지도 모른다.

가시리를 떠나고도 제주에서의 삶은 조금 더 이어졌다. 공간은 바뀌었지만 나는 계속 다양한 방식으로 꽁치 파스타를 만들었다. 마트를 가기 위한 수고로움은 가시리의 추억이 되었고, 도시에 돌아와 만든 꽁치 파스타는 다양한 맛으로 변신했다. 채소는 물론 향신료의 종류도 늘었다. 때론 크림 파스타가 되기도 했다. 그렇게 꽁치 파스타는 내가 참가하는 모임과 파티의 시그니처 메뉴가 되었다.

후에 가게를 준비한다고 알리자 많은 친구들이 입을 모아 이제 꽁치 파스타를 늘 먹을 수 있는 거냐며 반가운 마음을 드러냈다. 해물꽁치 파스타는 광장의 콘셉트에 맞지 않는 것 같아 처음에 메뉴에 올리지 않았다. 하지만 친구들이 원한다면 언제든 낼 수 있도록 준비해놓았다. 그러다 친구들에게 만들어주는 해물꽁치 파스타를 보고서 따라 주문하는 손님들도 생겼다. 바질 가득한 오일 파스타로도 좋았지만 기왕 선보이는 거 광장의 메뉴들과 어울리게 간장소스를 사용해보았다. 몇 종류의 간장을 나양한 비율로 섞었고, 소금과 후추, 설탕을 조금씩 조절해가며 맛을 완성해나갔다. 꽁치 파스타를 광장의 주 메뉴에 올리기 위해 몇 주간 간장소스만 테스트해야 할 정도였다. 꽤 오랜 시도 끝에 드디어 내 입에 맞는 감칠맛을 내는 간장소스를 완성할 수 있었다. 그렇게 완성된 이름, '일본풍 해물꽁치 파스타.'

해물꽁치 파스타는 광장의 메뉴에 이름을 올린 지 두 해가 넘어가지만 사람들은 여전히 낯설어 한다. 해물꽁치 파스타를 메뉴판에서 발견한 사람들은 호기심 가득한 눈으로 꽁치로 파스타? 비리지 않아요? 묻는다. 걱정 반 호기심 반 담긴 표정을 보면 다른 메뉴에 대한 답을 할 때보다 정성이 들어간다. 맛을 설명하는 건 물론이고, 팬이 많다는 것도 알린다. 마니아들이 은근 많아요. 곱배기로 해달라는 분도 꽤 있고요. 정성껏 답변해도 해물꽁치 파스타를 주문하는 사람은 사실 그리 많지 않다. 아쉽기도 하지만 그렇게 선택해 먹고 마니아가 되는 분들을 보며 더더욱 기분이 좋아지는 메뉴이기도 하다. 흙더미에 숨겨진 진정한 보물이 용기 있는 탐험가의 손에 발견된 것만 같달까? 일본풍이라 이름 짓고, 서울에서 만들고 있지만 여전히 해물꽁치 파스타를 만들 때마다 제주가 생각난다.

지난하게 습하고 더웠던 돌집의 여름, 태풍으로 끊어졌던 전기선과 인터넷 선 덕분에 며칠을 읍내 카페에 나가 일했던 날. 해물꽁치 파스타를 만들어 먹기 시작했던 그해 가을. 가을바람이 한참 불고 가을비, 겨울비가 번갈아 지나가고 나자 마당의 바질 숲이 하룻밤에 시들어 사라져버렸던 어느 아침의 황당함. 집안의 모든 불을 끄고 마당에 앉아 고개를 젖히는 것만으로도 만날 수 있었던 은하수와 별똥별. 큰 소리를 내며 돌아가는 기름 보일러 덕에 찜질방만큼 뜨끈했던 그

집. 오늘은 이 집에서, 내일은 저 집으로 모였던 친구들. 시골에서 열린 밤의 파티들, 이야기들. 동네의 유일한 게스트하우스이자 카페였던 '타시텔레'의 커피. 그리고 애나 어른 할 것 없이 모두 모여 밥 먹으며 이야기를 나누던 누군가의 생일파티. 극장까지 가기엔 엄두가 나지 않아 게스트하우스에 모여서 영화를 보며 구운 귤을 올려놓고 호호 불며 먹던 시간들. 벌써 손가락으로 꼽기에도 부족할 만큼 긴 시간이 지났다. 그때 같이 살던 친구는 제주의 카페 사장님이 되었고, 그때 같이 귤을 구워 먹던 다른 친구들은 귤 농사를 시작했다. 그 외에도 숙소를 운영하기도 하고 식당을 만들기도 하며 친구들은 다양하게 제주에 정착했다. 그때의 제주 친구들은 여전히 제주에서 잘 지내고 있다. 떠나온 건 나 하나인지도 모른다.

겨울이 되면 친구들은 잊지 않고 귤을 보내준다. 친구들의 귤이 도착한 날, 못생겼지만 맛은 좋은 유기농 귤을 제주의 특별한 방식으로 손님에게 낸다. 바로 귤 구이다. 귤은 뜨거운 난로 위에서 바글바글 끓어 달달한 고구마 맛을 낸다. 살 구운 귤을 손님들과 나누면 세주의 핑크 박실리와 공시 파스타를 나누던 깊은 밤의 기분에 취한다. 한가한 날엔 구운 귤을 건네며 손님들과 여행으로 떠나는 제주에서 살아보는 제주까지 이야기가 이어진다. 가시리의 불편한 삶이 아니었다면 없었을 메뉴, 그리고 늘 맛있다며 응원하던 친구들의 격려가 없었다면 더 발전하지 못했을 메뉴였다는 긴 이야기에

귤은 입 속으로 사라지고 다시 난로 위에 가득 구워 나눈다.

해물꽁치 파스타는 지루한 시골 생활의 번뜩이는 발명품이었다. 시골이었기에 고민해야 했던 시간의 결과물이었다. 해물꽁치 파스타를 볶아내는 바쁜 순간에도 처음 만들었던 시골의 시간이 떠오른다.

해물꽁치 파스타는 지루한 시골 생활에서

번뜩였던 발명품이었다。

시골이었기에 고민해야 했던

시간의 결과물이었다。

제주 비행기가
연착했습니다

공항에는 이미 사람들로 가득 차 있었다. 비행기는 오전 내내 연착되었는지 새로운 비행을 알림과 동시에 기존 비행의 연착을 알리는 방송이 연신 울려 퍼졌다. 점심 즈음이면 제주 공항을 출발해, 월요일 네 시 오픈에 맞춰 여유 있게 도착할 수 있을 것이라던 창창한 계획은 완전히 무너지고 있었다.

내가 두 시간 전에 탔어야 할 비행기는 지금으로부터 두 시간 후에 출발할 거란 소식을 큰소리로 안내한다. 그나마 두 시간도 괜찮다. 스스로를 조금 위로했다. 도착한 다음의 시간을 이리저리 계산해보니 빠듯하긴 하지만 가게 오픈에 늦을 정도는 아니었다. 안내를 기다리며 머릿속으로는 벌써 광장의 문을 열자마자 이것과 저것을 하고, 이렇게 한 다음, 저렇게 해야지. 머릿속에 일의 순서를 정하며 출발을 기다렸다.

두 시간이 채 되기도 전에 잰 걸음으로 안내판으로 다가오던 직원들은 수동으로 안내판을 교체한 다음 일정이 변경되었다고 소리쳤다. 내가 타야 할 비행기가 추가로 한 시간 더 늦어져 세 시간 후에 출발한다는 소식을 알려왔다. 아, 이젠 정말 틀렸다. 친구와 함께 시장을 돌며 맛봤던 오메기떡 중에서 가장 맛있던 가게의 오메기떡을 한아름 샀는데 어쩐다지. 오메기떡 사진을 당당하게 올리며 오늘은 네 시가 아닌 다섯 시에 연다고 공지까지 올렸지만, 이젠 도리가 없다. '비행이 연착되어 여섯 시에 엽니다.' 포스팅을 다시 할 수밖에 없었다. 여섯 시에 연다고 공지했지만 마음이 편할 리 없다. 안절부절 시간을 보냈다. 한 번도 이런 적이 없었는데 나의 여행운을 너무 과신했던가 보다.

이 시간에 광장 문을 여는 게 의미가 있을까? 의구심을 가지며 늦은 오픈 시간을 공지했는데 단골손님이 오늘 살 생각이었으니 꼭 열어달라는 댓글을 달았다. 기다려주는 사람이 있어 '열까 말까'의 고민은 그대로 접었다. 다행히도 저녁 여섯 시 전에 가게 문을 열 준비를 끝낼 수 있었다. 이날 광장 오픈 시간은 저녁 여섯 시에서 밤 열한 시. 짧은 시간이지만 익숙한 얼굴들이 와서 함께 오메기떡을 나눠 먹었다. 팥으로 만드는 오메기떡은 짧은 유통기한 덕에 빨리 먹어야 했다. 그래서 생각보다 많은 분들과는 나누지 못했지만 문을 제대로 열 수 있을까 불안한 와중에도 광장을 찾아준 손님들 덕에 정신을 바짝 차리게 되었다.

기차 여행이라면 조금은 여유롭게 시간을 맞출 수 있을까 싶어 가끔은 기차를 타고 주말여행을 떠난다. 목포와 대전, 안동, 등 다양한 지역에 간다. 짧은 관광을 마치면 지역 특산품이나 지역 빵집에 들러 기념품이나 빵을 산다. 지금까지 가장 인기가 좋았던 건 대전의 성심당 빵이었다.

— 대전에 다녀왔는데요. 성심당 빵을 사왔습니다. 나눠 먹어요.

대전 여행에서 돌아왔다는 포스팅을 올리자, 이 참에 성심당 빵도 함께 먹을 겸, 인스타그램에서 구경만 하던 광장에도 와볼 겸, 처음으로 이곳을 찾은 손님도 있었다. 여행지의 즐거움을 크고 작게 나누었더니 이제 손님들이 어디론가 떠났다 돌아오면 잊지 않고 선물을 들고 온다. 이젠 여행을 떠나기 전에 광장에 들러 여행지에 대한 정보를 나누는 경우도 있다. 도쿄 여행을 떠나기 전에 하치의 위치를 물어보기도 하고, 치앙마이에 가게 되는 손님들은 벼르고 와서 맛집과 카페를 추천받아 간다.

다 같이 이야기를 나누는 것만으로도 여행지의 시간을 보내는 기분이 된다. 각 여행지에서 느낀 기분을 잔뜩 담아온 간식들의 향이 코끝에 맴도는 것 같다. 다시 어디론가 떠났다가 여행 기분 담은 먹을거리를 들고 올 때가 되었나 보다. 이번엔 어디로 떠나볼까?

일 년에 한 달 휴가를 갑니다
베지테리언 누들 수프

광장은 매해 크리스마스마다 파티를 연다. 그 파티를 마지막으로 그해 영업 종료를 선언하고, 한 달간 쉰다. 다른 사람이 가게를 맡는 것도 아니고 아예 한 달을 쉰다.

오픈을 하고 일 년간 운영해보니 1월이 가장 한가했다. 쉼 없이 일하다 보니 조금씩 지쳐가는 게 느껴져 내년부터 무조건 한 달쯤은 쉬어야겠다고 결심했다. 더 오래 쉴 수 있다면 좋겠지만 가게를 열어야만 수입원이 생기기에 사실 한 달 쉬는 것도 큰 모험이었다. 매년 이렇게 쉴 수 있을까 의문을 가졌지만 그해 여름을 보내면서 지루해지는 걸 무엇보다 견딜 수 없어져 한 달간의 방학만이 광장을 지속할 수 있는 원동력이 될 거라고 믿게 됐다.

결심했다고 해서 실행이 쉬운 건 아니다. 음식점의 휴가 준비는 녹록지 않다. 일단 냉장고를 비우는 일부터 시작해야 한다. 다음엔 창고에 쌓인 기물들을 정리하고, 고정 선반을 치우고, 냉장고까지 옮겨가며 바닥과 벽을 빡빡 문질러 닦는다. 전기 제품엔 차단기를 내렸다. 겨울에 떠나는 만큼 수도관 동파가 일어나지 않도록 물을 쫄쫄 흐르게 켜놓고 가는 것도 잊지 않았다.

내부 정리는 얼추 끝났다. 그다음은 거래처에 연락을 돌리는 일이 남는다. 전화해서 한 달간 식재료를 받지 않겠다고 했다. 닫는 거 아니고요, 한 달 쉬는 거예요. 대체 이게 무슨 말인지 싶은 거래처 사장님들의 답변은 죄다 똑같았다. "한 달이나?" 다들 의아해 했다. 첫 휴가에는 스스로도 가쁘게 느껴지는 심장박동을 억누르며 불확실한 대답을 반복했다. 업체뿐 아니라, 주변 가게의 사장님들에게 잘 부탁한다고 인사도 드려야 했다. 진짜 괜찮은 걸까.

그뿐만 아니었다. 처음 뽑은 아르바이트생들과 첫 방학을 보내며 도쿄로 회식을 떠나기로 했다. 광장에서 일하는 아르바이트생은 총 세 명이었는데, 각자 다른 날에 일하는 이들이 모두 만나려면 광장의 영업을 쉴 때가 가장 좋다고 생각했다. 영업을 마무리한 다음, 치앙마이 후의 도쿄 여행 계획을 다시 한 번 점검하고, 그곳에서 만날 날을 기약하며 그해의 마지막 식사를 했다. 이 정도면 될까 하는 정도가 어디까지인지 가늠이 되지 않아 친한 친구에게 열쇠를 맡기며 급한 일이 생기면 언제든 연락 달라는 당부와 함께 한국을 떠났다.

그렇게 떠난 곳은 태국의 치앙마이였다. 광장을 오픈하기 전에 친구들과 함께 여행 온 곳이었다. 기후도 좋았고, 무엇보다 음식이 맛있었다. 한 번은 다시 오고 싶던 곳이라 첫 겨울방학은 이곳에서 보내기로 했다. 친구들과 여행 왔을 때 묵어서 낯익은 곳을 예약했다. 숙소에서 운영하는 채식 식당에서 조식을 제공했다. 그곳에서 먹은 다양한 채소 음식들은 채식에 대한 편견을 깰 정도로 맛있었다. 생전 처음이라는 단어가 절로 떠오르는 충격적인 맛이랄까? 채소로만 구성된 음식이 이렇게 맛있다는 데 새삼 감탄했다.

다양한 채식 메뉴를 골라 먹다 안착한 곳은 베지테리언 누들 수프. 채소로 만든 음식의 든든하고 깔끔한 맛에 눈 떴다. 한번 반하자 멈출 수 없었다. 매일 베지테리언 누들 수프로 아침을 시작했다. 아침마다 베지테리언 누들 수프만 먹자 직원들은 내가 조식티켓을 가지고 자리에 앉자마자 뭘 시킬지 알고 있다는 듯 눈을 찡긋 하며 수프를 가져다주었다. 먹다 보니 각종 채소와 쌀국수 면이 어우러지는 환상적인 맛을 한국에서도 먹고 싶은 욕심이 생겼다. 국물은 정확하게 어떤 맛이 나는지 코를 킁킁대며 향을 맡고 채소들을 하나하나 들춰가며 맛을 보았다. 그렇게 매일같이 만족스러운 베지테리언 누들 수프를 먹다 보니 얼른 광장의 주방으로 달려가고 싶어졌다.

베지테리언 누들 수프를 먹으며 생각지도 못한 순간에 광장이 그리워졌다. 내 주방에서 이 음식을 재현해보고 싶었다. 맛을 혀에 기록하며 광장의 주방에 선 내가 떠올랐다. 앞치마를 두르고 요리를 하며 손님과 나누는 이야기들이 그리워져 방학을 포기하고 일른 돌아가서 장상을 얼까? 하는 생각까지 이어졌다. 비행기 표를 앞당길 수 있는지 한참을 검색하기도 했다. 나를 막은 건 예약을 변경할 수 없었던 티켓 상황뿐이었다.

이렇게 된 이상 남은 기간 동안 채식에 더 집중해보기로 했다. 숙소에서 먹는 채식메뉴뿐만 아니라 치앙마이 내의 다

른 채식 식당도 검색했다. 다양한 국적의 사람들이 휴가지로 선택하는 곳이지라 비건 전문 식당이 아니라도 대부분의 식당에 비건 메뉴들이 하나둘 이상은 있었다. 메뉴도 다양했다. 유제품 제한에서 글루텐 프리까지 다양한 범위를 세세하게 구분해두었다. 이전에 치앙마이에 방문했을 땐 채식에 대한 관심이 하나도 없었단 걸 확실히 느낄 정도로 이곳엔 다양한 채식 메뉴들이 준비되어 있었다. 숙소 주변의 채식 식당에서 고기가 없는 카레와 쌀국수를 먹기도 했고, 병아리콩을 이용해 만든 중동 음식인 팔라펠도 먹어보았다. 특별히 고기를 먹어야겠다는 생각이 들지 않을 정도로 만족스러웠다. 물론 매일 아침의 베지테리언 누들 수프도 빼놓을 수 없었다.

한국에 돌아오자마자 제일 먼저 한 일 역시 베지테리언 누들 수프를 만드는 일이었다. 노트에 기록했던 채소와 향신료들을 준비했다. 육수는 말 그대로 고기로 만든 물이라는 뜻이지만, 처음 만들어보는 채소의 조리수를 채수라고 붙이는 게 영 어색해서 채소 육수라고 부르며 만들었다. 십여 종이 넘는 재소들을 냄비에 가득 넣었다. 바글바글 끓어오르면 약한 불로 낮추고 한 시간 동안 채소들이 뭉근하게 부드러워질 정도로 끓였다. 채소를 채에 거른 다음 각자의 채소들이 머금은 수분까지 전부 뭉개서 걸러줬다. 그렇게 한 냄비를 끓여도 나오는 양은 얼마 되지 않을 정도의 진한 채수였다. 채수가 준비되었으니 바로 베지테리언 누들 수프를 만들기 시작했다. 채소들을 넣고 육류 재료가 들어가지 않은 소스들을 사용해 간을 했다. 맛보니 뭔가 비슷한데 부족했다. 대충 비슷한 맛이 나긴 하는데 뭐가 부족한지 모르겠어서 함께 치앙마이를 여행했던 친구에게 도움을 청했다. 절대미각의 능력자인 그 친구는 바로 부족했던 맛을 찾아내주었다. 수프를 만들며 싫어하는 재료를 하나 뺐는데 그게 이유였다. 이렇게 채식 메뉴가 한 자리를 차지하게 되었다.

자신 없는 요리는 넣지 않는다는 철칙 때문에 누들 수프는 한정 메뉴로 먼저 선보였다. 베지테리언 메뉴를 시작한다는 공지와 함께 메뉴판에 새로운 한 자리를 만들어 적으면서도 내심 걱정했다. 내 입맛에는 환상적으로 맛있는 채소 쌀국수가 과연 채식을 하는 사람들에게도 어필할 수 있는 맛일까. 의문이 들었지만 채식에 관심이 없는 사람들이 호기심에 먹어보고 정식 메뉴가 되었으면 하는 반응들이 있어 곧 상시 메뉴가 되었다.

어느 정도 시간이 지나자 광장에 비건 메뉴, 그러니까 우유와 계란뿐 아니라 조미료나 소스에서도 육식성 재료가 전혀 사용되지 않은 메뉴가 있다고 소문이 나서 일부러 먹으러 오는 채식인들이 생겨났지만 그 수는 여전히 많지 않았다. 그러던 어느 날, 빈 그릇과 함께 감탄하는 얼굴로 다가오는 손님이 있었다. 완전한 채식인 비건을 지향하다 외부에서 식사하기 힘들어서 페스코 단계(계란과 우유를 먹는 단계)로 변경해 채식을 실천한다는 분이었다. 이런 메뉴를 일상적으로 먹을 수 있었다면 비건을 계속할 수 있었을 거라고, 너무 잘 먹고 간다는 인사를 해주었다. 그분의 폭풍 칭찬 덕분에 채식을 하는 사람들에게도 괜찮은 맛이구나 싶어 자신감을 얻었다. 채식을 하는 분들이 일부러 찾아와서 먹긴 했지만, 하루에 한 번도 안 나갈 때가 많아서 시즌제로만 팔아야 하는지 고민하던 차였다. 깊은 만족감을 표현해준 손님 덕분에 이 메뉴를 상시 메뉴로 지속하기로 다시 한 번 마음을 굳혔다.

소소히 다녀가던 분들이 SNS에 광장의 베지테리언 누들 수프를 소개하게 되면서 더욱 많은 채식인들이 광장을 방문하게 되었다. 일상에서는 완전 채식이 힘들어 많은 채식인들이 커뮤니티를 통해 정보를 교환한다고 했다. 주말에는 베지테리언 누들 수프를 먹기 위해 멀리서 찾아오는 분들도 생겼고, 몇 번 안 여는 주말 오픈에 맞춰 여러 번 찾아오는 분들도 생겨났다. 이참에 광장에서 채식 메뉴를 몇 가지 더 만들어 보면 어떨까 하는 생각이 들어 몇 가지 더 구상을 해보았다. 채식 음식을 공부하다 채식에 더 흥미를 느끼게 되었나. 채소만으로도 다양한 맛을 즐길 수 있었고, 영양소를 골고루 섭취할 수 있다는 점도 놀라웠다. 다른 것보다 채식을 하면 속이 편했다. 소화가 너무 잘돼서 배부르게 먹고 나도 배가 고프다는 점이 아쉬웠지만, 육식을 하며 속이 더부룩한 순간을 느끼는 것보다는 자주 배가 고픈 편이 나았다.

이렇게 채식의 맛에 빠지던 어느 날, 나는 왜 채소를 싫어하지 않으면서도 채식에 대한 거부감이 있었을까 하는 생각이 들었다. 그리고 기억해냈다. 예전부터 주변에 채식을 하는 사람들이 많았다. 건강도 건강이지만 대량 축산 자체에 문제의식을 느껴 채식을 선택한 사람들이었다. 사람의 기본 욕구 중 하나라는 식욕을 절제해가며 지켜나가는 의식은 지지했지만, 육식을 하는 사람들을 향한 지나친 비판에 마음이 상했다. 그들은 가축을 도살하는 잔인한 영상들을 들이밀며 육식을 하는 사람들을 나쁜 사람으로 만들기도 했다. 하지만 나는 그들의 의사를 존중하며 같이 함께 채식이 가능한 식당을 찾았다. 하지만 채식이 안 되는 곳도 많았고, 된다고 해도 육수를 사용하거나 계란이 들어가기도 했다. 당연히 화가 날 만한 상황이었다. 하지만 같이 식당을 헤맨 나의 노력조차 무색하게 만드는 비난엔 기운이 빠졌다. 그렇게 몇몇 사람들을 겪고는 채식을 하는 행위는 물론 채식을 하는 사람조차 유난스럽게 느껴졌다. 나는 당신과 함께 식사를 하기 위해 기꺼이 채식이 가능한 식당을 찾았는데 하는 서운함도 들었다. 불매를 하거나 선호를 하는 건 각자가 생각하는 정의의 범위와 능력 안에서 할 수 있다고 생각했다. 이미 고기뿐 아니라 가공육에 익숙해진 식생활 전반을 싸잡아 비판하는 것에 의문이 들었다. 대안 없는 다툼만 가득했다.

　괜한 반발심에 그런 논리라면 울부짖고 피가 터지지 않는다고 식물은 먹어도 되는 것이냐며 따지고 싶은 기분도 들었다. 또한 식물의 생산과 유통공정이 정의로운지도 묻고 따졌다. 그렇게 하나하나 따지기 시작하면 명확한 생산과 유통을 확인할 수 있는 자급자족밖에 방법이 없지 않는가, 과연 자급자족으로 현대사회를 살아갈 수 있는가에 대한 부분까지 의식이 확장되었다.

의문은 깊어졌지만 해답은 없었다. 사회 문제에 대한 의식을 가지고 있다는 모임들에 참가하며 만난 채식인들의 비난에 채식에 대한 이해보다는 거부감이 커졌다. 그렇게 나는 채식이라고 이름 붙은 식당이나 메뉴는 물론 채식인조차 거절하는 채식 반항아가 되었다.

하지만 치앙마이에서 우연히 맛본 맛있는 채식음식 덕분에 나의 편견은 단숨에 깨졌다. 매일은 아니지만 조금씩 채식을 하면서 다시 육식으로 인한 사회적 문제들에도 관심을 가지게 되었다. 왜 그렇게 그때 채식주의자들이 강경하게 말했는지도 조금은 이해하게 되었다. 누군가는 그런 충격요법으로 사회적 관심을 가지게 되기도 했고, 실제로도 그런 콘텐츠를 통해 채식에 입문하는 사람들도 있었다. 그런 강력함으로 위기를 알릴 필요가 있을 만큼 식용동물에 대한 유린이 심각한 건 분명했다. 하지만 충격요법만이 답은 아니라고 생각했다. 나는 육식의 맛을 놓지 못해 그 흉폭함을 외면하기를 선택했다. 실천보다는 무시가 편했다. 그래서 채식인까지도 멀리했을지도 모른다. 하지만 이제는 다르다. 달라지려고 한다. 채식을 외면하던 내가 채식에 관심을 가지게 된 건 잔인한 실태를 보여주는 영상이 아니라 맛있는 채소요리 한 그릇이었다. 그러면서 내가 할 수 있는 일을 생각해보았다.

시즌별로 메뉴가 많이 바뀌는 광장이니만큼 한 시즌에 한 메뉴라도 새롭게 채식을 선보이기로 했다. 유난스럽게 채식을 한다는 의식 없이 자연스럽게 채식을 접하다 보면 한식, 양식, 중식, 일식을 선택하듯 채식 식당을 선택하게 되지 않을까 한다. 몸도 마음도 즐거운 채식의 맛을 알게 된다면 채식을 일상으로 들이는 게 더 쉬워지리라 믿는다. 외식이라고 하면 늘 육식만 먹는 사람이 하루에 한 끼, 혹은 일주일에 하루만이라도 채식을 시작하게 되면 어떨까? 그 작은 실천만으로도 생명의 대량생산으로 인한 유린을 막는 데 도움이 되지 않을까 생각한다. 비록 지금은 베지테리언 누들 수프뿐이지만 또 새로운 메뉴를 만나기 위해 다음 겨울방학도 치앙마이에서 보낼 것이다. 이번에도 다양한 채식 식당들을 방문할 예정이다. 새로운 봄, 여름 메뉴엔 어떤 메뉴를 먼저 올려야 될까? 즐거운 고민에 빠진다.

조리사와 손님이 벽 없이 마주할 수 있는
이곳에서 만나는 따뜻한 인사 덕분에
배는 고파도 마음은 부른 기분을 알게 되었다.
그 배부른 인사만으로도
더 맛있고 다정한 음식을 만들 기분이 된다.

휴가 끝
사케축제 시작

한 달의 휴가가 끝나간다. 새로 영업을 시작하는 날의 4일에서 5일 전에는 한국에 도착한다. 오자마자 광장으로 향해 오픈 준비를 시작한다. 제일 먼저 해야 할 일은 역시 내부 청소. 한 달간 아무도 다녀가지 않은 공간이지만 어디선가 날아와 쌓인 소복한 먼지부터 탈탈 털어낸다. 아직 공기가 차갑지만 창을 활짝 열어 새해의 공기를 광장으로 불어넣는다. 그렇다고 안 추운 건 아니라 덜덜 떨며 청소기를 돌리고 물걸레질을 하고 테이블도 닦아낸다.

홀 청소를 끝낸 다음 주방 일을 시작한다. 제일 먼저 냉장고를 켠다. 온수기의 전원 코드도 꽂아주고, 생맥주 기계도 가동을 시작한다. 윙 하는 기계음으로 광장의 주방을 겨울잠에서 깨운다. 오픈하려면 며칠 남았지만, 정상적으로 가동하는 기계음을 들어야 제대로 시작하는 기분이 든다. 녹은 성에 물이 고여 있는 냉동고 물기도 마른행주로 싹싹 닦아낸다. 새것처럼 벽을 드러낸 냉장고는 언제 봐도 기분이 좋다. 전체 전원을 켜고 실내 온도를 맞춘다. 주방이 얼추 정리된 다음엔 세부 정리를 시작한다. 수저를 커다란 냄비에 넣고 팔팔 끓여 소독한다. 그릇들도 한 번씩 헹궈내고 마른 행주로 뽀득뽀득 소리 나게 닦아준다. 이젠 주문할 물품들을 체크한다. 광장의 복귀 첫날은 그렇게 지나간다.

두 번째 날엔 배달되어 온 재료들로 소스를 만든다. 각종 소스로 냉장고를 채우면 마음 든든하다. 그다음 날은 양념에 재울 고기를 준비하고 그다음 날엔 채소를 준비한다. 늘 순서를 정하고 체크하며 일을 하지만 오픈 첫날의 음식을 만들다 보면 늘 빠진 것들이 있다. 접시에 올릴 토마토 자르는 일을 깜빡하거나 소스를 소분해 소스 통으로 옮겨놓는 사소한 일들을 잊고 만다. 늘 하던 일이었는데도 오랜만에 하는 주방 일이라 그런지 허둥지둥한다.

한 달이나 닫혀 있던 가게를 다시 연다고 SNS에 공지한다. 일부러 광장을 기다렸다 찾아주는 손님들을 다시 만날 생각에 벌써 설렌다. 부러 날짜를 맞춰 찾아주는 단골손님들을

아와모리

카레라이스

+ 요구가

곤약

만나는 기분을 무어라 표현할 수 있을까? 이분들을 위해 무언가 선물을 드리고 싶었다. 그러다 생각해낸 것이 사케 축제였다. 일정 금액을 내고 입장하면 사케를 무제한으로 마실 수 있는 날이다.

사케 축제 기간은 일주일. 광장에서 유일무이하게 흥청망청 마실 수 있는 주간이다. 여기에 추가 금액을 내면 맥주도 무제한 제공된다. 광장의 겨울방학은 1월, 돌아와서 문을 여는 날은 겨울 한복판인 2월이다. 추운 공기에서 떨었을 사람들을 위해 따뜻한 사케를 메인으로 하고 맥주는 취향을 고려해 선택할 수 있도록 준비해두었다. 그렇게 광장 영업 개시와 사케 축제를 알리고, 복귀를 알린 날 단골손님들이, 처음 이곳을 방문한 사람들이, 익숙한 얼굴들과 새로운 사람들이 모여 반갑게 인사를 나눈다. 사케 축제가 열리는 한 주 내내 내가 준비한 축제보다 사람들이 준비해온 선물로 양손이 무거워진다. 며칠 내내 생일파티라도 하는 것처럼 단골손님들은 다른 손님들과 함께 나눠 먹을 것을 가져온다. 다른 손님들과 디저트들을 나누며 "단골손님이 사온 깃이에요. 깊이 나눠 믹어요"를 반복한다. 누군가의 정성이 담긴 무언가를 먹으며, 광장을 공유한다. 덕분에 사케 축제는 더 축제스러워진다.

바깥에 붙여놓은 「사케 무제한 축제」 문구를 보고 찾아온 새로운 손님들도 있다. '사케 무제한, 술 무제한'이라는 말처럼 주당에게 매력적인 문구는 없다. 손님들은 한참 마시다

"이거 너무 광장에 손해 아니에요?" 하며 묻는다. 괜스레 미안한지 "처음 왔는데, 너무 많이 마셔서 밉상처럼 보이는 거 아닌가요?" 하고 웃으며 묻는다. "그럴 마음이 생기는 일이라면 안 하는 게 낫죠. 다만 너무 취하지만 않게 많이 드세요" 하며 너스레를 떤다. 그날부터 광장의 단골이 되는 사람도 있다. 미안해하지 않아도 되는 사케 축제다. 만족한 손님들은 한마디 덧붙인다. "다음엔 제 가격으로 이만큼 마시고 갈게요." 그들은 다시 찾아 광장을 채워준다. 겨울방학을 누릴 때마다, 광장을 아는 이들과 마찬가지로 나도 걱정이 이만저만 아니었다. '돌아와서 보니 이미 잊혀져버린 건 아닐까, 이대로 영영 닫은 가게라고 생각하면 어쩌지?' 마음 한쪽에 늘 걱정을 안고 떠난다. 하지만 방학이 끝나고 일부러 찾아와주는 손님들을 만나면 신기하고 고맙다.

다녀올 때마다 새로운 맛, 새로운 메뉴들의 아이디어를 얻어오는 겨울방학은 포기하기 어렵다. "이번엔 어떤 메뉴를 가지고 올 거예요?" 하고 다정하게 물어주는 손님들 덕분에 방학을 떠나는 데 더 스스럼없어지는 것 같다. 다음 해는 일본으로 가야지, 다음 해는 다른 곳으로 가야지 하고 맘속으로 계획을 세워보지만 또 다시 치앙마이 행 티켓을 구매하고 있는 나 자신을 발견한다. 아직 그곳에서 배울 맛들이 많다. 먹어보고 싶은 음식이 많다. 갈 때마다 새로운 자극을 받는다. 알수록 더 새롭고 섬세하게 느끼게 되는 것 같다.

최근엔 치앙마이 덕분에 채식에 빠져 지낸다. 이번 방학 때 만난 채식 메뉴들을 하나씩 구현해보며 채식 요리만 판매하는 날을 만들 계획도 세운다. 매일 전혀 다르고 새로운 일들이 일어나는 곳으로 바뀌는 게 광장이다. 한 달이라는 긴 휴식을 통해 광장스럽게 구현된 음식을 날짜를 세며 기다려주는 손님들이 있기 때문에 가능한 일이다. 반짝이는 기다림과 마주하다 보면 한 달 동안의 휴가가 혼자만의 휴식이나 즐거움이 아니라는 걸 깨닫는다. 함께 기다려주는 분들을 떠올리며 이번엔 어떤 걸 가져갈 수 있을까 예민하게 두리번거리며 광장을 지속할 수 있게 하는 힘을 만든다. 매일 반복되는 요리지만, 늘 즐거운 자세를 가질 수 있게 한다. 광장의 겨울 방학과 방학 후 일주일 간의 사케 축제를 언제까지 즐길 수 있을까.

적어도 광장이 광장으로 있는 한 계속 이어가볼 예정이다.

치앙마이 한 달 살기

호시하나 빌리지

HIV 모자감염으로 고아가 된 아이들을 위해 만들어진 단체 '반롬사이'의 운영을 위해 만들어진 숙소다. 숙소 가격이 저렴하진 않지만 이곳을 이용하는 것만으로도 사회단체에 도움을 줄 수 있다. 이 때문에 단 며칠이라도 이곳을 예약한다. 일본 영화 〈수영장〉에도 나올 정도로 예쁜 숙소와 자연친화적인 분위기는 덤이다. 영화 제목으로도 사용될 만큼 이곳의 수영장은 말이 필요 없을 정도다. 단독 독채로 구성되어 있고, 인기가 높은 숙소라 비행기 티켓을 예약하자마자 확인해야 할 정도다. 예약은 호시하나 홈페이지로만 가능하다.

．．．．．．．．．．．．．．．．．．．．．．．．．．．．．．

숙소   Hoshihana Village
주소   246 Moo 3 T.Namprae, A.Hangdong, Chiangmai
예약   www.hoshihana-village.org

그린타이거

치앙마이에 처음 여행 갔을 때 묵었던 숙소다. 2, 3, 4층은 개인실이고, 1층에는 도미토리와 식당이 있다. 이 숙소의 강점은 단연코 1층의 식당이다. 매일 아침 맛있는 채식 요리가 제공된다.

매일 아침 이곳의 베지테리언 누들 수프를 먹기 위해 이곳에 머물렀다. 광장에서 선보이는 채식의 시작은 바로 이 그린타이거 게스트하우스다. 올드시티 안쪽에 위치해 있어 두루 둘러보기도 좋다.

....

숙소   Green Tiger House
주소   1/4 Sripoom Road Soi 7 Sripoom Subdistrict, Chiangmai
예약   호텔 포털 예약 사이트에서 가능하다.

치앙마이에서 광장의 겨울방학을 보내며 가장 많은 식사를 했던 식당이다. 저렴한 가격에 다양한 쌀국수 요리를 먹을 수 있다. 고기 종류와 면의 종류를 선택해서 먹을 수 있고 비빔국수도 있다. 기본 메뉴인 돼지갈비 쌀국수를 가장 좋아한다. 가격이 싼 만큼 양은 적지만 간식처럼 먹을 수 있는 기쁨이 있다. 식사시간에는 웨이팅을 해야 할 정도로 바쁜 곳이다.

....

식당   Blue noodle
주소   99 Ratchapakhinai Rd Si Phum, Chiangmai

치앙마이에서 제일 오래된 호텔 타마린드 빌리지, 조식 뷔페가 유명하다. 치앙마이에서 가장 고급스러운 아침을 즐길 수 있다. 가장 인기 있는 메뉴 10가지를 소개하기도 하는데, 그중 돼지고기 조림은 이제껏 먹어본 것 중 '인생 최고의 돼지고기'라 손꼽을 수 있다. 베리류로 소스 맛을 낸 환상의 돼지고기 조림이라 치앙마이에 여행을 갔다면 먹어보길 추천한다. 당연히 다른 메뉴들도 맛있고 깔끔하다. 태국 물가로 보자면 비싼 편이지만 한국에 있는 보통 태국 레스토랑 가격 정도라고 생각하면 된다. 당연히 호텔이므로 숙박도 가능하다.

．．．．．．．．．．．．．．．．．．．．．．．．．．．．．．．．．．．．．．．

숙소   Tamarind Village Chiangmai
주소   2550/1 Rachadamnoen Rd, Chiangmai

SP치킨

태국 북부에 위치한 이싼 지역 스타일의 닭요리를 맛볼 수 있다. 이싼의 대표 요리인 쏨땀은 주문하는 즉시 절구에 찧어 만들어준다. 보통 숯으로 굽는 통닭구이와 함께 먹는다. 여기에 찹쌀밥과 맥주를 곁들이면 환상의 짝꿍, 재료가 소진되면 가게 문을 닫기 때문에 점심에 방문하는 걸 추천한다. 빠르면 3시 반에도 닫는다.

. . . .

식당   SP Chicken
주소   9/1 Sam Larn Soi 1, Phra Singh, Muang, Chiangmai

카페 그 곳

금능에 있던 카페 그 곳이 한림 읍내에 다시 자리를 잡았다. 예전의 그 곳처럼 우아하고 단정한 공간이 재현되어 있다. 역시 맛있는 커피와 그에 딱 어울리는 디저트로 마음의 평화를 얻을 수 있다. 작은 서가가 있어 미리 책을 준비해 가지 않아도 좋은 읽을거리가 가득하다. 혼자가 존중되는 곳.

· ·

주소 　제주시 한림읍 수원3길 1
시간 　오전 11시~오후 6시
　　　정기휴무 수요일
　　　(매월 달라지는 휴무일은 인스타그램에 공지된다)

인스타그램 　@cafe_thegot

쌀다방

제주도에 함께 살며 해물꽁치 파스타를 처음 맛본 친구가 제주에 정착해 카페를 차렸다. 쌀가게였던 곳의 간판을 그대로 달고 시작했다. 제주도 동문시장에서 공수한 곡물로 만든 쌀다방라테가 시그니처 메뉴다. 「효리네 민박」에 나온 이후엔 앉을 수도 없이 사람이 밀려 바쁘지만 젠트리피케이션은 이곳도 피해가지 못하고 재오픈 준비가 한창이다. 제주 구도심 최초의

목욕탕이던 태평탕에서 더 멋져질 쌀다방 시
즌 2를 기대한다.

. . . .

주소   제주시 삼도이동 1076 태평탕(쌀다방)
시간   오전 11시~오후 9시
       연중무휴
인스타그램 @cafe.ssal

록다미식당

제주도의 채소와 육류, 해산물을 이용해 요리
를 만드는 작은 선술집. 가장 추천하는 메뉴는
전복내장을 기본양념으로 해물을 볶아낸 '게우
장해물볶음'이다. 익숙하지 않은 메뉴지만 한
번 맛보면 그 맛을 잊을 수 없는 이 곳만의 시그
니처 메뉴다. 제주의 자연과 가까운 곳에 있어
그때그때 구해지는 재료들로 늘 새로운 음식이
업데이트 된다. 혼자 가도 어색하지 않은 곳이
다. 가게 이름과 똑같은 록다미 어린이가 가게
의 마스코트가 되어 돌아다닌다. 귀여움 주의.

. . . .

주소   제주시 한림읍 한림로 14길 3
시간   오후 5시 30분~익일 새벽 1시(식사는 9시까지만 주문)
       정기휴무 일요일, 월요일
인스타그램 @rokdami

말 그대로 쉼을 위한 제주 여행을 고려했다면 미로객잔에 가야 한다. 찾아가기는 조금 힘들지만 한 번 들어가게 되면 이곳만의 매력에 빠져 헤어나오기가 힘들다. 오죽하면 제주 여행에서 고립의 아이콘이라는 별칭을 가진 숙소가 되었을까? 보드랍고 잘 관리된 침대에서 새소리와 햇살을 받으며 눈을 뜨게 된다. 공용 공간에는 정성 가득한 조식까지 준비되어 있어, 완벽한 아침을 선물 받는 곳이다. 특히 주인장이 꾸며놓은 아름다운 정원은 어느 계절이든 꽃이 피어 있어 눈을 즐겁게 한다.

주소   서귀포시 표선면 가시리 3017
예약   blog.naver.com/mirrro
인스타그램   @mirrro3017

사계의 마을 밭 앞에 뜬금없이 산토리니 풍경이 펼쳐지는 곳이다. 제주도 게스트하우스 스태프로 생활하던 시절 쉬러 오던 곳이다. 왁자지껄하고 술자리가 펼쳐지기보다는 각자의 공간을 존중받으며 지낼 수 있는 곳이다. 제주도의 이름을 딴 삽살개, (한)라봉이와 비양(도)이가 든든히 지켜주는 이곳은 직접 만든 귤잼으로 만든 조식 토스트가 일품이다. 강아지와 함께 가는 제주 여행이라면 강력 추천한다. 버스정류장과 산방산이 가까워 뚜벅이 여행객에게도 좋다.

. . . .

주소   서귀포시 안덕면 사계리 3443
예약   theguesthouse.kr
인스타그램   @labong_theguesthouse

계절
광장

사계절을

다른 메뉴로 즐깁니다

혼명절러의 잔치음식
아무밥대잔치

설이나 추석이 다가오기 시작하면 같이 딸려오는 주제가 둘 있다. 해외여행과 명절 스트레스. 친하지도 않고 유쾌한 대화도 할 수 없는 먼 친척들을 만나기보다는 해외로 나가는 쪽이 맘 편한 것이다. 한 해에 몇 번 갈 수 없는 긴 여행이라는 건 매력적이지만, 모두가 쉬는 기간인 만큼 비행기 티켓 값은 천정부지로 오른다. 속절없이 올라가는 항공권 검색창을 여러 개 띄워 이리저리 비교해봐도 비시즌에 비해 확실히 비싸다. 이 돈을 주고 지금 떠나는 게 과연 옳은가? 그렇게 이러저러한 이유로 명절 연휴에 서울에 남은 사람들이 늘었다.

십 년 넘게 서울에 적을 둔 나도 명절이면 당연하게 고향으로 향했지만, 어느 순간부터는 기차표를 구하기 위한 행위가 너무 수고스럽게 느껴졌다. 명절에 내 삶을 멋대로 가름하는 사람들 때문에 점점 집에 가는 게 부담이었다. 정상이나 보통이라는 삶의 기준을 멋대로 세운 다음, 그 줄에서 이탈한 것같이 보이는 사람들에게 하는 온갖 무례한 질문들은 참기 힘들었다. 유쾌하지 않은 명절을 위해 내 수고를 들일 필요가 있을까? 의문이 들고부터는 명절의 고향행을 피하게 되었다.

서울이 고향인 친구들은 명절이 예전과 좀 달라졌다고 했다. 이전처럼 도시가 텅 빈 느낌은 없어졌다고 할 정도로 명절 연휴의 서울이 북적인다. 서울에 머무는 사람은 늘었지만 명절 연휴의 도시 분위기는 여전히 조용하다. 덕분에 다른 의미의 명절 증후군을 겪는다. 일단 웬만한 식당들이 다 문을 닫는다. 편의점을 제외하곤 슈퍼들도 쉬는 경우가 많아 음식을 제대로 챙겨 먹기가 어렵다. 특히 명절 당일이 그랬다. 하릴 없이 누워서 뒹굴다 보면 식상에 가득 쌓인 라면 말고 나른 걸 먹고 싶은 기분이 든다.

설상가상 배달 음식점들도 전화를 받지 않는다. 귀찮고 힘들기만 하고 물리게 먹어서 당분간은 생각나지도 않는 튀김과 전, 나물 등 명절 음식이 괜히 그리워진다. 고향에 갈 걸 그랬나 싶은 생각도 들지만 이미 늦었다. 첫 번째 명절을 이

링세 보낸 후 다음 명절을 앞두고도 비슷한 고민을 했지만, 기차표 구하기는 여전히 어려워서 명절 전 주에 미리 다녀오는 방법을 선택했다. 그리고 이참에 광장의 문을 열기로 했다.

명절 연휴에는 식자재 배송 업체들도 문을 닫는다. 도매 시장도 닫는 데다 그 이후로 물품 주문이 어렵기 때문에 명절 영업을 위해서는 재료들을 미리 주문해놓아야 했다. 냉동 식품은 괜찮지만 문제는 채소나 신선식품. 이걸 어쩌나 고민을 하다 광장의 기존 메뉴 대신, 혼자 식사하기 좋은 구성을 만들었다. 이름하여 '아무밥대잔치'. 기본은 볶음밥이지만 해물, 채소, 고기를 개별적으로 선택해서 먹을 수 있고, 추가로 계란을 프라이 또는 스크램블로 선택할 수 있게 했다. 가격은 평소 광장의 메뉴들보다는 조금 저렴하게 잡아서 가벼운 마음으로 찾아올 수 있게 했다.

명절인데 얼마나 오겠어. 흔히 상상하는 주말의 을지로보다 더 한가할 명절 연휴를 생각했다. 하지만 웬걸, 사람들이 생각보다 빼곡히 광장에 찾아왔다. 광장이 열려 있어 다행이라는 말과 함께 각자 한산한 연휴를 즐겼다. 나는 명절 연휴의 한산함을 예상하고 음식 수량을 적게 준비했지만, 광장은 사람으로 가득 찼다. 원하는 재료로 만들어내는 볶음밥도 인기 높았지만, 기존 메뉴들을 추가로 주문하는 사람들도 있었다. 연휴 내내 진행하려던 아무밥대잔치는 하루 만에 문을 닫아야 할 정도로 순식간에 냉장고를 텅텅 비웠다.

명절에 남은 사람들끼리는 공감대도 형성되는 법이다. 처음 보는 이들이었지만 금세 모여 명절에 대한 다양한 이야기를 풀어냈다. 서로의 고향이 어딘지 물었고, 서울살이의 고단함을 나누며 서로의 삶에 동감했다. 광장을 가장 많이 찾아준 연령대는 30대였다. 이들은 가족이나 친척들이 묻는 '결혼 언제 할래?'의 스트레스를 겪고 싶지 않다고 했다. 이렇게 혼자 보내는 게 좋다고 했다. 이들은 명절 연휴마다 광장을 열었으면 좋겠다는 말을 해주고 떠났다. 의도했든 의도하지 않았든 대부분 혼자 온 손님들과 이야기를 나누다보니 말하는 「랜선에서 광장으로」가 된 것 같았다.

늘 세대 갈등이나 명절 증후군에 대한 기사들이 쏟아지지만 한 해에 두 번이나 되는 명절에 바뀌는 것 하나 없이 점점 더 단절되어 간다고만 느끼는 건 왜일까. 광장에 모여 비슷한 이야기를 박수까지 치며 공감하지만 이 이야기가 우리에게만 남는 건 아쉽다. 결국 각자의 가족으로 돌아가는 명절이 되어 이야기를 나누는 게 어쩌면 아직도 최선이지만 20대를 지나며 안 되는 건 안 되는 것이라는 걸 깨달아버린 탓이겠지.

이상, 아무 밥이나 먹으며 공감의 장이 열리는 명절의 광장이었습니다.

이제는 안녕
총알오징어

*원래는 토마토대신
밤이 함께!

제목: 총알오징어

작성자: 광장장

총알오징어.

너는 나의 운명이더냐.

내 오징어 외면한 삼십여 년의 인생.

이렇게 돌아 돌아

너를 만났네.

만났네.

너를 만났네.

만나고야 말았네.

　총알오징어를 두고 시라고 부르(고 싶지만 애매해 보이)는 글까지 만들었다. 총알오징어를 처음 맛본 건 2014년 가을이었다. 소소한 파티에 주방 보조로 참여했을 때 등장한 재료가 바로 이 녀석이었다. 총알오징어를 주문한 주최사는 이 오징어를 한번 맛보고 나면 다른 오징어가 눈에 들어오지 않을 만큼, 새로운 오징어 세상이 열릴 거라는 호언장담까지 얹었다. 일반 오징어의 절반 크기에 이름도 처음 들어본 녀석이었다. 흠, 이걸 어떻게 먹는 거지? 아는 방법대로 보통의 오징어 손질법에 따라 손질했다.

일단 찜으로 먹어보자고 해서 흐르는 물에 오징어를 잘 씻었다. 워낙 작은 녀석이라 다리를 쭉 잡아 빼니 내장까지 잘 딸려 나왔다. 내장을 똑 잘라 버리고, 찜통에 넣어 쪄내길 5분, 잘 익은 걸 확인한 다음 접시에 담아 초장과 함께 냈다. 이렇게 내놓은 총알오징어를 본 주최자는 깜짝 놀랐다. "내장을 버렸어? 이거 내장까지 먹어야 돼." 그는 버린 내장에 아쉬움을 내비쳤다. 어라? 오징어 내장은 버리는 것 아니었나? 알고 보니 총알오징어는 내장을 빼지 않고 통째로 쪄 먹는 오징어였다. 다시 헹궈내 내장까지 쪄서 먹어봤다.

　총알오징어를 한입 넣는 순간, 이건 무슨 신세계인가 하며 눈이 튀어나올 것 같았다. 달이 휘영청 밝은 풍경을 보고 시조를 읊던 선조의 기분이 되어 시라도 한 수 읊어야 될 것 같았다. 내장을 버린 것에 놀란 그 사람의 반응에 내심 '그럼 잘 아는 본인이 하시던가요' 하고 투덜대던 마음이 한입 먹는 순간 사라졌다. 그리고 오징어 얘기만 들어도 손사래를 치던 나와 이별하게 되었다.

　총알오징어 시즌이 다가오면 내가 먹을 양에 덧대 조금 더 넉넉하게 주문했다. 친구들이 올 때마다 "총알오징어라는 거 알아?" 하며 서비스로 냈고, 총알오징어를 먹은 친구들은 자동반사적으로 추가 주문을 외쳤다. 친구들은 어김없이 총알오징어에 반했다. 이런 건 메뉴에 넣어야 한다는 친구들의 주장에 진지하게 응했다. 손님들도 즐거워하며 총알오징어의 시즌을 기다려 광장을 찾을 정도로 인기 메뉴가 되었다.

광장에서 요리하는 총알오징어 요리법은 이렇다. 잘 달군 팬에 기름을 두른다. 흐르는 물에 헹궈 낸 총알오징어를 기름 위에서 자글자글 굽는다. 한참을 익도록 그대로 둔다. 내장이 조금씩 빠져나오며 촤아 하는 요리 소리가 커지면 조심히 뒤집어준다. 총알오징어는 살이 연해서 다리가 몸통과 분리되며 내장이 죄다 빠져나오기 십상이다. 내장이 빠지면 참맛을 알 수 없게 되기에 뒤집기는 한 번만 하는 게 포인트다. 앞뒤로 잘 익은 것을 확인한 뒤 소금을 뿌려주면 끝이다. 다른 양념은 필요 없다.

잘 익은 총알오징어를 접시에 통째로 올린 뒤 약간의 샐러드와 밥 한 덩이를 곁들이면 끝이다. 뜨거운 김이 모락모락 올라오는 오징어에선 벌써 고소한 냄새가 진동한다. 포크와 나이프를 준비하고 오징어 머리를 스윽 잘라내 한입 맛본다. 야들야들한 치어의 부드러움, 몇 번 씹지도 않았는데 녹듯이 사라지고 만다. 이것만으로도 감동적인 맛을 선사하지만 하이라이트가 남아 있다. 내장과 빗물이 있는 몸통을 자른다. 흐르는 내장과 먹물을 빠르게 입속으로 가져간다. 질끈 씹은 순간 눅진한 내장의 단맛이 입속을 채운다. 씹을수록 고소한 맛은 『미스터 초밥왕』의 한 장면을 연상시키게 한다. 눈도 코도 한없이 넓히며 박수를 쳐댄다. 이미 입에서는 "와아" 하는 감탄사를 내기 바쁘게 다음 총알오징어를 입으로 집어넣게 된다. 신선하고 진한 내장의 맛은 오징어를 먹는 것인지 게를 먹는 것인지 혼란스럽기만 하다. 세심한 노력을 기울여도 한입 거리조차 안 되는 게를 먹을 때의 아쉬움이 해소된다. 씹고 또 씹다 보면 포크와 나이프를 쥔 두 주먹을 테이블 위에 세우며 감탄과 함께 눈을 감게 한다. 시간을 잴 순간도 없이 한 접시는 뚝딱 사라진다. 오징어에 대한 호불호도, 맛에 대한 어떤 평가도 나오지 않고 마냥 "맛있다. 너무 맛있다"라는 말만 쏟아내게 되는 총알오징어 요리. 이 맛에 내가 한 일은 소금을 흩뿌리는 것뿐이었다.

일 년 중 6월과 10월, 한두 주 남짓 포획되는 총알오징어는 크기가 작은 오징어의 한 품종이라고 생각했지만 아니었다. 총알오징어는 아직 성어가 되지 않은 일반 오징어였다. 최상의 맛을 구현하는 사이즈는 길어야 2주밖에 안 된다. 동시에 2주밖에 접할 수 없는 귀한 생물이란 소리기도 하다. 그 기억이 시기 적절하게 6월이다. 광장에선 매년 6월 언저리에 총알오징어를 낸다. 가을에도 한두 주 나온다고 하지만 왜인지 가을은 타이밍을 맞추기가 힘들어서 봄에만 내고 있다.

이렇게 총알오징어를 내게 된 세 번째 6월, 입고와 동시에 '총알오징어 들어왔습니다!'라고 알린다. 그러면 사람들이 오징어에 끌려 온다. 을지로에서 일하다 먼 곳으로 떠난 손님, 바빠서 광장에 얼굴도 내비치지 못했던 손님들까지 상기된 얼굴로 총알오징어 남았어요?를 외치며 들어온다. 그렇게 찾아온 손님들 덕분에 이틀 분량의 총알오징어는 하루 만에 모두 팔려나갔다. 손님들은 여전히 엄지를 척척 들며 칭찬 일색이다. "요즘 너무 바빠서 광장에 못 왔는데 이거 놓치면 안 되잖아요" 하며 문을 여는 건 작년에 먹어본 손님들이다. "총알오징어는 여전히 맛있네요" 하며 웃느라 작아진 눈을 마주한다. "이번 시즌이 지나면, 또 내년에 보는 거 아니에요?" 하며 진심으로 아쉬워하는 농담을 나눈다. 총알오징어가 보고 싶었던 반가운 이들을 불러준다.

올해는 조금 빨랐다. 5월이 끝날 무렵부터 적절한 크기의 총알오징어가 나오기 시작했다. 요즘 오징어 값이 비싸졌다. 어획량이 줄어들어 비싸진단 말에 총알오징어에 대한 수요가 너무 늘어나서 그런 건 아닌가 걱정이 되기도 한다. 올해 총알오징어를 주문하면서 이 문제에 대해 공감하고, 의식을 더 깊이 가지게 되었다. 한번 맛보면 잊을 수 없는 그 맛은 올해를 마지막으로 안녕하기로 했다. 그냥 보내긴 아쉬워 올해까지만, 이라고 했지만 손님들도 아쉬움보단 의식을 더 깊이 가져 오징어의 멸종에 관한 이야기도 나누게 되었다. 더 미래의 일을 위해 욕심은 접고 새로운 맛을 찾아보기로 했다.

여름을 준비하는 우리의 자세
헬시 플레이트

봄기운이 완연하게 느껴지는 시즌이 되면 자주 오던 손님들의 발길이 뜸해진다. SNS 타임라인은 여름을 대비하는 사람들의 다이어트 소식으로 분주해진다. 다이어트용 식사를 피드에 올리고 운동을 시작했다는 소식이 가득하다. 평소 술과 음식으로 가득하던 사진들의 대부분이 운동과 절제된 식단으로 바뀐다. 여름휴가 때 입을 멋진 수영복 사진도 올리며, 몸을 만들려면 지금도 늦었다는 말과 함께 들린다. 으쌰으쌰! 하는 파이팅이 여기까지 느껴진다. 나도 예외가 아니다. 무엇보다 가벼워진 옷과 함께 몸 움직이기 좋은 계절이 돌아오면 운동을 하고 싶은 기분이 든다. 그럼 운동도 하는 김에 식단도 조절해보기로 했다. 나를 위한 '헬시'한 '푸드'를 준비해본다.

절제된 식단에 필요한 건 영양소의 균형이다. 탄수화물과 단백질, 지방, 그리고 무엇보다 중요한 건 채소 중심의 비타민을 섭취하는 것이었다. 칼로리를 높지 않게 유지하는 것도 중요했다. 단백질이 모자라면 안 되기에 다이어트의 기본 준비는 닭 가슴살에서 시작한다. 닭 가슴살을 올리브오일과 마늘, 각종 허브에 절여서 준비해눈다. 가까운 농부시장에서 견과류도 저렴하게 구입한다. 다양하고 손쉽게 먹고 싶다면 하루에 한 봉씩 먹을 수 있는 소분 견과를 준비해도 좋지만 역시 소포장 제품을 구입하면 가격대가 만만치 않다. 벌크 제품을 사서 직접 소분하는 쪽을 택한다. 비타민 섭취를 위한 채소와 과일도 준비한다. 샐러드 채소는 신선함이 생명이라

1인분씩 준비하기가 녹록지 않다. 그럴 땐 양배추를 사서 처음에는 채를 쳐 샐러드를 만들어 먹고, 조금 시들어졌을 땐 전자레인지용 찜기에 넣어서 익혀 먹으면 남김없이 사용할 수 있어 편하다.

광장에서 이렇게 며칠간 식사를 하며 #스태프밀 해시태그를 사용해 식사 내용을 SNS에 올렸다. 누가 봐도 다이어터의 것임에 분명한 음식이다. 다이어트를 시작했거나 운동하는 사람들이 "이거 주문 가능한 메뉴인가요?" 하며 문의했다. 메뉴로 올려도 실제 주문할 사람은 없을 것 같았다. 원래 혼술집으로 시작했던 식당인 만큼, 식사를 하다 보면 자연스럽게 술을 주문하게 되고, 술을 마시다 보면 또 뭔가 더 먹게 되는 건 어쩔 수 없는 흐름이니까. 그래도 혹시나 싶어 물었다. '그럼 기간 한정 메뉴에 올려 볼까요?'

의외로 환영하는 댓글이 꽤 달렸다. 여름이 본격적으로 시작하려고 하는 6월 한 달만 판매하기로 했다. 그러자 운동하느라 광장을 멀리하던 손님들이 왔다. 광장의 음식이 그리웠는데 올 때마다 튀김이나 볶음요리가 부담스러워서, 게다가 한 개의 메뉴로 시작해도 너무 많이 먹게 될까 봐 걱정돼서 못 왔다는 손님들이었다.

그렇게 나도 가끔 운동하며 챙겨먹을 수 있는 메뉴로 여름의 시작을 알린다. 헬시 플레이트는 자주 나가는 메뉴는 아니었지만 운동과 다이어트를 병행하는 사람들이 저녁 먹기 어려울 때 이곳에 들러 건강을 챙겨 먹고 갔다. 헬시 플레이트가 있어서 다행이라며 일부러 찾아주기도 한다. 손이 좀 큰 광장장답게 헬시 플레이트라고 해도 양이 적지는 않다. 그래도 건강한 한 끼를 먹는 것 같아 마음의 위안이 된다고 했다. 물론 꼭 다이어트를 해야만 주문할 수 있는 메뉴는 아니다. 담백한 한 끼가 필요할 때 들르면 된다.

짧은 봄이 끝나가고 여름이 시작되려는 무렵엔 광장엔 스쳐 지나가듯 헬시 플레이트가 나온다.

한여름의 을지로 바캉스
레몬소바와 수박맥주

광장을 열면 하고 싶은 일이 많았다. 전시도 공연도 많이 진행하리라 다짐했다. 가능하면 광장에서만 할 수 있는 재미난 파티도 있으면 좋겠다고 생각했다. 광장을 오픈한 지 얼마 지나지 않아 파티를 기획하는 일을 하던 지인이 광장에 놀러 왔다. 이런저런 이야기를 나누다, 클럽 분위기를 내는 파티를 이곳에서도 열면 어떻겠냐는 아이디어를 냈다. 지인의 제안 덕에 그와 함께 일했던 동료들까지 순식간에 합세해 새로운 광장 파티를 기획하게 됐다. 다 같이 머리를 맞대고 어떤 파티가 좋을지 한참을 생각하다 당시의 계절에 맞는 파티를 기획했다. 더운 여름엔 시원한 파티가 어떨까? 으스스한 공포 분위기를 조성한 광장이라든지, 오싹한 여름의 광장도 얘기했지만 무서운 건 딱 질색이라 패스!

도심 한복판에서 하는 물놀이 파티에 의견이 모아졌다. 물놀이 용품들을 구입하고 본격 물놀이 파티에 맞게 작은 풀장도 구비했다. 발을 담그고 가벼운 물장구를 칠 수 있는 정도의 사이즈였다. 친한 친구에겐 귀여운 튜브를 빌렸고 파티용품점에서 사는 가랜드로 빌렸다. 나누가 보니는 소속 상과 색은 수영장만으로도 시원한 계곡에 온 기분이 느껴졌다. 이 광경을 보는 것만으로도 바캉스가 떠올랐다. 이 파티의 이름은 자연스럽게 「을지로 바캉스」가 되었다.

파티를 진행하기 위해 포스터 촬영을 했다. 디자이너인 친구는 수영장을 중심으로 수십 장의 사진을 찍어 실내 물놀이

장 분위기의 장난스러운 포스터를 만들어주었다. 영화를 전공하는 친구가 영화 속 물이 나오는 장면들을 편집해 바캉스 전용 영상을 만들어주었다. 알음알음 아는 DJ 친구들을 섭외해 그들의 라인업이 포함된 포스터를 만들어「을지로 바캉스」파티를 홍보했다.

당연히「을지로 바캉스」날만을 위한 특별한 메뉴도 나온다. 바깥이 30도를 한창 웃도는 여름이니까 시원한 음식들을 주로 만들었다. 냉파스타, 토마토냉우동, 레몬소바가 메뉴에 올랐다. 첫 번째「을지로 바캉스」에는 토마토소스와 바질이 들어간 냉파스타를 만들었다. 두 번째와 세 번째「을지로 바캉스」때는 광장의 여름 인기 메뉴 토마토냉우동을 준비했다. 네 번째「을지로 바캉스」에서는 레몬소바를 만들어보았다. 토마토냉우동과 두 개 중에 선택할 수 있도록 했는데 냉우동의 아성에는 이길 수 없어서 어쩔 수 없이「을지로 바캉스」에서만 맛볼 수 있는 메뉴가 되었다.

곁들일 음료가 빠질 수 없지. 수박을 갈아 넣은 수박맥주도 만들었다. 달달하고 시원한 수박의 맛이 맥주의 탄산과 어우러져 톡 쏘는 단맛이 나는 특이한 메뉴였다. 호불호가 많이 갈리긴 했지만, 수박맥주를 좋아하는 손님들은「을지로 바캉스」의 짧은 기간에 맞춰 일부러 찾아먹는 메뉴로 등극했다. 수박을 꼬치에 꽂아「을지로 바캉스」때 입장하는 피서객들에게 나눠주었다. 시원한 음료와 차가운 음식을 제공했더니 절로 '추워요' 하는 소리가 났다. 체온을 끌어올리기 위해서는 몸을 움직여야지. 이때부터는 DJ들의 시간이 시작된다. 흔들흔들 바캉스 분위기에 맞게 선곡해주는 DJ들의 음악에 맞춰 춤을 춘다. 각종 튜브들을 들고 끼고 물놀이를 하며 사진을 찍다 보면 쑥스러움도 사라진다. 각자 하고 싶은 대로 하는 게 바로 광장 스타일이니까. 단, 다른 사람을 불쾌하게 만드는 것만 제외하고.

「을지로 바캉스」가 오픈하면 사람들은 작은 풀에 발을 담근다. 입장료에 포함된 음료들을 마시고, 바캉스 용으로 준비된 차가운 음식도 먹는다. 바캉스 때에 맞춰 오픈하는 행사도 하나 더 있다. 오목대회! 광장의 정기행사인 오목대회는 일 년에 두 번 열리는데 그 한 번이 「을지로 바캉스」 날이다(다른 한 번은 「메리 광장 크리스마스」이다). 광장의 정규 대회인 만큼 트로피와 상품도 준비되어 있다. 참가비는 따로 있지만 상품이 꽤 짭짤하다. 광장의 화장실로 향하는 벽에 역대 대회 기록이 붙어 있는데 지금까지 4번 중 3번을 한 명이 휩쓸었다. 상상에서 가상 오래 아느바이트를 하고 있는 J나. 언센가 역대 우승자들을 모아 대회를 진행하고 싶은데, 너무 강력한 우승자가 있어 언제 대회를 열 수 있을지는 기약이 없다.

행사가 무르익으면 어느 순간부터 라면 냄새가 스멀스멀 나기 시작한다. 물놀이의 꽃은 뭐다? 라면이다. 물놀이하고 허기진 배와 낮아진 체온을 올리는 최고의 음식으로 라면을 이기는 게 많지 않다. 실내 물놀이장을 표방한 광장답게 당연히 컵라면도 준비되어 있다. 몸이 젖진 않았지만 찬물에 발을 담그고 라면을 후후 불어 먹는 맛은 놓칠 수 없다.

쨍쨍한 한낮의 파티는 8월의 하루를 시원하게 채우고 끝난다. 얼음 물에 담궈진 차가운 발과 천천히 쉬기 좋은 음악이 함께 기록된다. 어둠이 내리면 광장 특유의 오렌지색 조명으로 끝나가는 늦여름의 일몰이 되어 모두를 배웅한다. 바캉스가 끝나면 곧 가을이 온다.

세상 모든 사람을 위한 곳이 아니라

광장과 잘 맞는 당신만의 공간,

당신만의 안락함을 누릴 수 있는

공간으로 만들고 싶다。

살려주세요
핼러윈 오므라이스

10월의 마지막 날, 이태원과 홍대가 들썩인다. 다양한 귀신들과 영웅들이 뒤섞여 술과 음료를 들고 비틀거린다. 피를 흘리거나 붕대를 감았지만 그 누구보다 건강하고 활기찬 사람들이 흥청망청 거리를 채운다. 적어도 이날만큼은 붕대 감은 사람이 병원 응급실보다 넘쳐난다. 거리를 걷지 못할 정도로 가득한 인파 사이로 초록색 소주병을 들고 소리를 지르는 사람들이 피투성이가 된 채로 뛰어다니는 걸 보노라면 이곳이 현실인지 영화인지 헷갈릴 정도다.

핼러윈을 이야기할 때 나오는 비난의 레퍼토리도 있다. 남의 축제에 왜 우리가 열광하는지 모르겠다며 혀를 끌끌 차는 이도 있지만 핼러윈 밤이 지나고 나면 인스타그램과 트위터에는 다양한 코스프레 사진들로 가득 차 실제로 길거리에 서서 이들을 보고 싶은 마음이 부푼다. 그렇게 몇 해를 랜선으로만 핼러윈 파티를 보다 한번쯤 참석해볼까 싶어 거리로 나갔지만 아수라장도 이런 아수라장이 없어 곧장 집으로 돌아와야 했다.

사실 십으로 돌아오기도 힘들 정도로 사람늘은 술로만 핼러윈 축제를 채우고 있었다. 그날 핼러윈 로망은 사라졌다. 이제까지 핼러윈의 이미지는 드라큘라와 외국 셀럽들의 좀비 분장과, 핼러윈을 주제로 한 공포영화에 가까웠는데 이태원 만취객들의 경험이 핼러윈의 기억을 덮었다. 이젠 핼러윈, 하면 주정뱅이들 사이에서 정신없이 돌아오던 피곤한 귀갓길이 먼저 떠오른다.

그렇게 멀어진 핼러윈에 다시 관심을 가지게 된 건 도쿄에 살게 되면서였다. 도쿄에 살게 된 첫해, 봄엔 벚꽃을 보러 가고 여름엔 불꽃놀이를 보러 갔다. 화려한 축제의 나라답게 한국의 특정한 지역에서만 볼 수 있었던 핼러윈 역시 일상의 축제처럼 소비하고 있었다. 10월이 되면 거리 전체가 호박 덩어리와 박쥐와 거미 장식으로 들어차고 검은색과 주황색의 세상이 펼쳐졌다. 편의점 과자 코너에도 핼러윈 패키지로 재포장된 한정 상품들을 출시했다. 포장뿐 아니라 내용물도 바뀌었다.

그때만은 과자나 디저트들 중에서 특별한 맛들을 즐길 수 있어 일부러라도 작은 간식들을 사곤 했다. 카페, 음식점, 술집 할 것 없이 핼러윈 장식을 내걸었고 '기간 한정' 특별메뉴들을 내놓았다. 스타벅스와 같은 대형 프랜차이즈 체인에서는 단호박이 들어간 라테를 마실 수 있고, 직원들은 핼러윈 소품을 이름표나 머리핀에 붙여 핼러윈 분위기를 돋웠다. 클럽을 가거나 특정한 장소를 찾아가지 않아도 도쿄 거리는 주황색 물결로 가득 찼다. 핼러윈 패키지의 초콜릿과 100엔 숍에서 산 오브제를 테이블에 놓는 것만으로도 작은 축제에 참여하는 기분이 들었다. 술을 마시고 밤을 새지 않아도 충분히 핼러윈을 즐길 수 있었다. 그때부터 핼러윈은 내게 설레고 특별한 가을의 이벤트로 기억되었다.

그간 광장에서도 작게나마 여러 행사를 주최했고 다같이 즐겼다. 광장의 벽을 적극 활용해 작품 전시도 하고, 공연도 하고, 영화도 상영했다. 여름엔 광장 한가운데 작은 풀을 놓고 바캉스를 즐기기도 했다. 핼러윈도 그냥 보낼 수는 없었다. 핼러윈 키워드로는 뭐가 있을까 싶어 파티 용품 판매 사이트와 다이소를 뒤졌다. 핼러윈 기분을 낼 수 있는 아이템을 찾아 헤매다 도쿄의 핼러윈 기분을 떠올렸다. 회사원들과 작업실을 사용하는 창작자들의 거리인 을지로에서 열리는 핼러윈 파티는 조금 달라야 할 것 같았다. 핼러윈이 얼마 남지 않은 시점에서 준비했던 터라 생각보다 그럴 듯하게 꾸며내지는 못했지만 사람들은 즐거워했다.

어둡고 조용한 공간에서 마녀 모자를 쓰고 조리하는 나와 핼러윈 기분을 잔뜩 내고 귀신 복장으로 카운터를 채워준 친구들 덕분에 정장과 셔츠의 일상에 조금이나마 웃음 지을 수 있는 순간을 만들 수 있었다. 작게나마 포토존도 만들었지만 혼자 온 손님들이 많아 사진을 찍는 이가 적었다. 그 아쉬움에 아예 포토존을 만들어서 이벤트를 열었다.

지금도 인스타그램에 #2017광장할로윈 해시태그를 검색하면 사진들이 좀 남아 있다. 제임슨 위스키 한 병을 걸고 진행한 이 이벤트는 생각보다 꽤 참여도가 높았다. 모자와 핼러윈 용품들을 활용한 사진이었는데, 상품이 위스키 한 병이라는 이야기를 듣자마자 "케첩 좀 주세요!" 하고는 입 주위에 바르고 핼러윈 용 화장을 즉석에서 하고 참여를 해준 열혈 손님도 있었다. 당시에는 사진이 여럿 있었는데 이벤트 참여 후 다들 삭제했는지 지금은 잘 보이지 않는다. 흑흑. 아쉬워라.

당시 '좋아요'가 많이 눌리는 대로 순위를 매겼는데 행사 초반에 참가한 단골손님이 1등으로 뽑혔다. 2등과 3등 사이를 오가던 한 손님은 인스타그램 '좋아요'를 늘리기 위해 업체라도 고용해서 '좋아요' 수를 좀 늘려야 하나 고민했다고 하니 위스키 한 병의 위력은 꽤 컸던 것 같다.

광장장은 또 고민하게 된다. 내년엔 또 뭘 걸고 해야 되나? 핼러윈 기분은 분위기만으로 완성될 수 없으니 핼러윈용 음식도 준비하기로 했다. 올해는 너무 빠듯한 일정으로 준비하는 통에 핼러윈 칵테일을 담을 요량으로 주문했던 해골 컵은 배송 중, 배송 중, 배송 중이라는 메세지를 보여주고는 결국 핼러윈 이벤트 기간이 지나서야 도착했다. 그나마도 도착하자마자 하나는 깨먹었다. 나머지 컵들도 그대로 창고로 향하고 말았다. 그래도 포기하긴 일렀다. 광장과 어울리면서도 간편하고 핼러윈 기분이 물씬 풍기는 메뉴를 만들기 위해 계속 찾았다. 미국의 명절(?)이기도 하고, "trick or treat?"라고 물으며 과자나 초콜릿을 받으러 다니는 관습 때문인지 디저트 외에 술과 어울릴 만한 음식을 찾기가 어려웠다.

그러다 발견한 게 '살려주세요, 오므라이스'였다. 일본의 요리 레시피 사이트에서 이 음식을 보자마자 번뜩 이거다 싶었다. 일본식 오므라이스가 유행하던 때라 따로 설명하지 않아도 일본식 음식이구나 하고 생각할 수 있는 메뉴였다. 레시피도 간단했다. 계란 다섯 개를 잘 풀어 치즈를 듬뿍 넣고 팔을 툭툭 쳐가며 익히는 호텔 조식형 오므라이스였다. 양쪽으로 뾰족한 럭비공 모양의 오므라이스를 만든 다음, 농도를 조절한 토마토케첩을 피처럼 주르륵 쏟아 부었다. 그 피범벅의 늪에 가라앉고 살려달라며 뻗은 손가락을 비엔나소시지로 표현한 요리였다. 거미 모양의 장식까지 한 마리 얹어주니 설명이 필요 없는 핼러윈 그 자체였다.

새로운 메뉴도 좋지만 익숙한 메뉴도 재미있게 표현하면 좋겠다 싶어 카레에 김을 잘라 해골 모양을 만들었다. 생각보다 해골 모양을 표현하는 데 시간이 걸려 주문이 들어올 때마다 잘게 자른 김을 젓가락으로 하나하나 길이에 맞춰 그림을 만들어야 했다. 만들 때마다 왜 고생을 사서 하는 거야? 혼자 투덜거리기도 했지만 음식을 보자마자 큭큭 대며 웃는 손님들의 모습을 보는 게 즐거워 결국 주문이 들어오면 다시 김을 자르곤 했다. 정성을 다해 사진을 찍는 모습을 볼 때마다 으아, 역시 하길 잘했다 싶었다. 너무 재미있어서 나도 즐거웠다.

올해도 새로운 메뉴를 구상해볼까? 벌써부터 마음이 분주하다. 작년 핼러윈 메뉴를 본 손님들의 격한 반응에 힘입어 올해도 파티 용품 사이트를 뒤지는 나를 발견한다. 을지로에서 핼러윈이라고? 밥이나 술을 즐기러 온 혼밥, 혼술 손님들도 황당해하던 광장의 핼러윈 파티. 을지로도 점점 바뀌고 있다. 예년과 달리 다른 분위기의 불금을 보내는 핫하고 힙한 거리가 되었다. 핼러윈을 꼭 이태원과 홍대에서 보내라는 법은 없으니까. 올해도 색다른 이벤트가 열리지 않을까? 평소와 달리 을지로의 거리에서도 핼러윈 코스프레한 사람들이 나타나면 사람들의 반응이 어떨지 궁금하다. 셔츠에 정장, 원피스, 투피스 정장 차림의 직장인들로 채워지는 을지로의 핼러윈 파티. 셔츠 깃에 케첩 피 좀 묻혀도 되는 날, 밤늦게까지 영업을 하는 건 어떨지 고민을 해봐야 되겠다.

일단 올해도 선보이겠습니다. 살려주세요, 핼러윈 오므라이스.

셔츠에 투피스 정장 차림의
직장인들로 채워지는 을지로의 핼러윈 파티.
셔츠 깃에 피 좀 묻혀도 되는 날,
일단 올해도 선보이겠습니다.
살려주세요, 핼러윈 오므라이스.

메리 광장 크리스마스의
야끼교자

사람들은 누군가와 함께 크리스마스를 보내기 위해 애쓴다. 여름이 끝날 무렵부터 '오늘부터 사귀기 시작하면 크리스마스가 100일!'이라는 우습지 않은 우스갯소리도 매년 SNS 타임라인을 장식한다. 겨울, 그리고 커플의 날이라 하는 크리스마스를 연인과 보내기 위해 사람들은 가을부터 열심히 소개팅을 하고 주위를 두리번거린다. 세상은 연애하는 사람을 추켜세우고 연애하지 않는 사람을 하대하며 계급을 나눈다. 변변치 않아 보이는 사람이 연애를 하면 '내가 쟤보다 뭐가 못해서?'라는 비하발언을 쉽게 내뱉는다.

그날 특별한 약속이 없는 사람들은 우울해 해야 하고, 어딘가 부족한 사람 취급을 받기도 한다. 그날의 솔로는 당연하게 희화화된다. 연휴를 앞둔 저녁, 괜찮은 레스토랑들은 이미 예약이 꽉 찼다. 다행히 자리가 난 곳에 가더라도 커플을 위한 코스 요리밖에 주문이 안 되는 경우도 부지기수다. 크리스마스에 혼자 갈 곳은 없다. 12월 23일 밤에 수면제를 먹고, 잠에 들어 25일 밤에 깨어나는 게 차라리 행복하겠다는 말이 납득이 길 정도로 커플 아닌 이들에게 산인하다. 예수님이 오신 날은 연인과 보내야 하는 공식적인 날이 되었다. 왜?

크리스마스를 굳이 연인과 보내야만 하는지에 대한 의문에 빠진 건 몇 해 전부터였다. 크리스마스가 되기 며칠 전의 술자리였다. 모임에 참석한 사람들은 각자 크리스마스에 무엇을 할 것인지 계획을 묻기 시작했다. 딱히 약속이 있는 사람이 많지 않아, 이럴 것 같으면 그냥 같이 술이나 마시자고 익기투합했다. 어차피 만날 사람도 없잖아? 번뜩 떠오르는 게 있어 제안했다. 특별한 계획이 없으면 우리끼리 좀 특별하게 혹은 특이하게 보내보는 건 어때? 그 얘길 들은 친구는 좋다고 했다. 두루 같이 놀면 좋겠다 싶어 휴대폰에 저장되어 있는 거의 모든 사람에게 연락을 했다. 질문은 하나. 크리스마스 계획 있어? 다들 약속이 있었다. 새 연인이 생긴 사람도 있었지만 대부분은 혼자 보내면 우울해지거나 싫을 것 같아 어떻게든 약속을 잡았다고 했다. 이런 행사가 있는 줄 알았으면 억지로 약속을 잡지 않았을 것이라며 아쉬운 답변들을 보내는 사람들도 있었다.

수정된 최종 계획은 '꽉 찬 일정의 당일치기 남도 기차여행'이었다. 모인 사람은 나를 포함해 총 5명, 용산역에서 새벽같이 만나 전라도로 식도락 여행을 떠났다. 아는 사이도 있었고, 모르는 사이도 있었다. 흘러가는 이야기들 사이에 맛있는 음식과 술로 하루를 채웠다. 세상의 흔한 편견에 맞춰 친구 사이가 되거나 연인이 되는 일은 일어나지는 않았지만 그들 각자는 가끔 내게 그날의 재미있던 순간을 기억해주었다. 그때 그들은 잘 지내? 하며 그들은 나를 통해 서로의 안부를 물었다.

한참이 지나고 나자 그해 크리스마스는 재미있게 놀았던 어떤 날로 기억하고 있었다. 당연한 연인의 날을 다른 방식으로 보낸 남도여행의 추억에 크리스마스에 대한 편견이 사라지기 시작했다. 광장에서도 그런 느낌의 행사를 기획하고 싶었다. 궁리하다 최종 결론을 내리고 SNS에 공지 글을 올렸다.

— 크리스마스에 '메리 광장 크리스마스'를 엽니다. 이날은 1인 손님만 예약을 받습니다.

혼자만 입장할 수 있는 밤샘 파티라는 말에 사람들은 의아해 했다. 밤새 술 마시고 춤추고 떠들며 보내는 클럽파티도 아니고, 여럿이서 왁자지껄 떠들며 보내는 파티도 아니었다. 연인을 찾기 위해 성별을 나눠 노는 파티도 아니었다. 아는 사람 하나 없이 무조건 혼자만 와야 예약이 된다는 말에 사람들은 질문했다. 그래서 뭘 하겠다는 거야?

생소한 데다 광장도 유명하지 않을 때였다(지금도 유명한 건 아니다). 오픈한 지 일 년이 되지 않은 시점이라 홍보를 한다고 해도 사람들이 모이지 않을 것 같았다. 머릿속에서는 행사 진행 방향이 섰지만, 당일 어떤 돌발 상황이 일어날지 모르기에 일단 친구들에게 연락을 했다. 이날 참석 좀 해줘! 그날의 취지를 일빙하사 친구들은 흔쾌히 오셌나고 했시만 웃으며 물었다. 우리 말고 아무도 안 오는 거 아니야?

재미날 것 같고 어차피 특별한 약속도 없다며 흔쾌히 예약해주는 친구들에게 고마웠다. 크리스마스 파티가 얼마 남지 않자 크리스마스의 특별한 계획이 어그러졌거나, 혼자 보내려고 하다가 이런 파티가 있는 걸 알게 되었다며 신청하는 사람들이 늘어났다. 20일 즈음에는 문의 러시가 생길 정도였다. 어느 순간엔 예약을 막아야 할 정도로 신청이 넘쳤다. 부득이하게 예약을 막아놓자 다른 경로로 연락해오는 사람들도 있을 정도로 파티 예약 문의가 뜨거웠다.

대망의 크리스마스 날, 파티 룰은 간단했다. 오후 여섯 시부터 다음 날 오전 여섯 시까지 열리는 파티고, 자정에 다 같이 교자를 빚는 정도의 공지만 되어 있었다. 당연히 심야의 식사를 기다리는 거라면 다들 천천히 오겠지? 나의 안일한 생각을 비웃듯, 저녁 여섯 시 오픈을 시작하자마자 사람들이 들이닥쳤다.

배가 고픈 시간에 도착한 손님들은 음식을 주문하기 시작했다. 행사 준비도 아직 끝나지 않았는데. 계획이 완전히 어긋나 버렸다. 게다가 열두 시에 오픈할 만두 파티 준비도 아직 덜 끝난 상태였다. 다행히 참가하는 사람 중에 요리하던 친구 덕분에 겨우 만두 속 준비를 마칠 수 있었다. 사람들에게 밤에 교자를 빚고 다같이 먹을 텐데 왜 이렇게 일찍 왔느냐 물었더니 어차피 할 일이 없어서 일찍부터 왔다고 했다.

첫 회를 거울삼아 그 이후의 '메리 광장 크리스마스 파티'에는 뷔페식 저녁식사를 포함시키기로 했다. 먼저 간단한 저녁을 먹고, 둘러앉아 간단한 게임도 한다. 작은 라이브 공연도 연다. 삼십여 분 정도의 짧은 라이브지만 초대한 뮤지션들이 한 곡 정도의 크리스마스 노래를 준비해오기 때문에, 그제야 크리스마스의 분위기가 느껴진다.

자정이 되면 모두 모여 앉아 교자를 빚는다. 식사 제한이 있을 수 있어 예약하는 분들에게 채식주의자인지 여부를 물었다. 채식을 하는 분들이 꽤 많이 참여해 채식 만두 만들기에 도전해보기도 했다. 몇 가지 레시피를 찾아보고 몇 개의 속을 만들어본 다음 가장 맛있는 것으로 채식만두 속을 준비했다. 두부와 당면, 버섯이 들어간 만두였다. 다행히 처음 만들어보는 채식만두가 생각보다 큰 호응을 받았다. 채식에 대해 잘 모르거나 거부감을 갖고 있는 사람들도 고기만두와 별다를 바 없고 오히려 담백한 맛이 난다며 신기해하기도 했다. 물론 채식만두를 준비한다고 해서 고기만두를 준비하지 않는 건 아니다. 돼지고기와 양배추가 잔뜩 들어간 고기만두도 당연히 잔뜩 만들었다. 만두 속과 피를 두고 둘러 앉아 이야기도 나누고 만두를 구워 먹기도 하며 그렇게 25일 새벽을 맞이했다.

사실 이날의 행사는 하나 더 있다. 크리스마스니 작게나마 선물 교환을 하면 좋을 것 같아 미리 선물을 준비해달라는 메일을 보냈다. 기꺼이니 밈위를 징하시 잃있시난 사연 있는 물건이라는 제한을 두었다. 포장도 이야기를 쓸 엽서도 광장에서 준비했다. 숫자가 적힌 쪽지를 주거나 사다리를 타는 등 랜덤 게임으로 선물교환을 했다. 매년 책이 가장 많았다. 나에게 의미 있는 책, 누군가에게 선물하려 샀는데 혹은 있는 책인데 선물 받아 두 권인 책들이라는 이유였다. 커플 아이템도 있었디. 선물을 주려 했는데 못 줬거나 받았는데 쓰지 못했던 것도 있었다. 새 거라 버릴 수도 없던 물건에 대한 이야기에 다들 웃기도 하고, 공감하기도 했다. 물건에 얽힌 이야기는 엽서에 적혀 한 사람에게만 전달된다. 다들 함께 내용에 대해서 이야기를 나누긴 하지만, 선물을 주는 사람이 누군지 밝혀지지 않는다. 그렇게 이야기가 있는 선물을 주고받으며 또 다른 이야기들로 이어진다.

행사에 참석하는 시간이 자유로운 만큼, 돌아가는 시간도 자유롭다. 일찍 돌아가는 사람도 있고, 새벽 두세 시쯤 되면 첫차를 기다리며 한구석에서 잠을 청하는 사람도 있다. 교자를 빚고, 선물을 교환하고, 게임을 하며 나누던 이야기는 아침이 올 때까지 이어지기도 한다. 그렇게 오전 여섯 시가 되면 모두 "메리 크리스마스"를 덕담처럼 나누고, 얼마 안 남은 한 해의 인사들을 하며 헤어진다.

광장에서 열리는 크리스마스 파티에는 특징 아닌 특징이 소소하게 몇 가지 있다. 일단 자기소개가 없다. 일생의 친구를 만들거나 연인을 만들기 위한 파티가 아니기 때문이다. 특별한 목적 없이 밤새 열린 광장에 모여 각자의 일을 하는 분위기라고 생각하면 딱 맞다. 또 하나 더, 모두 예약을 하고 참석한다.

마지막으로 다양각색으로 크리스마스를 즐긴다. 이곳의 크리스마스 파티는 각자의 시간을 보내는 것을 방해하지 않는 파티기도 하다. 이날 이곳에서 만난 사람과 이야기도 나눌 수 있지만 혼자의 시간도 충분히 즐길 수 있다. 편지지, 연하장을 준비해 밤새 한 해 동안 겪은 일을 주변 사람들에게 차분하게 써내려가는 사람도 있다. 아직 도착하지 않은 새로운 해의 다이어리를 가지고 와 새해의 다짐을 적거나 지나가는 올해를 정리하기도 한다. 게임을 하는 것도, 만두를 빚는 것도 본인 선택이다. 만두 빚는 것에 자신이 없다면 남들이 정성껏 빚은 만두를 열심히 먹으며 보내도 된다. 그래서 컴퓨터를 가지고 와서 영화를 보기도, 책을 읽으며 조용히 한 해를 정리하는 분도 있다.

밤은 새지만 무척이나 건전하게 보낸다. 꽤 여유로운 밤샘인 것 같지만 짜놓은 일정들을 따라 가다보면 아침이 금방 가까워 온다.

이렇게 보내는 크리스마스도 있다. 연말의 휴일을 보내는 방식이 한 가지밖에 없는 세상은 재미없으니까.

광장카레

2019년의 광장카레는 쇠고기 카레다. 카레는 적은 양을 만드는 것과 많은 양을 만드는 데 드는 품이 비슷해 대량으로 만들 수 있는 방법을 소개한다.

재료 　우삼겹 300g, 토마토 1개, 양파 3개, 느타리버섯 2타래, 마늘 5개, 고형카레 1조각, 시판용 카레 가루 20ml, 물 500ml, 청주 50ml, 간장 30ml, 다시마 1장, 설탕 20g, 후추 약간

❶ 양파는 채 썰고, 마늘은 다져 갈색이 되도록 볶는다. ❷ 껍질을 벗긴 토마토와 우삼겹을 볶다 청주를 넣는다. ❸ 볶은 야채에 물을 넣고 다시마 한 장, 손톱 크기로 자른 느타리버섯을 넣고 끓인다. ❹ 바글바글 끓어오르면 다시마를 빼고 시판 카레가루와, 고형카레, 간장과 설탕을 넣고 잘 저어준다. 후추를 뿌려 마무리한다. 다음 날 먹으면 더 맛있는 카레 완성!

양배추
스테이크

손님들이 제일 궁금해하는 메뉴가 바로 양배추 스테이크다. 내 레시피가 아니라 쉽사리 알려주지 못했지만 하치에 허락을 구했기에 공개해본다. 하치에서는 셀러리 잎 다진 게 들어가는데 광장에서는 사용하지 않는다.

．．．．．．．．．．．．．．．．．．．．．．．．．．．．．．．．

재료   양배추 1/2통, 버터 2스푼, 마늘 1개, 식용유,
소금 약간

❶ 양배추는 1/8 사이즈로 썰어 렌지용 찜기에 넣어 5
분 익힌다. ❷ 버터 두 스푼에 다진 마늘을 섞어 갈릭
버터를 만든다. ❸ 잘 달궈진 팬 위에 식용유를 두르
고 렌지에 찐 양배추를 올린다. ❹ 양배추를 센 불에
굽고 소금을 두세 번 흩뿌려준다. ❺ 양배추 끝이 갈
색으로 변했을 때 갈릭버터를 넣어 녹이며 한 번 더
뒤집어주면 완성!

돈지루

광장의 유튜브 채널에서 소개했던 음식이다.
광장티비에선 만드는 전 과정을 ASMR로 담기
도 했지만 사람들은 그 외에도 특별한 것이 들
어갈 것 같다고 한다. 정말 특별한 것 없이 정성
을 담아 만든답니다.

．．．．．．．．．．．．．．．．．．．．．．．．．．．．．．．．

재료   삼겹살 1줌, 물 300ml, 일본식 된장 1스푼, 무 3
조각, 감자 4조각, 당근 3조각, 다시마 1장, 채소 취향
껏, 참기름, 청주 약간

❶ 얇게 썬 삼겹살을 참기름에 볶는다. 삼겹살이 갈색
을 띨 때까지 볶는 게 포인트! ❷ 막뚝 썬 무, 감자, 당
근을 넣고 두세 번 휘저어가며 함께 볶은 후, 청주를

한 스푼 넣는다. ❸ 물에 다시마 한 장과 볶아둔 채소를 넣고 익을 때까지 끓인다(물이 부족하다 싶으면 조금 더해줘도 좋다). ❹ 곤약, 유부, 버섯 등 취향에 맞는 채소를 넣은 후 더한 후 간을 보며 일본식 미소 된장을 풀면 완성!

한물꽁치
파스타

제주도에서 시작하고 서울에서 완성한 꽁치 파스타의 완성형 레시피. 꽁치, 이제 파스타로 만들어 먹어요.

．．

재료 파스타면 1인분, 캔 꽁치 80g, 마늘 2개, 양파 1/2개, 양배추 1/8통, 버섯 2개, 해물 취향껏, 간장 1스푼, 설탕 1/2스푼, 굴소스 1스푼, 청주 약간

❶ 파스타면은 조리 예에 표시된 시간만큼 삶아 건지고, 면수는 30ml 정도 남겨둔다. ❷ 편으로 썬 마늘, 채 썬 양파, 양배추, 버섯을 넣어 볶는다. ❸ 야채 위에 해물과 분량의 꽁치를 으깨 볶아준 후 청주를 한 스푼 뿌린다. ❹ 볶아둔 재료 위에 면을 넣어준 후 간장, 설탕, 굴소스, 면수를 함께 넣고 1~2분 더 볶아주면 완성!

오코노미야키

한국의 전 부치기와 다른 점은 두께 말곤 없을 정도지만, 가쓰오부시가 올라가면서 완성되는 감칠맛은 오코노미야키만의 매력에 빠지게 한다.

· ·

재료 양배추 1/8개, 대파 1줄, 계란 1개, 해물 취향껏, 가쓰오부시 가루, 밀가루, 물, 식용유, 마요네즈, 오코노미야키 소스 약간

❶ 양배추와 대파를 한입 크기로 자른다. ❷ 야채에 계란, 가쓰오부시 가루 한 젓가락, 밀가루와 물을 넣어 살짝 되직하다 싶게 반죽한다. ❸ 해물은 한 줌 정도로 반죽과 잘 섞은 다음, 기름 두른 프라이팬에 도톰하게 얹어 중불에서 천천히 구워낸다. ❹ 오코노미야키 소스와 마요네즈를 듬뿍 뿌린 후 가쓰오부시를 올려 완성!

행사
광장

어제와 같은
오늘의 광장은 없습니다

오픈기념일
지라시스시

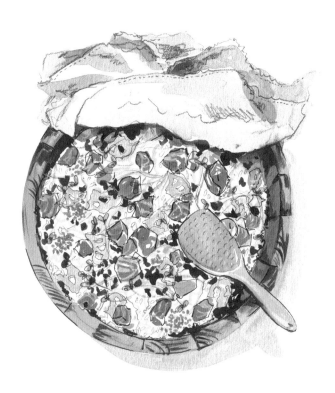

2016년 5월 20일 금요일, 광장을 오픈했다. 특별히 이날 오픈해야겠다는 생각은 없었다. 마침 공사가 끝났고 음식을 만들 수 있는 재료들이 도착했고 조리를 할 수 있는 환경이 됐다. 이번 주쯤 오픈해야겠다, 마음을 먹고 열었을 뿐이다. 주말을 앞둔 금요일이 주변 사람들도 오기 편하겠다는 생각에 그날로 정했다. 그래서 매년 5월 20일마다 파티를 한다. 거창하게 '오픈기념일'이라고 부르기로 했다.

그즈음 영화를 한 편 봤다. 다나카 유키 감독의「49일의 레시피」. 남편과 함께 시어머니를 모시며 살던 유리코는 남편의 외도와 그 여성의 임신 사실을 알게 되면서 남편을 떠난다. 이야기는 유리코가 본가로 돌아오면서 시작된다. 유리코는 친정으로 돌아왔지만, 이곳이라고 마음 편한 것만은 아니다. 최근 아버지도 함께 살던 새어머니가 사망하여 아버지 혼자 살고 있는 터였다. 이 이야기는 갑작스레 세상을 떠난 새엄마 오토미와 그녀가 두고 간 레시피 북에 대한 이야기이자, 남은 사람들이 오토미를 완전히 보내는 49재까지의 이야기이다.

오토미는 밝고 밝은 기운으로 주변 사람들을 빛으로 이끄는 사람이었다. 자신이 살던 동네의 자원봉사센터에서 일하며 가출 소녀들을 돌보기도 하고, 주변 공장에 일하러 온 외국인 노동자를 도우며 살았다. 그런 그를 기리기 위해 사람들이 모이기 시작한다. 의붓딸인 유리코는 자신도 잘 알지 못했던 오토미의 이야기를, 그리고 그녀와 연결된 사람들을 만나며 그녀와의 작별 과정인 49재를 파티로 만들기로 했다. 영화를 다 보고 나니 「빅 피시」와 결이 비슷하다고 생각했다. 다른 것들보다 죽음을 축제처럼 보여주는 시선이 가장 좋았다. 죽음을 기리는 남은 사람들의 자세가 무엇보다 감명 깊었다.

영화에는 오토미가 남긴 레시피 북에 있는 지라시스시를 다 같이 모여 만드는 장면이 있다. 팔이 아프게 부채질을 하여 밥을 식히고, 초대리(초밥용 식초)를 밥에 섞어 만드는 이 음식은 혼자보단 다 같이 만들어 먹는 음식이었다. 광장의 축제에 어울리는 음식이란 생각이 들었다. 화려한 빛깔을 내는 지라시스시는 일본에서는 히나마쓰리라 불리는 일본의 여자 어린이날인 3월 3일에 주로 먹는다. 유래를 특정할 수 없지만, 대홍수를 겪은 지역에서 지역 관리가 음식을 간소하게 먹으라는 일즙일채一汁一菜, 한 가지 국물요리와 한 가지 나물를 지시했고, 밥과 함께라면 반찬 개수로 세지 않을 요량으로 여러 가지를 섞어 먹던 데서 시작이라는 설이 가장 유력하다. 히나마쓰리에 먹게 된 유래도 확실하진 않지만 지라시스시의 화려한 모습만으로도 축제가 떠오른다.

지라시스시는 밥 위에 다양한 회와 채소를 함께 올려 먹는 일본식 비빔밥이다. 역시 밥을 고슬고슬하게 잘 짓는 게 중요하다. 밥을 한 다음 부채 등으로 잘 식혀가며 새콤달콤한 단촛물을 먹인다. 단촛물이 잘 밴 밥알은 촉촉하고 통통하고 윤기가 반지르르 흐른다. 식은 밥 위에 연어와 연어알, 날치알, 문어, 새우 등의 각종 해산물이 올라간다. 채소도 넉넉하게 쓴다. 절인 연근과 무순, 양파채 등도 올리고, 계란 지단을 부쳐 흩뿌리기도 한다. 노란색, 주황색, 붉은색, 초록색이 어우러져 보는 것만으로 꽃밭을 보는 것처럼 화사하다.

오픈기념일, 광장에서도 지라시스시를 맛볼 수 있다. 먹고 또 먹어도 다시 새롭게 양념되어 나오는 무제한 음식이다. 그날이야말로 손 큰 광장장의 기질이 십분 발휘된다. 진짜 열심히 먹어도 또 나오는 걸 보며 손님들은 이렇게 내놓아도 되는지 걱정할 정도다. 지라시스시만 나오는 게 아니기 때문이다. 여러 곁들임 소스뿐 아니라 다양한 채소와 과자를 준비하고, 손님들이 함께 먹자고 사온 디저트도 가득하다. 해마다 조금씩 종류를 달리해 요리가 더해지니 아무리 사람이 많이 와도 음식은 풍족했다. 손이 커서 양 조절이 안 되는 것도 있겠지만 사람들이 부디 배부르고 즐겁게 놀다 갔으면 하는 마음이었다. '덕분에 1년간 잘 운영했습니다! 고맙습니다!' 하는 넉넉한 마음을 음식에 담는다.

음식으로 축제를 즐기는 날이라 입장료를 받지만, 그 돈은 광장이 아닌 다른 곳에 보내진다. 광장이라는 공간을 찾고 축하하는 사람들과 만나게 해준 날을 의미 있게 보내고 싶었다. 한참을 생각하다 기부를 하는 건 어떨까 했다. 그날 수익의 일부를 기부할까, 기부금을 따로 받을까 한참 고민하다 일정 금액의 입장료를 받아 전액 기부하기로 마음먹었다.

오픈기념일 행사에 드는 돈은 진액 내가 쏘기로 했다. 기부처는 참석자들의 투표를 받는다. 후보 몇 곳은 내가 정하지만, 가능한 한 다양한 분야를 소개한다. 1회 때 빅 이슈는 단연 탄핵이었다. 대통령이 바뀌었다. 언론의 힘과 방향이 무엇보다 돋보이던 시기였다. 미디어 관련 단체를 후보군으로 올렸다. 그중 '416TV'가 선정되었다. 세월호 참사를 겪은 피해자 학생의 부모들이 당시의 언론 작태를 보다 못해 직접 발로 뛰며 취재를 다니던 개인 미디어였다. 세월호에 대해 여러 진실들이 속속 밝혀지기 시작해서인지 많은 사람들이 416TV를 그해의 기부처로 선택해주었다. 따로 연고가 있어 후보 지정을 한 것이 아니었기 때문에 지인의 지인으로 이어지는 연락망을 통해서 기부를 할 수 있었다. 전혀 모르던 곳에서 기부를 하겠다는 말에 어리둥절했던 416TV의 지성 양 부모님은 이 돈을 어떻게 써야 할지 모르겠다며 부담스러워하셨다. 그래서 어떻게 쓰는 것이 좋을까 같이 고민한 다음, 세월호의 진실을 파헤치기 위해 애써주신, 고마웠던 분들에게 음식을 대접하기로 했다.

음식을 대접하기로 한 날, 광장에 이렇게 많은 사람이 들어올 수 있나 싶을 정도로 사람들이 꽉꽉 들어찼다. 다양한 분야의 사람들이 모였다. 세상을 바꾼 평범한 의인들이었다. 행동하는 사람들이 모여 촛불을 만들고 세상을 바꾸었다. 그런 분들이 모인 공간은 그 공기만으로도 뭉클해졌다. 광화문 광장에 세월호 리본을 만드는 공작소 분들과는 몇 번 이미 안면

이 익은 탓에 빈가운 인사를 나누기도 했다. 기타를 치고 노래하며 감사 인사를 하는 부모님에 사람들은 울고 웃었다. 부끄럽게도 한마디 해달라는 말에 울컥한 마음 말곤 어떤 말도 없을 수가 없었다. 세월호 사고의 부당함을 계속 알리고 싸운 부모님들이 아니었으면 우리는 어떤 나라를 살고 있을까. 생각만으로도 아찔하다. 이분들을 지지했던 사람들이 없었으면 또 어떻게 되었을까? 이 감사 모임을 하고 광장이라는 공간으로 할 수 있는 일이 하나 더 확장되는 기분이었다. 많이 모이고, 또 많이 나눈 광장의 손님들 덕분일 것이다.

이 주년과 삼 주년에는 곪고 곪아 터져버린 여성 이슈에 대한 관심 덕에 'DSO'라는 단체가 선정되었다. DSO는 'Digital Sexual Crime Out'을 줄인말로, 디지털 성폭력의 문제점을 고발하고 공론화하는 단체였다. '일베'에서 여성을 모의 강간하자는 내용을 실시간으로 모니터링하던 사람들이 있었다. 이를 알고 트위터에서 활동하던 여성들이 주축이 되어 이 사이트를 신고했지만 소용없었다. 무력하게 대응하던 경찰의 태도에 회의가 들어, 힘을 모으기 위해 단체를 조직했다. DSO는 직접 영상들을 모니터링하고 삭제하는 방안을 논의했다. 이들의 마음에 힘을 보태는 사람이 많았다. 기부금을 전달하기 위해 단체에 연락해 함께 식사를 하며 기부금을 전달했다. 많은 이야기를 나누다 이들의 깊고 다양한 식견에 감탄에 감탄만을 쏟아냈다. 행동하는 사람들이 만들어내는 거대하고 정의로운 힘 그 자체였다. 함께 나눈 이야기들을 혼자만 듣기 아쉬웠다. 올해 또 DSO가 선정되어 기부금을 전달하며 여성운동에 대한 이야기를 들을 수 없을까 하고 문의하니 흔쾌히 하겠다는 답변이 왔다. 강의를 하는 날, 건강상의 문제로 DSO 활동을 쉬고 있는 하예나 대표가 광장에 왔다. 행사에 참석하지 못할 수도 있다고 해서 기대하지 않았는데 꽃다발과 편지를 건네주었다. 꼭 나중에 읽어보란 말에 행사를 마치고 정리를 끝낸 후 편지를 읽어내려갔다. 작년, 광장의 후원과 식사 자리에서의 이야기 덕에 도망치지 않고 단체를 잘 유지하고 버텼다는 인사였다. 광장과 DSO의 인연이 큰 행운이자 행복이었다는 편지에 뭉클하고 벅찬 기분을 느꼈다. 올해 또 DSO를 선정해준 광장러들 덕분에 나눌 수 있던 순간이었다.

처음에 기부금은 전시나 문화에 후원하고 싶었다. 첫 번째 오픈기념일에는 시국이 하도 어지러워 사회적 단체로 후보군을 선정하게 되었는데, 그 흐름이 이어지게 되었다. 기부를 하려고 보니 후원을 하고 싶은 의로운 단체들이 정말 많았다. 그 단체들이 필요 없어지는 사회가 완전히 좋은 사회가 되는 건 아니겠지만, 언젠가는 사회가 조금은 안정되어 광장의 오픈기념일 기부금으로 만들어지는 영화, 음반, 책, 전시 등이 나오는 날을 기대해본다.

이뿐만 아니다. 후원금은 오픈기념일에 모은 입장료에 한 해 동안 모은 반말 페이가 합산된다. 모자란 부분은 사비로 채워 완성한다. 절대 음식 값을 빼기나 파티 준비에 들어가는 돈을 빼지 않기로 자신과 약속했다. 파티 진행 비용과 기부금 액수가 큰 차이가 없는 데다 파티 준비로 몇 주나 정신없던 나를 본 주변 사람들은 그냥 파티를 대신해서 그만큼의 돈을 기부하는 게 낫지 않느냐 말했다. 그럴 리가. 적어도 우리에겐 즐거운 파티의 기억이 남는다. 밥과 술만 마시고 가는 공간이 아니라 공간 자체로 특별한 문화를 만들어가는 광장의 정체성을 다시 한 번 얘기할 수 있는 기회라 포기하고 싶지 않다. 무엇보다 광장을 아끼는 사람들이 모여 함께 광장을 만들어가고 있다는 것을 보여주고 싶었다. 개인을 환영하는 광장에서 작은 혼자들이 모여도 그럴듯한 큰 하나를 만들 수 있다는 걸 확인하는 날이기도 했다.

커다란 스시 통에 화려하게 펼쳐진 지라시스시를 나눠먹으며 의로운 일을 함께 나누는 기분을 느낀다. 그 기운에 힘입어 우리 주변의 약하고 어려운 것을 돕고 싶다. 내년엔 또 어떤 단체들과 인연을 맺을 수 있을까. 그리고 얼마나 많은 분들이 모여 광장의 시작을 축하해줄까 기대된다. 매년 5월 20일 광장 오픈기념일은 일상적인 영업일처럼 시작하지만, 끝나는 시간은 정해져 있지 않다. 모두가 돌아가는 시간까지 광장을 열어두고 서로서로 인사를 나눈다.

일 년에 하루뿐인 5월 20일을 광장과 함께해줘서 고맙습니다! 함께해줘 멋진 광장러들!

개개인을 환영하는 광장에서 작은 혼자들이 모여도

그럴듯한 하나를 만들 수 있는 걸 확인하는 날이기도 했다.

커다란 스시 통에 화려하게 펼쳐진 지라시스시를

나눠먹으며 의로운 일을 함께 나누는 기분을 느낀다.

전시를 시작합니다

광장을 연 이후에 한참 동안은 "여기 열려 있는 거 맞죠?" 하면서 들어오는 사람들이 많았다. 왜 그런 질문을 할까 싶어서 광장 안을 찬찬히 둘러봤다. 아무것도 없이 휑하니 빈 벽 때문일까 싶었다.

빈 벽에는 이유가 있다. 막연히 광장에서 전시를 하고 싶다고 생각하며 설계 시점부터 넓은 벽이 잘 보이는 구조로 만들었기 때문이다. 흰색에 가까운 회색으로 칠해진 안쪽의 벽, 외부 복도로 이어진 검은색 벽은 언젠가의 전시를 위해 준비해 뒀다. 하지만 실제로 전시를 꾸리자니 손이 잘 안 움직였다. 전시를 진행하기 위해 내가 해야 할 일이 뭔지 몰라서였다. 어디서부터 시작해 어디까지 해야 할까? 그림을 그리는 친구들에게 전시를 하려고 만든 공간이라는 이야기는 몇 번 했지만 한 번도 전시를 해보지 않은 광장의 빈 벽을 누군가에게 소개하기도, 소개받기도 애매했다.

그렇게 전시를 하고 싶다는 마음만으로 해가 지나가고 있었다. 이 벽은 전시할 공간이라고 주변에 두루 이야기를 해둔 덕분인지 한 해 정도 지나자 친구, 친구의 친구, 지인의 지인, 그리고 인쇄소가 많은 을지로에 자주 들르는 일러스트레이터들과 인연을 맺게 되었다. 덕분에 여러 작가와 이야기를 나눌 기회도 생겼지만, 역시 시작은 어려웠다. 인연이 좀처럼 전시로 이어지는 건 아니었다.

이화동 벽화마을을 작업한 이화상점이라는 엽서 가게를 가게 됐다. 이화상점을 둘러보며 작품들이 멋있다며 운을 띄웠다. 광장에서도 이런 전시를 하고 싶은데 어떻게 해야 할지 모르겠다고 속내를 털어놓았다. 마침 이화상점은 푸드 레시피라고 이름 붙여 음식과 레시피를 적은 엽서 시리즈를 만들고 있었다. 이화상점에서는 푸드 레시피 시리즈의 연장선상에서 광장에서도 푸드 레시피를 만들어 전시하면 어떠냐고 제안했다. 광장만의 콘텐츠로 첫 전시를 진행한다고? 듣자마자 두근거렸다. 이번에야말로 꼭 전시를 해야겠다고 결심했다.

몇 번의 미팅을 통해 콘셉트와 전시 날짜를 잡았고 전적으로 이화상점에 모든 걸 맡겼다. 우선 광장의 레시피를 이화상점에 전달했다. 이화상점에서는 광장의 레시피를 바탕으로 각 재료들을 그리고, 이름을 다국어로 적어넣으며 몇 달에 걸쳐 엽서를 완성했다. 수완 좋은 이화상점은 추가로 광장에서 판매할 수 있는 굿즈도 만들었다. 전시 준비 끝! 이화상점은 전시용 그림들을 프린트해 척척 걸어주었다. 창에도 벽에도 광장의 음식과 레시피가 적힌 귀여운 일러스트 엽서가 가득했다. 그리고 의외로 생각보다 많은 사람들이 광장의 레시피북에 관심을 가져, 지금도 꾸준히 엽서세트가 팔리고 있다. 모든 걸 작가에게 맡겨 진행되어 거의 숟가락만 얹은 것 같았지만, 그렇게 전시를 하게 된 덕분에 그다음의 전시도 진행할 수 있겠다는 자신감을 얻었다.

그림에 관심이 많아 전시회도 페어도 자주 갔다. 미술관 전시도 꾸준히 다녔다. 그러다 이 책을 함께 쓰고 그리는 박승희 작가를 알게 됐다. 처음엔 인터넷으로 그의 그림을 접했다. 아일랜드에서 일 년 가까이 여행하듯 살았다고 했다. 그림이 마음에 들어 직접 전시장을 찾아 만났을 때 광장에서 이 그림들을 전시하면 어떻겠냐고 제안했다. 그렇게 아일랜드에서 머물며 작업한 드로잉을 엽서로 만들어 전시했다. 광장에 그의 그림과 아일랜드의 소품을 붙였다. 벽 전체가 하나의 스크랩북이 되어 말로 나누던 전시가 실제로 준비되는 걸 보았다. 앞으로도 다양한 방식으로 채워질 빈 벽에 대한 설렘도 커졌다.

첫 전시와 달리 같이 참여하며 만들어 보람이 더 컸다. 마침 광장 오픈기념일 행사와 맞물려 전시 규모가 커졌다. 오픈기념일 행사니까 추가로 이벤트를 만들 수 있을 것 같아 둘이 머리를 맞댔다. 크로키를 잘 그리는 작가 덕에 현장에서 진행하는 드로잉 이벤트도 함께 진행했다. 빠른 손놀림으로 그날 온 분들의 모습을 척척 그려준 덕에 손님들도 즐거웠고, 난 뿌듯했다. 특히 아일랜드에 관심이 많은 사람들이 여행을 떠나기 전에 분위기를 알고 싶어서 온 사람들도 있었다. 비록 내가 아일랜드에 대해 아는 게 아무것도 없어서 깊은 이야기를 나누지 못했지만. 사람들은 그의 손끝에서 태어난 자신의 그림을 가져가기도, 그 모습을 구경하기도, 그리고 그의 그림을 사가기도 했다. 각자 다양한 이유로 다양하게 그림을 소화하며 그 전시를 즐겼다.

아일랜드 전시를 치러낸 이후에도 광장의 벽은 비어 있기도 하고 차 있기도 하면서 꾸준히 전시를 진행하고 있다. 전지은 작가와는 책 속 일러스트를 이용한 전시를 선보였고, 사진을 잘 찍는 지인을 설득해 도시 사진 전시도 했다. 단골손님 중 일러스트를 그리는 희숲 작가와는 교토를 실크스크린으로 표현한 「교토, 기억」 전시도 했다. 작은물 카페를 공동으로 운영하는 인혁 작가와는 「도망가는 식물 시리즈」라는 특이한 전시도 진행했다. 인공식물로 바닥에 바퀴가 달린 화분을 제

작했다. 컴퓨터 프로그래밍과 센서를 통해 사람이 다가가면 화분이 도망가는 형태의 전시였다. 전시 기간 동안 매일 아홉 시에는 식물들이 도망을 다녔다.

이제는 몇 번 전시를 진행하며 자신이 좀 붙었다. 아예 독립서점 행사나, 이벤트, 북페어에 나가 작가들을 직접 섭외하는 경우도 있다. 여행 동안 그림을 그렸고 이를 책으로 펴낸 써니 작가와의 전시, 홍콩의 좁고 높은 골목을 펜으로 그린 서선정 작가와의 전시가 그랬다. 의욕적으로 일 년간 꽉 채워 전시를 진행했다.

그 외에도 기억나는 전시가 있다. 우리의 사회적 책임을 그림에 담는 김홍모 작가의 『좁은 방』 출간 기념 원화 전시가 그랬다. 이 책은 학생운동을 하다 구치소에 수감된 주인공이 다양한 범죄를 저지르고 들어온 수형인들과 보낸 시간을 담은 책이다.

나 역시 김홍모 작가의 팬으로 더 많은 사람들이 그의 이야기를 접했으면 하는 바람에 전시를 요청했다. 김홍모 작가는 흔쾌히 좋다고 했다. 그는 광상의 주소를 묻더니 원화를 우편으로 보내왔다. 출간 시점에 맞춰 급하고 짧게 준비한 게 아쉬웠지만 원화를 실제로 볼 수 있는 것만으로도 감격스러웠다. 전시가 열리자 작가와, 그의 팬들이 이곳에 찾아주어 그림을 보고, 이야기를 들려주었다.

김홍모 작가는 다양한 사회문제에 대한 깊은 관심을 작품을 통해 보여준다. 특히 우리 시대의 이야기들, 즉 용산 참사나 세월호 문제, 제주도의 환경문제를 주시한다.

그의 취재와 준비과정만 봐도 마음 깊은 울림이 전해지는 다음 작품을 벌써 기대한다. 세월호 안에서 한 명의 사람이라도 구하려 호스를 허리에 감고 구출해 내던 파란 바지 의인 김동수 씨에 대한 이야기이기 때문이다. 이 프로젝트는 당시의 고통을 마음 깊이 느끼고 공감하고 소화하는 작가의 작업 진행 과정도 함께 볼 수 있어 더욱 기대롭다. 이 작품 또한 다음 출간에 맞춰 광장에서 전시를 하고 많은 사람들과 공유하고 싶다.

광장에서는 전시들이 여전히 이어지고 있다. 아쉬운 점이 없진 않다. 전시가 전시로만 끝나는 경우가 많다. 그다음을 생각하고 있지만 쉬운 일은 아니다. 역시 전시장이 아닌 공간에서 하는 전시란 아직도 생소할 수밖에 없다. 그렇다고 걸음을 멈출 것은 아니다. 앞으로도 꾸준하게, 다양하고 기발한 생각을 표현하는 작가들을 광장으로 초대하고 싶다. 작은 가게의 벽에 불과하지만, 벽으로만 끝나지는 않을 것이다.

더 많은 사람들이 광장의 벽을 즐겨 주었으면 하는 마음을 담는다. 광장의 벽을 적극 활용해 주세요.

전시장이 아닌 광장에서 하는 전시란

생소할 수밖에 없다.

앞으로도 꾸준하게 다양하고 기발한 생각을

표현하는 작가들을 광장으로 초대하고 싶다.

쓰다가 부르는
한 곡의 노래

벌써 몇 년 전 얘기다. 광장 오픈 날이 정해졌다. 용기가 필요했다. 마음을 가다듬고 좋아하는 뮤지션에게 메시지를 보냈다.

— 가게를 오픈합니다. 언젠가 공연도, 식사도 하는 곳이 되길 바라며 만들었어요. 공연을 위해서는 아무 준비도 되어 있지 않지만 언젠가는 당신이 노래 부를 수 있는 공간으로 만들어 이곳에 초대하고 싶어요.

공연 섭외는 못하지만 축하를 받고 싶다는 말도 함께 보냈다. 섭외를 하고 싶지만 지금은 아니라는 아쉬움을 담아 문자 하나하나를 꾹꾹 눌러 보냈다. 공연을 할 수는 없었지만, 그 용기 덕분에 좋아하는 뮤지션에게 다정한 오픈 축하 메시지를 받았다. 몇 년이 지난 지금 생각해도 얼굴이 화끈거려서 내 기억은 물론 가능하다면 뮤지션의 기억에서도 삭제하고 싶을 정도지만, 그때의 답장에 뭉클했던 기억이 떠올랐다. 광장을 잘 꾸려서 언젠가는 이분을 초대하고 싶다고 으쌰으쌰, 기분을 다지기도 했다. 하지만 그 다짐이 무색하게 정신없이 일 년이 지나갔다. 1주년 파티를 기획하며 공연이 있으면 더할 나위 없이 좋겠단 생각을 했지만 덩달아 일 년 전의 부끄러움도 함께 떠올랐다.

그즈음 광장을 자주 찾던 '쓰다'라는 뮤지션이 있었다. 인스타그램을 통해 그의 일상을 보며 멋진 뮤지션이구나 하고 막연히 생각했다. 여리여리하고 수줍은 모습으로 음식을 주문하던 광장에서의 모습과 다른 톤의 공연 영상들을 보면서 '아 언젠가 광장에서 공연을 한다면 이분도 꼭 섭외해야지' 하고 다짐했다.

1주년 파티를 준비하는 시간에 쓰다는 종종 링링을 찾았다. 자주 마주치고 인사를 주고받으며 일상의 이야기를 나눴다. 그러며 1주년 파티에 대한 이야기가 목에 맴돌았다.

— 저, 이곳에서 1주년 파티를 함께해주지 않으실래요.

하지만 생각과 달리 말이 선뜻 나오지 않아 다음을 그리고 그다음 방문을 기약했다. 결국 1주년이 거의 당도해서야 직접 문지는 못한 채 메시지 창을 열었다. 일 년 만에 다시 부끄러움을 무릅쓰고 용기를 냈다. 90퍼센트 거절일 거라 생각했다. 그에게 사적인 시간을 보내는 즐거운 공간일 이곳이 거절로 인해 어색해지면 어쩌나 하는 걱정도 들었다. 오버하는 건 아닐까? 하지만 기념파티가 바로 일주일 앞으로 다가오자, 삭제하고 싶은 기억과 붉어지는 얼굴은 어디로 갔는지 메시지를 휘리릭 보내게 되었다.

— 저…… 혹시 5월 20일에 시간 있으세요? 광장에서 공연을 하고 싶은데요.

곧 반갑고 고마운 답변이 왔다. 너무 좋아하는 공간인 광장에서 섭외가 와서 고맙다는 말과 함께 아쉽게도 그날은 미리 잡힌 공연 일정이 있다는 답이었다. 언제든 기회가 되면 광장에서 공연을 하고 싶다는 말도 함께 전해왔다. 아쉬웠지만 아쉬운 마음으로 흘려보내기엔 메시지를 보낸 용기가 무색해질 것이다. 그래, 이 기회를 놓치지 말아야 한다. 다음은 없을지도 몰라. 쓰다에게 '날짜를 잡을까요?' 하고 답변을 보냈다.

앞머리는 무성하고 뒷머리가 없는 벌거벗은 몸에 날개가 달려 있는 기회의 신, 카이로스가 떠올랐다. 늘 눈에 띌 준비가 된 카이로스는 기회를 노리고 있는 사람 앞에 무성한 앞머리로 다가간다. 기다렸던 기회를 낚아채기 쉽게 하기 위함이었으리라. 하지만 가까이 다가간 카이로스가 스쳐지나가고 알아차린들 뒷머리는 민둥머리로 잡을 곳 없이 순식간에 사라진다고 한다.

광장을 오픈한 이후 일 년을 기다리고만 있던 내게 드디어 공연이라는 기회가 다가오고 있었다. 이번이 아니면 영영 다음은 없을 것만 같은 기분이 들었다. 자 앞머리를 낚아채자! 시간이 될 때 와주세요. 공연에 대한 얘기는 만나서 해요.

쓰다는 기꺼이 광장을 찾아왔고 공연하지 못함을 아쉬워했다. 쓰다와 이야기를 나누는 동안 면목 없는 나는 다시 얼굴이 붉어질 수밖에 없었다. 이 공간에서 공연을 했으면 좋겠다고 생각하긴 했는데 공연에 대해선 아무것도 몰라요. 물론 장비도 하나 없고요. 무엇이 필요할까요? 하고 무대포로 말을 이어나갔다. 쓰다는 스케줄을 맞추고 필요한 장비를 빌릴 수 있는 곳도, 공연 진행도 모두 해결해줬다. 카이로스는 앞머리를 잡힌 채 순순히 광장으로 들어왔다. 혼자 하는 것보다 게스트가 있는 편이 좋은 것 같으니 음악을 하는 친구인 윤승을 소개해 주었고, 함께 공연하기로 했다.

6월, 날씨 좋은 토요일 늦은 오후로 날을 잡았다. 오전부터 쓰나는 생비들을 반가극 들고 성생에 보식셌나. 마이크와 스피커를 설치하고 기타를 연결한 다음 리허설을 진행했다. 장비에 대해선, 아니 공연에 대해서는 아무것도 모르기에 이리저리 선들이 연결되는 걸 신기한 눈으로 지켜보고만 있었다. 잭이 연결되는 순간 스피커는 삐익 하고 소리를 냈다. 잘못된 기계음인데도 광장에서 들리니 두근두근했다.

리허설이 진행되었다. 유튜브로민 듣던 쓰다의 음색은 더 깊게 광장을 채웠다. 한 곡을 온전히 들을 수 없는 리허설이었지만 내 머릿속엔 이미 완곡을 들은 기분이었다. 광장에서 내가 좋아하는 뮤지션의 공연이 열리다니, 아니 광장에서 공연이 열리다니, 광장에서, 광장에서!!! 하는 흥분으로 가득 찼다.

그런데 그 두근거림이 무색하게 하필 이날 배송 온 황매실 50kg은 단내를 뿜어내며 초파리들만 잔뜩 불러들이고 있었다. 광장에서 하는 첫 라이브라 홍보가 덜 되어 예약률이 높지 않았다. 안 돼, 이렇게 좋은 날 초파리라니! 파리는 안 돼, 이 나쁜 황매실들아! 이렇게 멋진 라이브를 여는데 사람이 너무 없어서 실망할 뮤지션 생각에 두근거림은 어느새 안절부절못한 마음으로 바뀌었다. 공연시간이 다가왔다.

예약한 사람은 고작 여섯 명. 좌석은 스무 석 정도인데, 사람이 얼마나 올까, 하며 걱정하는 내게 쓰다는 괜찮다며 싱긋 웃었다. 사람을 많이 모을 수 없어 미안한 표정을 내비쳤다. 내 주제에 너무 과욕을 부렸나 싶어 공연시간이 다가올수록 후회하는 마음이 들어차기 시작했다. 예약한 분들과 우연히 들린 광장의 단골손님들, 그리고 공연소식을 알렸던 지인들과 쓰다의 친구들로 찬찬히 들어차기 시작했다. 걱정과 달리 가득 찬 광장은 게스트 윤숭의 첫 곡으로 시작되었다. 그의 노래는 광장에서 처음 들었고, 광장에서밖에 들을 수 없었다. 쓰다와는 비슷한 듯 다른 음색의 윤숭의 공연이 끝나고, 쓰다가 뒤를 이었다. 모르는 노래들 사이로 유튜브에서 몇 번이나 들었던 쓰다의 「귀마개를 파세요」가 연주되었다.

귀마개를 파세요 내게 귀마개를 파세요.
누가 나를 찾던 신경 쓰지 않게,
귀마개를
누가 나를 부르던 돌아보지 않게.
쓰다, 「귀마개를 파세요」 중에서

감동을 무어라 표현할 수 있을까. 자그마한 뮤지션. 그의 어깨에 걸린 더 작은 기타. 그 여린 몸으로 표현하는 낮은 목소리와 가늠할 수 없이 성숙한 가사들. 그리고 푸른빛으로 가득 찬 창과 붉은 등 덕에 다른 세계가 만들어진 것 같았다. 광장이 조금 더 특별한 공간이 된 것만 같았다. 광장에서 공연을 한다는 것, 욕심이라고 생각했던 순간, 뮤지션에게 무례가 아닐까 걱정했던 순간, 그리고 어떤 무례와 붉게 물든 얼굴 같은 건 아무래도 좋다고 생각할 정도로 마음이 벅차올랐다.

공연이 끝나고 쓰다와 윤숭은 노래가 잘 들렸는지, 소리 조율을 제대로 하지 않은 것에 걱정을 표했지만, 이 밤의 감성에 푹 녹아버린 나는 더 많은 사람들이 그들의 노래를 들었음 하는 마음에 공연이 끝나자마자 다음 공연을 제의하고 날짜를 잡았다. 이번엔 쓰다와 윤승의 합동 라이브였다. 둘의 노래를 준비하고 열린 평일 밤의 공연은 또 다른 분위기를 선사해 주었다.

그렇게 인연이 이어져 윤승은 2주년 파티에 뮤지션으로 참가했다. 그리고 일 년 전의 공연을 회상하며 몸이 안 좋아 일도 음악도 그만두고 공연도 하지 못했던 시간을 보냈다는 이야기를 전했다. 광장에서 그해 첫 공연을 하며 다시 노래할 수 있구나 하고 용기를 얻었다는 말에 용기에 용기를 더한 순간의 힘이 얼마나 반짝였는지 다시금 깨달았다. 쓰다와 윤승이 함께한 두 번의 라이브를 하고, 일본 뮤지션인 야기 후미토모와 요시오 군, 그리고 인디뮤지션 신승은의 라이브도 열 수 있었다. 둘의 시작이 아니었으면 이어지지 않았을 공연이 열릴 때마다 둘의 라이브를 떠올린다.

앞으로도 광장에선 몇 번의 라이브가 열릴 것이다. 그날만큼은 각자의 광장이 아닌 어떤 선율에 얹어진 모두의 광장이 될 것이다. 한 공간에서 같은 음악을 들으며.

그의 어깨에 걸린 더 작은 기타.

그 여린 몸으로 표현하는 낮은 목소리와

가늠할 수 없이 성숙한 가사들.

그리고 푸른빛으로 가득 찬 창과 붉은 등 덕분에

다른 세계가 만들어진 것 같았다.

오늘의 나를 칭찬해요
『칭찬 책』

— 안녕하세요.

볕 좋은 5월, 광장의 창은 녹색으로 가득 차 있다. 여름을 준비하는 봄날의 맑은 날씨와는 조금 결이 다른 나지막하고 조용한 인사였다. 사람들은 편한 곳에 적당히 자리를 잡고 앉아 각자의 음료와 간단한 음식이 담긴 접시를 앞에 두고 말 없이 눈빛만 주고받는다.

이날의 호스트, 조제 작가를 중심에 두고 주변에 사람들이 둘러앉았다. 모두의 손에는 손바닥 정도 크기의 하얀 책이 들려 있다. 『우울증이 있는 우리들을 위한 칭찬 책』이라는 이름의 작고 흰 책을 들고 이곳에 왔다.『칭찬 책』은 우울증을 견디며 일상을 살아가는 사람들을 위한 책이다. 일상생활에서 일어나는 사소하고 아무것도 아닌 작은 일도, 이들에게는 견디기 힘든 상황이나 일일 수 있다. 조제 작가는 평범한 일상조차 누군가에게는 보내기 어려운 일이라는 걸 나누고 싶어 책을 만들었다고 했다.

物고기는 자라서 물고기가 되고,
고양이는 자라서 고양이가 된다.
물고기도 고양이도 살아 있어서 귀엽다.
나도 간신히 자라서 내가 되었다.
나도 살아 있는 날 귀여워하고 싶다.

조제,『우울증이 있는 우리들을 위한 칭찬 책』중에서

그날 광장에 모인 사람들은 작은 책에 나오는 문구를 돌아가며 함께 읽었다. 책을 다 읽자 조제 작가가 먼저 이야기를 꺼냈다. 우울과 우울 때문에 힘들었던 일상을. 세수를 하는 것도, 세 번 밥을 챙겨 먹는 것도 힘들다고 했다. 평소에 누군가 이런 말을 했다면 답변은 뻔할 가능성이 높다. 그래도 열심히 살아봐요, 혹은 조금 더 노력하세요, 같은.

이날만큼은 어쩔 수 없죠. 그만둘 수밖에 없어요. 잘했어요. 그렇게 소소하고 따뜻한 칭찬들이 지나간다. 그 칭찬에 용기를 낸 사람들이 봇물 터지듯 자신의 이야기를 쏟아냈다. 누군가는 학교를, 누군가는 회사를 다니기 어려웠던 순간을 말했다. 주변의 반응보다도, 스스로가 한심하게 느껴지는 날이 더 힘들다고 했다. 비난과 질책 대신에 공감과 이해를 나눴고 그럴 수밖에 없었다고 서로를 다독였다. 시간이 흐르면서 더 깊고 진해져 삶과 생명이 걸린 이야기들로도 이어졌다. 이날만큼은 모두 온화한 얼굴이 되어 서로를 괜찮다며 다독였다.

트위터를 보다 우연히 조제 작가(@josee_re)를 알게 됐다. 그는 『우울증이 있는 우리들을 위한 칭찬 책』, 일명 『칭찬 책』을 준비하고 있다고 했다. '살아 있으니까 귀여워'라는 문구에 끌려 들어가 보니 자신의 우울증을 사람들과 나누고 있는 동화작가 조제가 그곳에 있었다. 우울증이 심한 날, 아무것도 하지 못하던 순간에 그는 억지로 몸을 일으켜 세수를 했다고 했다. 세수조차 굉장히 힘든 상황에서, 그걸 해낸 자신은 칭찬받아 마땅하다는 생각이 들었다고 했다. 그때부터 그는 평소 일상생활에서 해야 하는 일들을 하나씩 할 때마다 자신을 칭찬해주기로 했다.

그는 세수든 샤워든 이불 밖에서 나오는 모든 일이 절대 사소한 일이 아니고 정말 잘한 일이라며 칭찬하는 글을 꾸준히 트위터에 올렸다. 사람들은 이 칭찬에 공감했다. 조제 작가는 이를 기반으로 작은 책을 준비하고 있다고 트위터에 알려왔다. 조제 작가를 알게 된 시점은 『칭찬 책』의 텀블벅 종료가 얼마 남지 않은 때였다. 순간 이 이야기를 광장에서 소개하면 어떨까 싶어 문의했다. 조제 작가는 생각지도 못한 일이지만 좋다고 답변해왔다. 텀블벅 펀딩 완료와 함께 우울증을 겪는 사람들의 이야기를 듣고 나누는 만남의 시간도 만들어보자는 이야기도 나눴다. 그리고 텀블벅 펀딩은 성공적으로 마감했다.

책이 발송될 즈음에 하자던 전시는 금세 이뤄질 수 없었다. 조제 작가는 펀딩이 진행되는 중에 우울증이 있는 지인의 안 좋은 상황을 같이 견뎌내느라 마음이 엎치락뒤치락하고 있다고 했다. 걱정되는 마음이 커 연락을 했다. 조제 작가는 생각보다 일이 늦어진다며 미안하다고 했다. 다행히도 조금 느리지만 계속 진행하겠다는 의지를 보였다. 언제든 마음의 컨디션이 좋을 때, 힘이 내킬 때 와달라고 했다. 이야기를 나눈 지 보름 정도 됐을까. 연락이 왔다. 전시의 일정과 내용을 논의하자는 연락을 받았다. 조제 작가는 펀딩의 리워드를 준비하며 광장에 방문했고, 전시회 일정과 작은 모임에 대한 이야기도 나누었다.

그렇게 만든 자리였다. 조제 작가는 마음이 힘든 사람들이라 예약한 분들이 많이 오지 않을지도 모른다며 걱정했다. 혹여 오지 않더라도 이해해달라고 했다. 약속한 것을 지키지 못한 건 마음의 아픔에 못 이긴 것이라고, 다리가 부러져 약속 장소에 오지 못한 사람을 나무라지 않는 것과 같다는 말도 했다. 그 이야기에 아아— 하고 깨달았다. 그래도 힘을 내 일상을 지켜나가야지 하는 말을 위로랍시고 건네던 몇 번의 내가 생각났고 얼굴이 달아올랐다. 우울증에 대해서 아무것도 모르면서 나의 우울만으로 우울증에 대해 안다는 듯이 이야기한 순간들이 스쳐 지나갔다. 우울증을 앓는 누군가가 약속을 미루거나 깨던 때를 떠올렸다. 마음의 병을 이기지 못한 순간이었을 텐데, 그래도 애를 써서 나에게 연락을 해준 것이었을 텐데, 마냥 비난했던 순간들이 내게도 있었다. 쉬라는 말 대신 섭섭하다고 답했던 내가 있었다.

우울증을 겪어보지 않은 대부분의 사람들은 우울이라는 감정을 순간의 투정이나 의지로 해결할 수 있는 것으로 생각하기 쉽다. 조제 작가의 책을 읽고 나서야 아니라는 걸 알게 됐다. 세수를 한 것만으로도 칭찬받아야 될 정도로 일상생활이 힘든 병이라는 걸 알고 나자 다리가 부러지거나 팔이 부러진 것보다 오히려 더 크게 여겨져야 하지 않을까 하는 생각이 들었다. 증상이 외상으로 드러나지 않아 더 가볍게 취급되었을 것이고, 그에 마음이 아픈 사람들에게 더 상처를 주게 되는 악순환이었을 것이다. 겪어보지 않은 병의 경중을 본인이 아니고는 누구도 어떤 말도 얹을 수 없다.

그렇게 조제의 「살아 있어서 귀여워」 전시가 열렸다. 전시 기간 동안 많은 사람들이 다녀갔다. 사람들은 『칭찬 책』과 칭찬 일기, 그리고 조제 작가의 책들을 관람하고 구입했다. 연령도 다양했다. 교복을 입은 학생들도 광장에 왔다. 전시만 관람

하고 가도 되냐고 묻고 온 분들도 있었다. 작은 전시를 한참 동안 보고는 새빨개진 눈과 그렁그렁한 눈망울로 인사도 없이 훌쩍 나가는 분도 만났다.

이제껏 광장에서 열었던 그 어떤 전시보다도 관객들의 표정 변화가 눈에 띄는 전시였다. 전시 기간 동안 광장에 자주 방문해준 조제 작가 덕분에 전시를 보러 온 분들이 전시뿐 아니라 작가와 직접 만나고 이야기를 나누는 시간도 여러 번이었다. 조제 작가를 만난 관람자들의 기쁨은 어디에도 비교할 수 없을 정도로 든든한 내 편을 만난 듯 보였다. 우울증을 겪은 사람들이 서로 반가워하며 뜨거운 눈빛을 마주하고 있는 장면을 보노라면 트위터에서 『칭찬 책』을 보게 된 것도, 망설임 없이 연락한 나도, 흔쾌히 전시를 결정해준 조제 작가에게도 고마운 마음이 들었다.

『칭찬 책』 전시를 준비하며 몇몇 지인들이 떠올랐다. 나 역시 그들에게 선물할 『칭찬 책』과 칭찬 일기를 샀다. 인연이 닿아 있는 사람도 인연이 끊어진 사람도 생각났다. 그 인연을 다시 이어붙일 용기는 나지 않았다. 나에게 다정하게 친밀해줄 수 있는 사람에게 『칭찬 책』을 전달했다. 책을 전해준 이는 얼마인가 지나고는 쑥스러워하며 이야기를 전했다. 그가 책을 보고 얼마 지나지 않아 상담을 받기 시작했다는 말이었다. 자신이 하지 못하는 일상은 마음의 어느 부분이 고장난 것이었고 그 부분을 고치기 위한 상담은 어려워하거나 부끄러워

할 일이 아니라는 걸 알게 돼 용기를 내 병원에 갔다고 했다. 병명을 진단받고 치료를 하고 약을 먹으며 조금은 잘 자게 되었다며 이야기를 전해주었다.

지인의 용기에 응원과 칭찬을 잔뜩 보냈다. 전시가 끝나고도 한참 동안 책을 구입할 수 있는지 문의가 있을 정도로 큰 울림을 전한 전시였다. 펀딩 사이트는 이미 종료되어 조제 작가의 개인 계정에 직접 문의해야 해서 아쉬운 마음이 들었다.

그 아쉬움을 누군가는 알았는지 그의 책은 다시『살아 있어서 귀여워』라는 이름을 달고 출간되었다. 더 많은 칭찬들과 위로로 마음을 다독여주겠다고 생각하니 벌써 마음이 뭉클하다.『칭찬 책』은 우울함을 겪는 사람에게도 큰 위로가 되겠지만, 우울함을 한때 겪고 지나가는 것처럼 생각하고 다그치는 사람들에게 생각 전환의 길라잡이가 될 것이다. 작은 공간에서 진행되었던 전시인 만큼 많이 알려지지는 않겠지만 몇 안 되는 누군가의 마음에 가닿아 작은 변화라도 일으키게 된다면 하는 마음에 또 새로운 위로를 찾는 것 같다. 그의『칭찬 책』이 그랬듯이.

FOOD & PEOPLE IN GWANGZANG

내 이야기는
내 이야기입니다

　여성의 날, 비건 파티, 416TV 후원, DSO 후원, 조선학교
차별반대 집회, 퀴어 파티, 탄핵 축제, 여성영화제 상영. 광장
은 여러 정치적, 사회적 이슈에 관심을 보여왔다. 우리는 같이
슬퍼하고 같이 즐거워했다. 광장을 운영하기 이전부터 관심
있는 부분들을 지속적으로 응원하고 공유하고 싶었다. 그래
서 광장을 운영하며 참 많은 소리를 냈다. 개인의 의견이지만
광장이라는 공간과 함께 더 크고 깊게 울리는 것 같다.

　나의 외침에 가까운 의견에 사람들은 늘 걱정했다. 정치적
인 이슈에 명확한 입장을 밝힐 때 걱정은 더 커졌다. 그러다가

무슨 일이라도 당하면 어째, 하며 그들의 걱정은 늘 흐린 문장으로 끝났다. 서로의 의견이 다르다는 걸 인정하지 못하는 사람도 있고, 개중에 비이성적인 사람도 존재한다는 말이었다. 그들의 걱정이 고마워, "에이, 걱정이 너무 많다" 하고 능을 치며 웃었는데 실제로 불쾌한 상황은 자주 일어났다. 광장 안에 부착된 문구만 보고도 불쾌한 표정을 짓는 사람이 적지 않았다. 혀를 차며 고개를 내젓기도 했고, 가게 문을 부서져라 차고 나가는 순간도 경험했다. 문에 붙여놓은 공지를 훼손하고 떠난 사람도 있었다. 그들은 "이런 걸 하면 세상이 바뀌어요?" 되물으며 광장 벽에 붙여놓은 문구를 두고 시비를 걸었다.

실제로 나는 아직 큰 목소리를 내지도 큰 행동을 하지도 않았지만 친구들의 우려 그대로 자주 공격받았다. 화가 났지만 어디에 화를 내야 할지 몰랐다. 공격하는 그들에게 광장에서 나가달라는 말을 하는 것이 내가 할 수 있는 최선의 공격이자 방어였다. 가끔은 광장이 아주 유명해져 이 가게에서의 소리 하나하나가 많은 사람에게 닿을 만큼 영향력이 커졌으면 하는 마음도 들었다. 하지만 반대 의견을 가진 사람들이 일부러 찾아와 내가 도리어 큰 화를 입진 않을까 하는 걱정도 함께 들었다. 왜 의견을 이야기하는 것만으로도 생의 순간을 걱정해야 되는 걸까. 이야기를 한 것뿐인데.

나는 늘 차별의 언저리에서 살아왔다. 사람들은 보편적이고 익숙한 것만 취했다. 다르게 보이는 것만으로도 불편해 했다. 그들은 외면하려 들었고, 그게 안 될 때는 외면하는 척했다. 나는 다름을 틀림으로 외면하려 애쓰는 사람의 비겁함에 화를 내고, 그들의 어깨를 잡고 흔들며 생떼를 부리기도 했다. 이렇게라도 해야 이야기가 들릴 것 같아서 버둥거렸다.

하지만 사람들의 반응은 반대였다. 소리치는 나를 나무랐다. 차별을 차별이라 크게 이야기한 것이 모두를 불편하게 했다며 나를 손가락질했다. 가만히 있으면 다 알아서 네 차례까지 돌아갈 거라며, 기다리라는 말을 쉽게 뱉었다. 하지만 사회엔 늘 다양한 문제가 있었고 기다려서만은 어떤 문제도 해결되지 않았다. 단체가 되면 나도 똑같이 맞춰야 하는 규칙들이나 학교의 단체 체벌 등 다양한 관습들도 그랬다. 그때부터 나는 이야기를 시작했다. 오래오래 계속 이야기했다. 계속되는 이야기를 외면하는 데에는 분명 한계가 있었다. 한 번, 두 번, 세 번, 이야기가 이어질 때마다 사람들은 불편해 하며 귀를 막았다. 하지만 어느 순간 그 불편함을 못 이겨 들어주는 사람이 생겨났다. 이야기를 나누고 이해하고 공감하는 사람이 생기면 그 주변이 조금은 이해하는 색으로 물들어갔다. 조금씩 내 주변만이라도 바뀌어가는 사회를 경험하며 나는 지금의 내가 되었다.

광장에서 하는 이야기는 내가 개인으로서 이제껏 하던 이야기와 크게 다를 바 없다. 이야기의 종류가 다양해졌지만 깊이는 조금 얕아졌을지도 모른다. 몇 가지 이야기들에 집중하던 것에서 벗어나 다양한 소수성에 눈뜨게 되었기 때문이다. 하나의 이슈를 보다 보면 또 다른 이슈들에 눈이 뜨였다. 이런 것조차 모르고 있었구나 하며 새로운 것을 파고드는 걸 반복하고 있다.

처음엔 혼자 식당을 이용할 때 겪던 차별과 불편함에 반대해서 광장을 열었다. 그래서 '혼자 오면 더 좋은 술집'이라 이름을 붙였다. 혼자 와도 어색하지 않은, 오히려 혼자가 좋은, 단체로는 이용할 수 없는 가게를 만들었다. 그러자 소수자들의 다양한 이야기를 들을 기회가 많아졌다. 그렇게 알게 된 게 여성의 날이었다. 여성 이슈에 사회적 관심이 들끓던 시기가 되어서야 알게 되었다. 제대로 맞이한 여성의 날인만큼, 여성만을 위한 음료 할인 이벤트를 진행했다. 여성의 날에 대해 모르는 사람에게는 이날의 취지에 대해 설명도 했다. 왜 여성만 할인을 해주는지 볼멘소리를 하는 사람에게는 이야기를 나누며 여성이 겪는 임금격차의 차별에 대해 이야기할 기회를 가지기도 했다. 여성대회에 참가한 사람들은 일부러 광장을 찾아와 흰 장미를 주며 서로를 응원했다. 꽃의 나약함이 우리의 이야기를 전달할 수 있을까 하는 생각을 한 순간도 있었지만, 꽃은 정해진 의미만을 전달하는 생물이 아니기에 우리의 뜻을 담아 주고받는 것의 의미를 새롭게 만들 수도 있다는 생각이 들었다.

치앙마이에서 휴가를 보낸 다음에는 비건에 관심이 생겼

다. 동시에 동물권에 대해 더 자주 생각했다. 비건을 공부하는 동안 당장이라도 비건식을 하겠다고 선언해야 될 것 같은 조급함이 들었다. 하지만 비건 이슈를 마주할 때마다 나는 절대로 고기 요리의 그 맛을 버리지 못할 거라는 생각이 확신처럼 들었다. 고기 없이 살 수 없을까. 불가능하다는 결론에 이르렀다. 결국 요리를 하는 직업에 기대 숨었다. 한 회사를 불매하는 것만큼 비건을 선택하기 쉽지 않았던 이유는 내 생활을 적지 않게 바꾸어야 한다는 부담이 더 컸기 때문이었다.

아예 잊은 건 아니었다. 일상적인 고기 소비를 조금은 줄여보려 노력했다. 줄일 수는 있었지만, 완전히 고기를 먹지 않는다는 건 어려웠다. 그러자 광장에서 비건 음식을 만들거나 이벤트를 해도 될까 하는 의구심도 들었다. 그렇게 비건에 관심을 가지고 다양한 채널을 통해 채식과 비건에 대해 공부하다 비건 지향이라는 말을 만났다.

비건 지향은 자신이 할 수 있는 방향을 가지고 작은 실천부터 해나가는 것이다. 작게는 가죽 옷을 입지 않는 것, 동물원이나 수족관에 가지 않는 것도 비건을 향한 길이다. 덕분에 막연했던 비건 지향에 대한 감각과, 실천하기 어려웠던 비건 라이프, 그리고 고기를 먹지 않아야 한다는 부담감을 조금 덜수 있었다. 그 마음을 담아 광장에서 비건 파티도 열었다. 비건 파티에 참여한 사람들은 적어도 하루쯤은 비건식을 즐기면서 동물의 권리와 비건을 지향하는 것에 대해 생각해볼 수 있는 시간을 가질 수 있다. 일반적인 식당에서 비건식을 즐기게 되면 채식에 대한 막연한 부담이나 어려움을 조금은 쉽게 받아들일 수 있지 않을까 싶었다. 그 마음을 알아주는 것일까. 광장의 비건 파티에는 비건식을 일상적으로 하지 않는 분들이 많이 참여해 비건식에 대한 긍정적인 반응들을 보여주고 간다.

광장에서는 독립영화도 응원한다. 돈으로 돈을 벌기 위해 만들어지는 대형 블록버스터에 눌려, 쉽게 볼 수 없는 영화를 응원한다. 괜찮은 시나리오로 경쟁을 통해 제작지원을 받아 만들어진 영화지만, 마케팅도 상영할 스크린도 없어 관객과 만날 수 없는 경우가 많다. 그러다 겨우 극장에 걸어도 텅텅 빈 객석을 마주해야 하는 영화도 있다. 유수의 영화제에 초청되어도 다음 작품 제작은 불투명한 독립영화 감독들을 응원하고 싶었다. 영화 티켓만큼의 가격으로 식사나 음료티켓 이벤트를 열어도 참여자가 많지 않다. 그래도 계속 하는 이유는 한 사람이라도 이 영화의 존재에 대해 알게 된다면 하는 마음에서였다. 이런 영화도 있다는 걸 알게 되면 마냥 재미없고 지루하다고 느낄 수 있는 독립영화에 무슨 맛이 있어 저렇게 응원을 할까 하는 맘도 들지 않을까.

그렇게 계속 이야기를 한다. 광장을 통해서 하는 이야기에 누군가는 불편할 수도 있고 적대적으로 대할 수도 있다. 하지만 우리는 공장에서 찍어낸 공산품이 아니다. 다양한 생김새를 지녔고, 다양한 기분을 표현하고 다양한 생각을 한다. 사회가 하나의 답을 요구한다고 해도 모두의 마음까지는 지배할 수 없다. 그 다양성의 한 점을 광장은 이야기하고 있다.

많은 사람들이 평화롭게 느끼는 이 세상을 뒤집어버리겠다는 기분으로 대하는 건 아니다. 하지만 이렇게 생각하는 사람도 있다고 이야기하고 싶다. 다른 생각을 얘기해도 위협받거나 차별받지 않는 세상, 적어도 내가 일상적으로 살아가는 곳에서는 다름을 얘기하면서 살아가고 싶다.

『계간 홀로』 5주년
55잔을 씁니다

독립 잡지 『계간 홀로』는 '전방위, 무정형, 비연애 인구 전용 잡지'로 연애하지 않을 자유를 부르짖는다. 연애하는 게 당연하고, 연애하는 자들만 아름답게 포장되는 사회다 보니 그틀에 포함되지 않는 사람들을 위해 이런 잡지도 생긴다.

광장을 운영하기 이전부터 관심 있게 지켜보던 잡지였는데, 나 홀로 참석하는 파티였던 「랜선에서 광장으로」의 기획자의 소개로 『계간 홀로』 편집장을 만나 이야기를 나눌 기회가 있었다. 그날 우리는 홀로여도 충분히 즐거운 삶에 대한 이야기를 시작으로, 연애하는 것을 지상 최대의 목표로 삼는 사회까지 심도 있는 이야기를 나눌 수 있었다. 인생의 과제 중에서 결혼을 순위 밖으로 미뤄두고 있는 우리들이라 더더욱 이야기가 잘 통했다.

사실 대화라기보다는 『계간 홀로』를 내며 혼자가 되기로 선택한 사람들의 삶을 몇 년 동안 관찰하고 이야기를 풀어냈던 그의 이야기를 듣는 쪽이었다. 그것만으로도 해방되는 느낌이었다. 이후 광장에서 여러 행사를 진행하면서 더 많은 이야기를 나누었다. 그렇게 몇 번의 이야기를 나눈 덕에 『계간 홀로』 11호에는 「랜선에서 광장으로」 기획자 인터뷰가 실렸다. 이어 『계간 홀로』 12호에는 밤샘 홀로 크리스마스 파티인 「메리 광장 크리스마스」 이야기를 기고할 기회도 있었다.

『계간 홀로』는 벌써 육 년 동안 14호를 발행한 잡지다. 무가지로 시작해 이제는 어엿한 유료 잡지로 스타일도 변경했고, 지금은 독립 잡지 출판계의 조성님으로 자리 잡았다. 이 잡지의 편집장인 진송 씨는 늘 이름만 유명한 잡지라고 이야기하지만, 오 년 동안 혼자 잡지에 글을 쓰고, 필자를 모으고, 편집을 하고, 잡지를 내는 과정을 계속 이어간 그 자체가 역사다. 그것도 혼자서!

『계간 홀로』는 사회에서 일반적으로 받아들여지는 관념과 다른 길을 안내한다. 초반의 『계간 홀로』가 풀어내는 이야기는 지식의 양이 방대하고 읽기 쉽지 않았다. 회가 거듭될수록 참여하는 필진이 늘어나고 일상에 밀접하지만 간과하고 있던 부분들에 대해 많이 다뤄졌다. 더 읽고 싶은 내용이 많아졌다(광장에 대한 글이 자주 나와서 그런 건 아닙니다).

『계간 홀로』 속에서 사회와 인간관계는 끊임없이 탐구하고 확장되고 발전된다. 특히 이곳에서 다루는 비연애 담론은 우리 사회가 무엇을 정상 연애로 승인하고 다른 연애를 탄압하는지에 대해 다시 한 번 생각하게 한다. 정상이란 과연 무엇일까? 정상적인 연애라는 것을 정의할 수 있나? 연애하라고 등 떠미는 사회에서 용인되는 연애, 말 그대로 정상 연애라는 것이 얼마나 편협한 감각이었는지 깨닫게 한다.

『계간 홀로』는 매번 텀블벅을 통해 인쇄를 진행한다. 매 호마다 다른, 다양한 리워드가 있는데 그 리워드가 잡지만큼이나 흥미진진해 늘 다음 호를 기다리게 된다. 나와 딱 맞는 B급 감성으로 점철된 편집장의 센스가 똘똘 뭉쳐 있기 때문이었다. 늘 낄낄 웃음이 터지는 문구들이 스티커와 접착식 메모지가 되고 이에 어울리는 '어떤 물건'이 나타난다. 13호에서는 '연애 타도 성냥'을 제작했는데, 광장 손님들과 나누면 좋을 것 같아 성냥만 잔뜩 리워드로 구입 가능한지 물었고 늘 그렇듯 어마무시하게 제작하는 큰 손 편집장 진송 씨는 두 팔 벌려 환영하며 성냥을 잔뜩 풀어주었을 만큼, 『계간 홀로』 텀블벅은 놓칠 수 없는 이벤트가 되었다.

『계간 홀로』와의 인연은 광장의 이벤트로 이어졌다. 그간 『계간 홀로』를 아끼고 사랑해준 독자들을 위한 출간 5주년 행사였다. 「계간 홀로와 55병의 맥주들」이라는 이름의 광장 이벤트는 잡지 창간 5주년을 맞아 55명의 독자들에게 음료를 쏘는 것이었다. 광장에 놓인 『계간 홀로』를 찾아 사진을 찍고 SNS에 올리면 되는 이벤트였다.

13호 출간 리워드 중 하나였던 출간기념회 겸 후원자 보고회도 광장에서 열렸다. 올해는 채식을 하는 분들이 많이 참여했다. 간단한 다과를 준비하는 과정에서 진송 씨는 비건 메뉴를 위주로 준비될 수 있는지를 물었다. 지방바이늘 나녀온 후 채식에 대한 관심이 커져 있던 터라 이참에 더 공부해보기로 했다. 그 덕에 다양한 비건 레시피를 바탕으로 비건 음식을 만들게 되었다. 비건 마요네즈를 원재료로 한 마요네즈 와사비는 비건뿐만 아니라 일반식을 하는 사람들에게도 폭발적인 반응을 불러 일으켰다. 그 엄청난 반응 덕에 비건 마요 와사비를 이용한 메뉴가 새 시즌에 등장하기도 했다.

　새로운 『계간 홀로』가 출간될 때마다 진송 씨는 늘 몇 부 따로 챙겨서 광장에 보낸다. 광장에서 유일하게 판매하고 있는 책이다. 광장은 책을 전문적으로 판매하는 곳이 아니지만, 이곳 분위기와 지향점을 아껴주는 손님들이 『계간 홀로』를 사간다. 손님들은 이 잡지와 광장이 아주 잘 어울린다고 말한다. 어떤 분은 집에 가는 길에도 광장 기분을 느끼기 위해 이 책을 읽어야겠다며 구입한다. 아직 광장에서 하고 있는 일들은 『계간 홀로』가 탐구하고 보여주는 것처럼 넓고 깊고 다양하지는 않다. 하지만 둘 다 소수의 다양함을 지지하고, 여러 담론이 공격받지 않고 공존할 수 있는 세계를 만들어 가는 점에서는 많이 닮아 있다. 앞으로도 『계간 홀로』의 개그감 듬뿍 담은 깊은 이야기들을 잘 흡수해서 광장에서도 꾸준히 풀어나가고 싶다.

　그나저나 편집장님 다음 『계간 홀로』는 언제 나오나요? 계간지 아니었던가요?

기억을 나누고 기록을 남기며
내가 즐겁게 먹었던 음식들을
맛있게 먹어주는 사람들을 보았다.
그 광경을 보는 것만으로도 행복해다。

반말로 주문하면
음식값이 두 배입니다

처음 보는 사람에게 반말을 듣는 것만큼 불쾌한 경험은 없다. 처음 본 사이에 인사를 하자마자 대뜸 나이를 묻는 사람도 부지기수다. 말 자체보다 그 안에 담긴 속뜻이 무언지 알기 때문에 불쾌하다. 내가 너보다는 나이가 많으니 말을 놓아도 되겠냐고 말하는 사람도 같은 맥락에서 마찬가지다.

광장을 오픈한 당시, 반말로 주문하는 사람들 때문에 스트레스가 어마어마했다. 안 되겠다 싶어 반말로 주문하는 사람에게 반말로 대답하겠다는 원칙을 가지고 가게를 운영했지만, 반말 자체를 유쾌하게 쓰는 편이 아니었기에 늘 찝찝한 기분이 들었다. 그러다 단골손님과 친구들이 이곳에, 그리고 나에 대해 쓴 글을 봤다며 블로그 링크를 보내왔다. 인지도 높은 블로거의 광장 방문 후기였다. 광장장이 반말투로 주문을 받았다고 했다. 평소 반말에 대해 어떤 생각을 가지고 있는지 아는 사람들은 화를 냈다. 보다 못한 단골손님이 댓글을 달았다. 이곳은 반말을 하는 사람에게 반말로 응대한다고요. 그러자 블로거가, 자신은 초등학생에게도 존댓말 쓰는 사람이라고 응수했다.

땅! 하고 뒤통수를 맞듯 깨달음을 얻었다. 초등학생에게도 의식하면서 존댓말을 쓰는 사람이 서비스업 종사자에게는 하지 않았다는 것을 인지하지 못하는구나. 반말로 이야기하는 사람들은 일부러 상대의 기분을 상하게 하려고 반말을 하는 게 아니다. 반말하는 상대에게는 예의를 차려 말할 필요를 느끼지 못하는 것이다. 무의식적으로 반말을 하는 것이라는 걸 그제야, 비로소, 겨우 깨달았다. 반말을 하는 사람에게 내가 반말로 대응하는 것은 쓸데없는 에너지 낭비였다. 그때부터 반말을 하는 것을 그만두고 반말을 하는 경우 다른 형태의 보상을 제안했다.

— '반말 페이, 반말로 주문하면 두 배로 받습니다.'

같은 내용을 가게 안쪽에 세워둔 커다란 음식 메뉴판에도 적었고, 테이블마다 올려놓은 작은 메뉴판에도 적었다. 혹시라도 놓칠세라 카운터 앞쪽에도 써서 붙여두었다. 메뉴판을 보던 사람들은 '반말 페이'라는 문구를 보고 웃었다. 장난처럼 받아들이는 사람도 없진 않았다. 실제로 있냐고 묻는 사람들도 있었다. 그렇다고 대답하면 '어휴 아저씨들!' 하며 반말하는 중년층을 지칭하며 절레절레 고개를 흔드는 사람들도 있었다. 아주 틀린 말은 아니었지만 광장에서 반말을 하는 사람은 남녀를 불문하고 20대 초중반이 압도적으로 많았다. 그 사실을 이야기하면 손님들은 백이면 백 놀랐다.

— 존댓말이 익숙한 사람은 알지 못하는 다른 세계가 있나 봐요.

농담처럼 말했지만, 어느 순간부턴 실제로 그런 세계가 있는 게 아닐까 궁금해질 정도로 반말로 주문을 하는 사람이 많았다. 반말 페이 제도를 시행하면서는 조금은 마음이 편해지지 않을까 했다. 현실은 달랐다. 욕을 먹으면서도 이 제도를 만들길 잘했다고 생각한 순간보다, 괜히 만들었나 싶었던 순간이 더 많았다. 반말 페이를 시작하고 스트레스가 줄기는커녕 더 늘어났다.

— 이곳 광장에는 반말 페이라는 제도가 있습니다. 이 경우에는 음식값의 두 배를 지불하셔야 합니다.

이제껏 편하게 쓰던 주문 방식을 사용하면 벌금처럼 음식값을 두 배로 내야 하는 이곳, 광장은 불꽃 튀는 싸움터가 되었다. 주문을 받을 때, 나는 그들의 '요'를 기다렸지만 끝까지 나오지 않는 경우에 이렇게 설명한다. 황당한 표정을 짓거나 화내는 사람들은 당연하게도 음식 주문을 취소하고 나가는 경우를 선택했다. 나가는 사람들만큼이나 항의를 하는 사람도 많았다.

　반말 페이에 항의하는 사람들의 대답은 몇 가지로 나뉜다. 크게는 반말을 인정한 경우와 아닌 경우다. 일단, 인정한 경우는 '나는 당신의 기분을 상하게 하려고 하지 않았다'는 걸 강조하거나 '반말 페이 제도를 더 눈에 띄게 적어 놓았어야 되는 것 아니냐'고 화를 낸다. 그나마 인정하는 경우는 대화를 통해 상황을 설명할 수 있다. 문제는 인정하지 않는 경우다. '단어로 주문하는 게 뭐가 반말이냐'라는 항의를 가장 많이 받는다.

　'맥주 한 잔', '카레 하나'라는 주문이 반말이 아닌 세상을 나는 알지 못한다. 음식명만 끊어 말하는 게 반말이냐고 물을 수 있다. 그 말을 자신이 가장 어려워하는 사람에게도 같은 방식으로 말할 수 있을까 생각해보면 답이 나온다. 그렇기에 이 단어만 나열하는 건 명백하게 반말이다. 나에게 단어만 던진 사람은 자신이 처음 만나는 직장 또는 외부의 사람에게 존댓말을 잘 구사할지도 모른다. 하지만 나에게는 이런 시늘비고 없는 단어만을 나열했다. 그리고 나는 기계가 아니고 사람이다. 명령어를 입력하면 대답을 출력하는 컴퓨터가 아니다. 그러니 당연히 단어만의 주문 역시 반말 페이를 적용했다.

　어느 곳에서도 자신의 주문이 문제된 적이 없고, 여기가 상식적이지 않다는 말도 들어봤다. 돈 벌려고 별짓을 다 한다는 얘기도 들어봤다. 빈말 페이를 제도화한 건 돈을 더 받기 위해서가 아니다. '나는 당신의 반말에 마음이 상했으니 음식을 제공할 수 없다'는 의미가 컸다.

반말 페이는 일 년 동안 모두 기록한다. 이때 받은 돈은 따로 보관한 다음, 광장 오픈기념일 파티 때 모인 입장료와 함께 그해의 기부처에 보낸다. 솔직히 말하면 돈을 더 내고 먹고 가는 사람이 있을 거라고는 생각하지도 못했다. 당신의 반말이 내 감정을 불쾌하게 만들었고, 다시 돌아오지 못한 시간에 대한 보상을 받고 싶은 마음에 매긴 가격이었다. 반말 페이를 안내하면 사과하는 분들도 있다. 하지만 이 제도를 운영하면서 그냥 나간 사람보다, 반말 페이를 내고 먹고 간 사람보다도 사과한 사람이 적었다. 이 년이 넘도록 사과한 사람은 다섯 손가락을 넘어가지 않는다. 서비스업을 하는 사람에게 잘못을 사과하는 것보다 음식을 먹지 않고 다른 식당을 가는 것이 그들에게 자존심이 덜 상하는 일이라는 게 느껴졌다.

돈을 내고 먹는 사람들은 보통 일행과 오는 경우인데 어느 날은 혼자 왔음에도 반말 페이를 내고 카운터에 앉아 음식을 먹는 사람이 있었다. 바로 앞에서 얼굴을 마주해야 해서 좀 껄끄러운 기분이었지만 자리를 지정해서 안내하지 않기에 따로 불편함을 표시할 수는 없었다. 그런데 식사를 마친 다음 추가 주문을 해준 덕분에 의문을 해소할 수 있었다. 그는 처음 반말 페이에 대해 들었을 때는 기분이 상했지만, 지인에게 광장에 대한 이야기를 듣고 일부러 을지로에 온 거라 다른 곳을 찾느니 이곳에서 그냥 먹는 게 나을 것 같아 돈을 냈다고 했다. 먹는 동안 이야기를 곱씹으며 단어만 말하는 주문이 반말로 들릴 수 있겠다고 생각했고, 당연하게도 반말을 듣는다면 기분이 상하겠구나 하는 걸 깨달아 미안한 마음이 들었다고 했다. 그는 사과한 뒤 또 오겠다고 인사하고 나섰다. 물론 이런 경우만 있는 건 아니다. 상황이 점점 악화돼 경찰을 불러야 할 정도로 험한 상황으로 발전한 경우도 있었다.

　반말 페이로 실랑이를 하고 나면 마음이 뾰족해진다. 어떤 삐죽하고 예민한 순간들이 겹쳐 음식을 할 때 그 마음이 담긴 음식을 내는 건 속이 상한다. 그렇게 지친 마음은 불친절이 되어 상대의 귀중한 시간을 불쾌하게 만들기도 했다. 그래서인지 반말 페이에 대해 말을 하다 보면 내가 옳지 않습니까, 여러분? 하고 호도하는 식이 되거나 변명하는 말투가 되었다. 오래 고민하다 이 내용은 쓰지 말자고 생각한 적도 있다. 하지만 반말 페이를 얘기했던 순간들 중에 미안한 마음이 들었던 두 사람이 생각나 쓰기로 마음먹었다.

　한 사람은 광장에 처음 온 남자 손님이었다. 주문을 하는데 잘 안 들렸다. 다시 묻자, "치킨남방" 한마디의 대답이었다. 반말 페이가 있다고 얘기하자 그는 조금 놀란 표정을 지었지만 별 말 없이 음식값을 치렀다. 그는 음식을 가지러 와서는 내게 말을 했다. 자신은 반말로 주문하지 않았고, 내가 잘못

들은 것 같아 단어만 명확하게 다시 이야기한 거라고 말했다. 그리고 내가 반말로 들었다면 계산을 무를 생각은 없다고 했다. 그 손님이 자리로 돌아가고 아르바이트생이 말을 보탰다. 저분이 첫 번째로 주문할 때 존댓말을 하는 걸 들었다고 했다. 당연히 내가 잘못 들을 수 있다. 아르바이트생과 이야기하고 나서 손님에게 잘못 들었다고 사과했다. 다행히도 사과를 받아주었다. 하지만 그게 그의 처음이자 마지막 방문이었다. 사과를 받아들였지만 불쾌함이 사라지지는 않았을 것이다.

다른 한 사람은 몇 번 광장을 찾았던 여자 손님이었다. 늘 혼자 와서 맥주 한두 잔을 마시곤 했다. 하지만 그날은 '주세요' 라는 뒷말을 들을 수 없었다. 나는 반말 페이를 얘기했고, 그녀는 존댓말로 주문했다고 답했다. 내가 못 들었다고 말하자 무표정한 얼굴로 나를 잠깐 바라보더니 그대로 광장을 떠났고 그 이후로 볼 수 없었다.

그녀가 떠난 뒤에도 오랫동안 그 유난히 지친 표정이 잊히지 않았다. 혹시 피로의 무게에 흐려진 끝말을 듣지 못한 걸까 하는 생각이 들었다. 일부러 광장을 찾았을 텐데 내가 얼마나 원망스러울까 하는 마음도 들었다. 항의하고 따질 힘도 느껴지지 않던 표정, 그 지친 모습은 몇 해가 지난 지금도 잊히질 않는다. 광장을 꾸려가며 피로에 잠식된 어느 날의 내 모습을 본 것 같아서였다. 여유 없는 미숙함 때문에 광장을 찾은 사람의 마음을 상하게 했다는 생각에 아직도 마음이 무겁다.

반말을 하는 사람들을 나쁜 사람이라고는 할 수 없다. 하지만 명확하게 말할 필요 없는 상대, 중요하지 않은 상대, 그리고 아무런 생각이 없이 대해도 되는 상대에게 대하는 무신경한 태도는 나쁘다. 그 무신경함은 상대를 불쾌하게 하든 말든 아랑곳하지 않기 때문이다. '손님은 왕이다'로 귀결되는 한국식 서비스는 그 무신경한 태도에 대한 좋은 변명이 되어주었다.

광장에 왔다가 반말 페이로 인한 불쾌함을 겪었다는 글이 종종 보인다. 하지만 동시에 광장을 다시 찾는 대부분의 손님들은 반말 페이가 있다는 것도 모른다. 어쩌면 누군가는 이 글을 보고 한 번 더 불쾌한 기분을 느낄지도 모른다. 반말 페이에 대한 글을 SNS에 올릴 때마다 달리는 항의들처럼 말이다. 반말을 안 했는데, 왜 반말한 사람으로 몰아버리냐는 질문도 받았다. 내게 당신의 마지막 말이 닿지 않았다고밖에 대답할 수밖에 없다. 나는 사람 대 사람으로 내 일을 하고 있다. 존중받지 않고 버는 돈은 유쾌하지 않다. 정승처럼 벌어 정승처럼 쓰고 싶다.

다만 반말 페이 제도를 말하며 사과하지 못하고 다시 마주치지도 못한 이 두 분에게 글이 닿았으면 하는 마음에서 썼다. 직접 사과할 기회가 생겼으면 하는 마음이 가장 크다. 그분들이 우연히 이 글을 보고 광장을 찾아준다면 좋겠다는 마음을 글에 담고 싶었다. 다시 온다면 시원한 매실주 한 잔을 건네고

싶다. 매실청을 담으며 매해 한 병씩 담아놓은 매실주, 달큰한 황매실의 향이 감미롭게 담겨진 그 음료를, 그 귀한 맛이 아까워 메뉴에도 올리지 못한 한 잔을 그분들에게 건네며 사과와 인사를 전하고 싶다.

구독 꾹 좋아요 꾹
광장티비

영화를 좋아해서 영상물 제작에 늘 관심이 있다. 영화를 사랑하는 세 번째 단계는 영화를 만드는 것이라고 한 프랑수아 트뤼포의 말처럼 영상 제작에 대한 관심은 필연적이었다. 거창하게 영화를 만들 생각은 아니었지만, 영상 수업을 듣고 영상을 만들어볼 기회가 생겼다. 유튜버가 되겠다는 것보다는 영상물을 편집해서 만들어지는 세상의 신기함에 빠졌다. 처음 만든 영상은 세상에 공개하지 않았지만, 그 뒤로 꾸준히 영상을 찍는 중이다. 사진과는 또 다른 생동감이 느껴져 영상을 찍고 나서는 사진을 거의 찍지 않게 될 정도였다. 문제는 편집이었다. 영상은 쌓여가고 있는데 편집은 다른 얘기였다. 시간을 할애해야 되는 작업이라 편집을 시작하지도 못했다. 아니, 시작할 엄두도 내지 않았다. 이 책에 들어갈 글을 다 쓰면 그다음에 영상을 편집하자고 다짐했다.

원고를 절반쯤 썼을 때였다. 글을 쓰는 것 자체에 회의가 들었다. 편하게 혼자 술 마시러 올 수 있는 광장을 주제로 이야기를 이어가고 있었다. 그런데 그사이 을지로가 변했다. 힙지로라는 별명으로도 불리며 많은 사람이 보이는 곳이 되었다. 광장도 그 덕이랄까, 자리가 없어 손님을 돌려보내야 하는 날이 많아졌다. 매일 주문을 받고 음식을 만들어내는 데만도 정신이 쏙 빠져 규칙을 일일이 얘기하거나 광장만의 분위기를 만들 여유가 생기지 않았다. 이런 건 내가 생각한 광장도, 글로 쓴 광장과도 달랐다. 글 속의 광장과 현실의 광장 사이에

괴리감이 느껴졌다. 광장은 정신없고 바쁜, 시끄럽고 왁사시 껄한 보통의 술집이 되어가고 있었다.

누군가 책을 읽고 마음을 열어 광장을 찾았을 때 상상했던 모습과 달라 내가 쓴 글이 거짓말처럼 느껴지고, 실망하는 사람이 있다면 감당할 수 있을까. 그런 걱정을 해야 할 만큼 정신없는 일상이 이어졌다. 컴퓨터 앞에 앉을 시간도 넉넉지 않았지만, 짬을 내도 글이 써지질 않았다. 안 써지는 원고를 붙잡고 씨름하다 영상이 생각났다. 글을 다 쓰고 나면 시작하려던 영상들을 돌려 보다 편집을 해야겠다는 생각이 번뜩 들었다. 시험을 코앞에 두고 갑자기 책상을 청소하는 심리가 발동했다.

그렇게 영상 편집 애플리케이션을 깔고 그날 밤 대여섯 시간 정도, 밤을 새며 영상을 만들었다. 컴퓨터도 아닌 휴대폰으로 엄지와 검지 두 개의 손가락을 열심히 놀려 영상을 하나 완성했다. 정신없이 영상 편집을 하다 보니 광장을 찾아주는 영상 속 단골손님들이 보였다. 광장의 방학을 끝내고 반가운 손님들을 만날 때마다 찍은 영상이었다. 그 안의 광장은 매일이 바쁘긴 했지만 내가 바랐던 그 광장이었다. 영상 속 광장을 보니 쓰고 싶은 문장이 하나둘 떠올랐고, 그 글들을 이어가 다시 원고를 쓸 힘을 얻었다.

영상을 완성하자 사람들과 공유하고 싶어져 유튜브 채널을 개설했다. 허락을 받고 아르바이트생들과 손님들을 찍었다. 다양한 예술 활동을 하는 아르바이트는 즐겁게 카메라 앞에서 조잘조잘 이야기를 하고, 흥이 나면 춤도 춘다. 손님들은 즐겁게 인사를 하며 카메라에 손을 흔들기도 하고, 부끄러워하며 얼굴을 가리기도 한다. 처음에는 친구나 지인들 위주로 찍었지만, 지금은 손님들도 익숙하게 웃는다.

좋은 장면인데 바빠서 못 찍거나 영상 찍을 타이밍을 놓치면 웃으며 "다시 해주세요!"라고 말할 정도로 뻔뻔해졌다. 많은 고마운 순간들, 사랑스러운 순간들, 재미난 순간들을 놓쳐버려 다시 연출을 하고 숨넘어가게 웃으며 영상으로 남긴다. 당연한 얘기지만 원하지 않는 분들은 아무리 자주 보고, 심지어 친구라고 해도 찍지 않는 것을 원칙으로 한다. 남기지 못해 아쉬운 사람들과 아까운 에피소드들도 있지만 그건 나와 손님만의 기억으로 남겨 놓는 것만으로도 가치가 있다고 생각하고 마음에 담는다.

평소 광장을 운영하며 일어나는 에피소드들을 주변 사람들과 이야기할 기회가 많다. 규칙이 많은 광장이라, 이를 납득하기 어려워 하는 손님늘이 송송 있었다. 그나믐 내봉를 궁금해 하는 사람들에게 나는 늘 신이 나 이야기를 했다. 이렇게 말하길래 이렇게 얘기해줬지 하며 겁 없이 사이다 발언을 날리는 이야기를 듣고 깔깔거리며 웃는 사람들이 많았다. "너니까 그렇게 대응하지. 다른 사람은 못 해"라는 말에 때론 으쓱한 기분도 들었다.

한참을 애기하고 나면 사람들은 끝없이 이어지는 무뢰한들을 두고 내가 괜찮을지를 걱정한다. 그럴 리가. 좋은 사람들이 훨씬 더 많다고 말해보지만, 그들의 이야기를 어떻게 나눠줘야 할지 방법이 없었다. 단골손님도, 좋은 손님도 있고, 각각 보드랍고 예쁜 색의 공기로 광장을 채워주는 사람들이 있는데 무어라 설명할 수 없었다. 무례한 사람들과는 매번 다른 방식으로 문제가 일어나지만 좋은 건 좋음 그 자체였다. 많은 좋은 사람들이 찾아주는 덕분에 광장은 지속될 수 있다. 그 아쉬움을 해결해준 게 광장티비였다.

　　광장에서 손님들을 만나고 촬영한다. 일주일 치 영상은 주말에 편집한다. 영상을 시작하고 찍고 편집하면서 가장 많이 떠올렸던 단어는 '안온'이었다. 영상 속의 그들과 나는 안전하고 온화한 관계였다. 광장을 운영하며 참 좋은 사람들을 많이 만났다. 문을 열고 들어오는 것만으로도 표정도 마음도 풀어지는 익숙한 사람들이었다. 어떻게 이렇게 자주 그리고 오래 만날 수 있을지 늘 놀랍다. 처음 방문한 뒤로 며칠 사이 다시 광장을 찾은 손님이 다음 주도, 몇 달 뒤에도 계속 찾아오는 발걸음의 이유가 궁금한 순간들도 많다.

　　그들이 아끼는 광장이 내 마음보다 훨씬 커서 뭉클한 마음이 드는 순간은 셀 수도 없다. 좋은 사람들을 좋은 사람이라고만 표현하기도 아까운 사람들, 아쉬운 만남이었다. 광장티비 채널 덕분에 반가운 사람들을 찍고, 이야기를 나누면서 소중한 감정과 순간들을 기록할 수 있어 좋다. 무엇보다 즐겁다. 시간이 지나도 오래된 앨범처럼 이 이야기들을 들춰볼 수 있으면 좋겠다. 이런 시기에 이런 손님들이 왔었지. 이 사람은 지금 무엇을 할까, 하며 추억하고 싶다. 이 영상이 손님들에게도 자신의 한 시절을 남긴 즐거운 추억의 한 장이 되었으면 하는 마음으로 오늘도 찍고 잠을 줄여가며 편집을 한다.

광장티비. 구독 꾹, 좋아요 꾹. 댓글은 바라지도 않아요.

한 해의 마무리
연하장전

편지 쓰는 걸 좋아한다. 여행의 기분을 담은 엽서를 친구들에게 혹은 나에게 보낸다. 특히 나에게 보낸 엽서는 여행지의 기분을 그대로 떠올리게 한다. 엽서를 받아들면 보냈던 곳의 냄새라도 음미하듯 코를 가까이 대고 숨을 깊이 들이쉰다. 그 순간의 기분을 담아 보낸 친구들에게 보낸 엽서는 뜻밖의 장소에서 되돌아온다. 친구들은 내 엽서를 늘 받기만 했다며 여행지에서 시간을 할애해 엽서를 보낸다. 여행지에서 온 엽서를 받으면 새로운 곳에서 새로운 맛과 장소를 보기에도 벅찬 시간을 나를 위해 써주었다는 고마움이 먼저 든다. 한 번

떠날 때마다 생활하듯 길게 시간을 보내고 오는 나의 여행에서도 여행이 끝나기 전에 벼락치기 하듯 엽서를 써내려 갈 때가 있는데, 회사를 다니며 짬을 내 떠난 친구들의 엽서는 그래서 더 고맙다. 따뜻한 나라에서는 햇볕의 기운, 추운 나라에서는 싸늘한 공기가 느껴진다. 작은 한 장의 엽서는 여러 상자와 주머니에 실려 비행기를 타고 날아 긴 시간을 지나 내가 있는 장소에 도착했을 것이다. 시간을 담아야 하는 노력은 보통의 마음으로는 어렵다.

일본의 연말 우편량은 상상을 초월한다. 대부분의 사람이 직장뿐 아니라 아는 사람들에게 연하장을 거의 의무적으로 쓴다. 일본에서는 대대적으로 1월 1일에 연하장을 배달해주는 시스템이 있다. 한 해의 시작을 다양한 사람들로부터 받은 새해 인사가 될 수 있도록 12월 한 달 동안 엽서를 모아놨다가 1월 1일 일괄 배송한다. 어느 정도인가 하면 연말에만 임시직으로 배달부를 더 뽑기도 한단다. 1월 1일 아침에 일어나 우체통을 보면 새해 축하 엽서가 한 움큼씩 들어 있다.

연말이 되면 일본 사람들은 인사처럼 "올해는 연하장 몇 장 써?"라고 흔히들 묻는다. 연하장 제작도 취향껏 한다. 사진을 골라 엽서로 만드는 경우도 많다. 엽서들이 쌓이면 결혼, 출산 등 한 가족의 연대기를 알 수 있다. 개인적으로 연하장을 준비하지 못하더라도 방법은 있다. 문구점뿐 아니라 편의점에서도 다양한 종류의 연하장을 판매한다. 이처럼 연하장 문화가 일상이 된 곳이리 이시를 기더라도 우체국에 미리 고지를 해두면 일정 기간 동안 바뀐 주소로 연결해준다. 집에 부고가 있거나 아픈 사람이 있는 경우에는 연하장 시즌이 시작되기 전에 올해는 이런저런 이유로 엽서를 받을 수 없다는 엽시를 미리 보낸다. 한 해를 잘 마무리하고 새해를 맞이하기에는 아직 아픈 마음을 다독일 시간이 필요하기 때문일지도 모른다. 요즘은 예전만큼 많이 보내지 않는다고 해도 손으로 쓴 짧은 문구들이 주는 귀엽고 다정한 문구에 위로를 받는다. 캐릭터로 가득한 휴대폰 메시지와는 다른 맛이 있다. 쉽고 간편하게 연결될 수 있는 다양한 채널들이 있지만 그런 이유로 손으로 쓰는 편지를 놓을 수 없다.

광장도 손으로 글씨를 써내려 간 엽서 같은 따스한 공간이 되고 싶었다. 일본의 우체국처럼 1월 1일에 도착하도록 보낼 수는 없지만 광장을 찾아준 좋은 사람들에게 직접 써서 그 고마움을 전하고 싶었다. 언젠가부터 썼던 고양이 캐릭터를 광장의 마스코트 삼아 손님들에게 주소를 묻고 엽서를 보냈다. 엽서를 받은 손님들의 기쁜 마음을 다시 돌려받을 때마다, 올해는 좀 무리해서라도 더 쓸 걸 하는 후회가 들 정도였다. 그러자 이 따뜻함을 나와 손님뿐 아니라 광장에 오는 사람들이 다 함께 나누는 건 어떨까 하는 생각으로 이어졌다.

몇 번의 전시를 거치며 알게 된 작가들에게 12간지 동물들로 매해 연말에 전시를 해보자고 이야기를 나눴다. 마음 맞는 작가들이 모여 신년「연하장전」을 시작하게 되었다. 광장의 단골손님이던 희숲 작가를 비롯해 아르바이트를 하던 이수, 소나무, 광장에서 전시를 했던 박승희 작가와 전지은 작가까지 힘을 보탰다. 내년의 동물을 주제로 자유롭게 표현해주시면 됩니다. 크리스마스도 새해도 상관없어요. 엽서의 규격과 12간지의 동물이라는 주제만 공지했다. 전시에 맞춰 인쇄 일정도 잡았다. 결국 최종 시안을 확정해 프린트까지 맡겨 연말 첫「연하장전」을 시작했다.

　다양하게 표현된 작가들의 연하장 전시회는 나름 성황이었다. 이 전시는 그다음 해에도 이어졌다. 새롭게 이화상점과 서선정 작가가 힘을 보탰다. 두 해 연속 진행하자 방문하는 분들이 엽서를 구입하기도 했고, 손님들 중에서도 선물하기 위해 구입하는 분들이 늘었다. 지속하다 보면 다음 해엔 광장의 엽서를 구입하기만 하는 게 아니라 서로 보내는 손님도 늘지 않을까 기대해본다.

　「연하장전」과 함께 단골손님에게 연하장을 보내는 이벤트도 계속하고 있다. 올해는 엽서를 보내기도 전에 먼저 손님에게 연하장을 받았다. 한창 바쁘고 힘든 연말인데 광장을 아끼는 마음이 담긴 엽서에 마음이 녹아내렸다. 방학을 잘 보내고 만나자는 이야기에 뭉클해진 건 그저 나이가 들어서 눈물이 많아진 탓일까? 영업 준비를 하기 전부터 마음이 몽글몽글해져 뭉친 어깨가 풀리는 기분마저 들었다. 엽서는 그랬다.

The Secret Garden Galway
Tea Shop - Cafe

Happy New Year!

gwangzang x 박승희

일상의 문구만 적혀 있어도 펜 자국만큼 꾹꾹 담긴 마음의 온도가 전해졌다.

100여 개쯤 되는 연말 연하장을 쓰고 나면 광장의 방학이 코앞이다. 엽서를 받은 손님들은 주소를 불러줄 때 기대도 못 했다며 이걸 직접 손으로 다 쓰는 거냐고 물었다. 그렇게 손님 각자 각자에게 고마움을 표하는 문구를 쓰다 보면 공기처럼 이 공간을 누리고 가고 싶은 수줍은 손님에게는 나의 엽서가 너무 무겁게 느껴질 것만 같아 그 역시 걱정이 된다. 하지만 그것 또한 광장을 운영하는 나의 마음과 표현 방법이니 앞으로도 계속 연하장은 보낼 예정이다.

연하장에는 그동안 광장을 찾아준 고마운 분들을 위해 연하장과 함께 작은 선물을 동봉한다. 광장의 메뉴판에 없는 메뉴를 무료로 먹을 수 있는 쿠폰이다. 정해진 것은 없고 그때그때 랜덤으로 제공된다. 손님들은 늘 잘 먹고 잘 누리고 가는 광장에서 쿠폰을 쓰기 미안하다고 이야기한다. 그러나 이곳을 잊지 않고 찾아주는 손님들에게 내가 줄 수 있는 가장 광장스러운 선물이니 마음 편히 쓰라고 이야기한다. 기간은 겨울방학이 끝난 날부터 그다음 겨울방학 전까지. 늘 연말에 급히 쓰거나 날짜를 놓치기도 해서 엽서를 보낸 손님들을 만날 때마다 얼른 쓰라고 하는데, 회수율이 높진 않다. 매해 보내는 엽서와 그리고 가끔 받는 답장들에 조금은 특별한 광장과 광장 손님에 대해 생각하게 한다. 그래서 올해도 꾹꾹 눌러 작은 엽서를 채위간다.

광장은 아날로그의 가치를 소중하게 생각합니다. 펜을 들어 글을 쓰는 순간과 손으로 쓴 편지를 받는 순간을 기억합니다. 새해를 맞이하며 고마웠던 이에게 혹은 미안했던 이에게 꼭 기억하고 싶은 이에게 일 년을 잘 살아낸 나 자신에게 보내도 좋아요. 광장의 시간과 함께 글로 이야기를 나눠주세요. 새로운 해를 맞아 다섯 분의 작가님들과 함께 따뜻한 손 편지를 쓰는 당신을 응원합니다.

모두의 기쁨이 나의 기쁨이 될 수 없고
모두의 욕망이 나의 욕망과 같을 수 없다.
모두가 다르다. 모두의 의견이 다를 수 있다.
다른 건 나쁘지 않다.

무단 홍보
금지 구역

대중에게 오픈되어 있는 공간을 운영하다 보면 늘 평가에 노출될 수밖에 없다. 개인의 평가는 보통 한두 번의 방문에서 얻은 경험을 바탕으로 한 기분 좋음과 기분 나쁨으로 나뉘어 게재된다. 인스타그램, 트위터, 블로그, 유튜브, 각종 맛집 애플리케이션 등 다양한 채널로 광장은 좋은 식당이 되었다가 나쁜 식당이 된다. 단 한 번의 불쾌한 경험이, 불특정 다수에게 공유되고, 누군가의 발길을 광장에서 멀어지게 한다.

동시에 누군가의 유쾌한 경험 공유는 재방문으로 이어질 거라 생각했다. 한 번씩 다녀가는 개인적인 평가에서 자유로

울 수는 없다는 걸 가게를 시작하기 전부터 알았고, 광장을 오
픈했을 땐 여러 상황을 감수해야 했다. 사람은 각자 다르기에
해를 거듭하고 다녀간 사람들이 많아질수록 좋고 나쁨에 대
한 다양한 의견이 나올 수 있다고 생각했다.

처음부터 광장은 사람이 많이 모이지 않아야 가능한 운영
방식이었다. 좀 더 정확히는 사람이 많이 오면 오히려 어려운
운영 방식에 가깝다. 그래서 고민하다 대형 포털 사이트에 광
장을 등록하지 않았다. 하나 안 하나 마찬가지일 거라는 이유
도 더해졌다. 공사 기간 동안 블로그에 일기처럼 진행 과정을
쓰며 광장의 상태와 이곳을 운영할 나의 생각을 담았다. 그것
만으로도 비슷한 성향의 사람들이 모였다. 그들은 공사 기간
을 비롯해 광장이 만들어지는 과정을 기다리며 오픈 날부터
꾸준히 다녀갔다.

"특별히 홍보도 하지 않은 가게인데 어떻게 알았어요?"
때론 나조차도 신기해서 물을 때가 있다. 그때마다 듣게 되는
그들의 대답을 통해 더더욱 확신했다. 나처럼 공간을 누리고
싶은 사람이 천천히 보이실 바났나. 승산이 필요안 식빕사나
식사를 하는 사람들이 어우러진 공간을 만들고 싶었다. 각자
예절을 지키면서 함께 즐길 수 있는 그런 공간을 만들 수 있
을 거라 믿었다. 술을 마시다가 책을 읽어도 어색하지 않은 공
간이고 싶었다. 소음에 방해받지 않을 수 있는 공간, 혼자여도
주목받지 않는 공간, 그 모든 것이 특이하다는 취급을 받지 않

는 공간이고 싶었다.

모두가 안 된다고 해도 나는 그런 공간을 원했고, 없으니 만들었다. 누군가는 그런 가게가 없는 이유는 과거에 있었더라도 망해서일 것이라 충고했다. 그게 시장에 없는 건 다 이유가 있는 거야. 영양가 없는 조언도 여러 번이었다. 광장을 오픈하고, 운영하면서도 영업 방침을 강력하게 펼칠 때마다 비난은 더욱 거셌다. 광장의 규칙과 맞지 않으니 자제해달라는 말을 들을 때마다 '먹고살기 편해서 그러나 봐요' 하는 비아냥거림도 들었다. 하지만 그러고 싶었다. 서울엔 많은 사람이 살고 있고, 늘 복작대고 정신없었다. 조용하게 보낼 수 있는 이런 공간을 필요로 하는 사람이 있을 거라고 생각했다. 술을 왁자지껄하게만 먹어야 되는 법은 없다. 이렇게 마실 곳도 있어야 한다.

초반엔 그래도 너무 안 되면 어쩌나 하는 위기감이 있었다. 광장의 운영방식을 좋아하는 사람도 있을 텐데 몰라서 못 오는 게 안타깝다는 사람들의 의견도 있었다. 그 때문에 몇 번 정도 매체 노출에 응했다.

광장엔 보통의 식당에서는 겪어보지 못할 다양한 규칙이 있다. 매체의 특성, 그러니까 그 기사가 다루려는 주제에 맞는 부분만 특별히 부각되어 짧게 나가는 경우에 광장만의 규칙들은 완전히 편집되었다. 시즌 메뉴나 시간에 따라 주문 여부가 달라지는 메뉴인데, 기사에는 보통의 영업시간에 판매하

는 걸로 기재된 경우가 있어 기사를 보고 일부러 왔으니 지금
은 재료조차 없는 메뉴를 만들어달라며 떼를 쓰는 사람도 있
었다.

실랑이를 하다 보면 마음이 상하기 마련이다. 그렇게 나빠
진 기분을 인터넷에 표현하면서 광장은 나쁜 가게가 됐다. 먹
어보지 않은 음식의 맛까지 싸잡아 욕했다. 어떤 환상을 키워
왔는지 모르겠지만 어떻게 알고 왔다고 한들 광장의 규칙이
달라지는 일은 없다. 자신의 잣대를 들이대며 항의해도 원래
이런 공간이라고밖에. 잘못된 정보를 실은 매체들에 항의를
해본들 수정될 일은 전무했다. 담당자와 연락이 닿지 않는 경
우도 있었다. 단편적인 홍보를 보고 온 손님들은 광장이 자신
의 생각과 다르다며 화를 내곤 했다. 매체에 홍보할 때와 현실
이 다르냐며 비난했다.

어떤 규칙들은 기사의 흥미유발을 위해 재미로 소비되거
나 생략되었다. 차라리 재미로 소비되는 경우가 나았다. 덕분
에 규칙이 불편하고, 흥미를 느끼지 않는 사람은 아예 오지도
않았으니 문제될 일이 없었다. 하지만 그 소자도 내가 한 인터
뷰 혹은 취재의 일부분일 뿐이었다. 어떤 부분을 부각할지, 더
할지 뺄지에 대해서 나는 내 가게임에도 어떤 말도 얹을 수 없
었다.

그렇게 몇 번인가 매체 섭외에 응하면서 본질을 깨달았다.
매체들은 자신들의 콘셉트와 성향에 따라 얼마든지 편집할

수 있다는 것을. 그들에게 아무리 이야기를 하고 강조한들 매체는 각자 원하는 방향대로 이 공간을 소비했다. 매체 노출에 지쳐 응하지 않게 되는 경우가 더 많아졌다. 거절 일변도를 걷다 보니 지인들을 통해 섭외가 오는 경우까지 생겼다. 지인을 통해 오는 경우엔 쉽게 거절하기가 어려웠다. 어쩔 수 없이 응하면서 나의 의지를 몇 번이나 간곡히 전달해도 막상 매체로 나온 기사는 허탈한 기분이 들 정도로 다른 광장이 되어 있기도 했다. 그러다 보니 다양한 규칙들에 대한 설명과 이해가 충분히 전달되지 않는다면 차라리 영업이 어려워지는 한이 있어도 소개되지 않는 편이 낫다는 결론에 이르렀다.

광장은 개인인 내가 나의 기준을 잡고, 이를 현실로 만든 공간이다. 매체가 불특정한 다수에게 정보를 제공하고 내게 그 오해와 불편을 감수하게 할 권리는 없다. 엄격한 잣대로 들여다보기 시작하자 무단으로 광장의 사진과 규칙을 소비하는 것도 불쾌했다. 잡지와 방송은 물론이고 큰 카메라를 몇 대씩 가지고 온 파워블로거 그룹에도, 시혜를 베풀듯 책에 실어주겠다는 말에도 거절 의사를 알리며 돌려보냈다. 지인을 통해 의뢰가 들어와도 같은 방향으로 거절했다. 아예 불가능하다는 건 아니다. 영업시간에는 촬영이 안 되고, 미리 질문지를 제공하며, 촬영 의도가 광장의 취지와 맞아야만 인터뷰에 응했다. 과정이 번거롭다며 난색을 표하는 곳들이 많아 어느 순간부터는 어떤 제의든 첫 번째 대답은 거절이었다.

그러던 어느 날, 지인이 연락을 해왔다. 한 대기업의 페이스북 페이지에서 광장 소개 문구를 봤다고 했다. 촬영에 응한 적이 없다고 답했더니 화면을 갈무리해 보냈다. 그 업체에 대응을 논하기 전에 화면 모두를 저장했다. 그리고 무단 게재한 그 대기업의 소비자 상담실에 전화를 걸었다. 핑퐁핑퐁 다른 사람을 바꿔가며 한 시간여 만에 겨우 불쾌한 의사를 전달할 수 있었다. 내부적으로 확인하고 연락을 준다고 해서 전화를 기다렸다. 그날 저녁, 광장에서 몇 번 봤던 손님이 들어왔다. 오랜만이에요. 낯익은 얼굴에 인사를 하려는 찰나, 그는 미안한 표정을 담으며 말을 걸었다. 자신이 그 내용을 게재한 에디터이며, 무단 게재한 것을 사과하러 왔다고 했다. 그는 광장이 좋았고, 순수한 마음으로 소개하고 싶었다고 했다. 게재 여부를 묻는 게 실례인 것 같다는 짧은 판단을 했다고 했다. 그는 거듭 사과했다.

손님들이 고민이라며 이야기한 순간들이 떠올랐다. 광장이 유지하고자 하는 분위기에 폐가 될까 싶어 이 공간을 좋아할 만한 사람을 알지만 데리고 오지 않는다고 밝힌 사님들이 있었다. 너무 유명해져 좋아하는 분위기가 망가질까 봐 인터넷에 올리는 해시태그와 체크인도 조심한다는 이야기를 한 사람도 있었다. 근처 직장에 다니던 손님은 늘 혼자 오다 퇴사를 하고 나서야 친한 친구들에게 광장을 소개하며 이제 네가 나 대신 자주 다니라고 추천했다고 했다. 내게는 자신의 친구

가 혼자 와도 저라고 생각해달라는 부탁도 남겼다. 손님이 적어 나는 좋지만 사장님은 어떡하냐며 걱정해주던 그런 광장 손님들이 생각났다. 광장러라고 자신들을 칭하는 사람들이 생각났다. 함께 시간을 보내고 자신의 특별한 공간으로 생각해주는 사람들이었다. 그런 사람들의 아지트가 되길 바랐는데 낯익은 사람이 무단으로 실었다는 점에 좌절했다. 실망보다는 섭섭한 기분이 들었다. 자신의 직업적 가치를 위해 가볍게 무시될 수 있는 거구나 싶었다. 공개된 공간을 운영한다는 건 이런 것들도 견뎌야 하는 건가 싶어 입에 쓴맛이 돌았다. 공식 사이트에서의 사과문은 어렵다는 말에 납득할 만한 다른 대안을 생각해보라며 돌려보냈다.

그는 한 홍보 업체의 신입사원이었다. 물론 그 역시 잘못했지만, 그 모든 책임을 한 사람이 떠안게 만드는 체계에도 화가 났다. 대화 끝에 그에게 기회를 주기로 했다. 그는 하루 사이에 많은 생각과 반성을 했다는 말을 전했다. 충분히 잘못을 인지하고 있고 회사 차원에서도 에디터들에 대한 교육과 점검을 하기로 했다는 말도 전해왔다. 할 수 있는 최대한의 표시를 한 그에게 고마움을 느꼈다.

하지만 결국 공식적인 사과는 받을 수 없었다. 무단 게재는 가능하지만 사과는 할 수 없다는 건 외주업체가 관리하는 대기업 인터넷 홍보의 한계였다. 더 이상 고집은 부리지 않기로 했다. 일전에 한 기업의 홍보 사이트에서 광장을 무단 게재해, 이를 항의한 적이 있다. 그 회사는 사과문을 올린 뒤, 재빠르게 새로운 게시물을 잔뜩 올려 사과문이 쉽게 눈에 띄지 않게 밀어버렸다. 그런 꼼수에 비하면 잘못한 사람의 마음이 충분히 이해되었고 이 상황을 납득해주는 것만으로도 고맙다는 생각이 들었다. 한편으로는 그런 생각으로 이어진 스스로에 허탈함도 느꼈다.

그와 이야기를 끝내고 한두 시간 후, 대기업에서 연락이 왔다. "고객님의 불편 사항은 잘 해결되셨는지요?" 매뉴얼 그대로의 확인 전화에 다시 화가 났지만, 내가 무슨 말을 한들 결국 그 에디터에게 책임전가가 될 것임은 분명한 일이기에 입을 닫았다. 이 사건을 마주하며 앞으로 기업홍보 매체에 더욱 엄격해질 수밖에 없었다. 홍보대행사가 어떻게 되든 상관없이 본사에서도 인지할 정도의 항의를 해야겠다고. 게재한 사이트에서의 공식적인 사과, 그것이 아니고는 넘어가는 일이 없게 해야겠다고 다짐했다.

개인의 평가는 각자가 느낀 기분에 따라 다양하게 전달될 수 있지만 기업은 다르다. 기업의 홍보물이나 기사는 감정을 가지지 않는다. 많은 사람들에게 흥미를 유발하는 목적만으로 정보를 소비한다. 그래서 불편하다. 협의가 된 홍보도 물론이지만, 무단 홍보를 당할 때마다 개인이 만들어 표현한 가게, 그 가게의 가치관을 얼마나 우습게 보기에 이렇게까지 막무가내로 행동하는지 가늠되지 않을 정도다. 그들의 무례함이 작지만 다른 것이 이유라면 나는 충분히 크고 보편적인 것을 거절할 것이다.

광장은 그런 공간이다. 불편할 수도 있고, 이상할 수도 있다. 하지만 이 세상의 한 사람 한 사람이 얼굴도 성격도 다르게 살아가듯 가게 또한 스타일이 다를 수 있다. 광장을 운영하면서 상식이라는 단어를 들을 때마다 논리적 모순에 빠졌다. 나의 상식이 비난받는 순간은 물론, 상대방이 상식적으로 이해가 안 간다며 항의하는 순간마다 그래왔다.

모두의 기쁨이 나의 기쁨이 될 수 없고, 모두의 욕망이 나의 욕망과 같을 수 없다. 모두가 다르다. 모두의 의견이 다를 수 있다. 다른 건 나쁘지 않다. 스스로도 피로하다 느낄 만큼 설명하며 안내하는 순간에도, 이 단단한 규칙을 무르게 느끼는 사람에게 광장이 편안한 공간이 될 수 있다면 나는 기꺼이 주절주절 말을 이어갈 것이다.

광장장이 소개하는

을지로의 '마이 이웃 3'

노말에이

광장이 오픈하기 직전 을지로에 한 달 먼저 자리 잡은 곳이다. 디자인하는 '일삼일와트'가 만든 책방이라 그림책과 일러스트 책이 다양하게 구비되어 있다. 늘 멋진 그림책들을 만나고 싶을 때면 이곳으로 향한다. 여기에서 광장 책장으로 이동한 책이 꽤 된다. 작은 책방이지만 알차게 골라놓은 책과 문구류를 구경하는 재미가 쏠쏠해 늘 시간 가는 줄 모른다.

....

주소   서울시 중구 을지로 121-1(2층)
시간   화~금 오후 12시~오후 8시
       토 오후 1시~오후 8시, 일, 월 휴무

작은물

광장을 자주 찾던 가수 '쓰다'의 공연으로 광장을 찾았던 분들이 있었다. 자신들도 이 근처에 카페를 준비하고 있다고 했다. 일 년쯤 기다리며 언제요? 하고 묻다 보니 어느새 오픈했다. 공간과 딱 어울리는 사장님이 맛있는 커피를 내려준다. 음악과 미술, 시 등 다양한 예술 활동을 하는 사람들이 모여 만든 공간이라 늘 공연과 전시로 가득 차 있다. 특별히 공연이 없는

날도 이들이 악기 연습하는 모습을 볼 수 있는
독특한 공간이다.

. . . .

주소 중구 을지로 3가 285-1(3층)
시간 화~일 오후 1시~오후 10시
메뉴 핸드드립 커피, 전통차, 맥주와 간단한 안주류

광장에서 식사를 하던 손님이 새로 생긴 곳이
라며 데려가 주었다. 그 계기로 오픈한 지 일주
일 만에 알게 된 곳이다. 붉은 조명과 좋은 음
향, 거기다 우아한 사장님에게 반해 광장의 손
님들에게 자주 소개했다. 덕분에 이곳에 놀러
가면 광장의 손님들과 자주 마주친다. 어느새
소문이 나, 지금은 앉을 자리가 없을 정도로 을
지로의 대표적인 장소가 되었다. 예전만큼 자
주 가지 못해 아쉬웠는데 멀지 않은 곳에 2호
점이 생겼다.

. . . .

주소 서울시 중구 삼일대로 12길 18(302호)
시간 월~토 오후 6시 30분~밤 12시
메뉴 적당한 가격대에 즐길 수 있는 와인,
      특이하게 컵라면도 판다.

FOOD & PEOPLE IN GWANGJANG

밥 먹는 술집을 차렸습니다

초판 1쇄 인쇄 2019년 7월 10일
초판 1쇄 발행 2019년 7월 25일

지은이 글 김광연, 그림 박승희
펴낸이 이준경
편집장 이찬희
편집팀장 이승희
편집 이가람, 김아영
디자인부장 강혜정
디자인팀장 정미정
디자인 정명희
마케팅 정재은
펴낸곳 지콜론북

출판 등록 2011년 1월 6일 제406-2011-000003호
주소 경기도 파주시 문발로 242 파주출판도시 (주)영진미디어
전화 031-955-4955
팩스 031-955-4959

홈페이지 www.gcolon.co.kr
트위터 @g_colon
페이스북 /gcolonbook
인스타그램 @g_colonbook
ISBN 978-89-98656-87-4 03810
값 15,500원

이 도서의 국립중앙도서관 출판시도서목록 (CIP)은 서지정보유통지원시스템 홈페이지 (http://seoji.nl.go.kr)와
국가자료공동목록시스템 (http://www.nl.go.kr/kolisnet)에서 이용하실 수 있습니다. (CIP제어번호 : CIP2019025845)

지콜론북은 예술과 문화, 일상의 소통을 꿈꾸는 (주)영진미디어의 문화예술서 브랜드입니다.